Marcus Hünnebeck

Blut und Zorn

Thriller

Über den Autor:

Marcus Hünnebeck wurde 1971 in Bochum geboren und lebt inzwischen als freier Autor in Leipzig. Er studierte an der Ruhr-Universität Bochum Wirtschaftswissenschaften.
Im März 2001 erschien mit *Verräterisches Profil* sein erster Thriller, 2003 und 2004 folgten *Wenn jede Minute zählt* und *Im Visier des Stalkers*.
Dank der Möglichkeiten, die das E-Book-Publishing bietet, veröffentlichte er im Jahr 2013 seine alten Thriller als überarbeitete E-Books. *Im Visier des Stalkers* erhielt aus rechtlichen Gründen den Namen *Die Rache des Stalkers* und schaffte im Juli 2013 den Sprung in die Top 10 der Amazon-Bestseller-Charts. Dem Roman *Verräterisches Profil* gelang dies im Dezember 2013. *Wenn jede Minute zählt* erreichte im Juni 2014 die Spitzenposition der Kindle-Charts und gehörte 2014 zu den zehn meist verkauften E-Books bei Amazon. Die Fortsetzung um den Kommissar Peter Stenzel erschien im Juni 2015 (*Stumme Vergeltung*).
Als Erstausgabe erschien im Juni 2014 *Kainsmal* bei Amazon Publishing. Mit *Die Drahtzieherin* führte er die Serie um Oberkommissarin Katharina Rosenberg fort. Die Trilogie schloss der Roman *Tödlicher Komplize* ab.
Im September 2015 veröffentlichte Egmont-Lyx den ersten Band einer neuen Reihe, der den Titel *Im Auge des Mörders* trägt. Im Mittelpunkt dieser Serie stehen die Journalistin Eva Haller und der Leibwächter Stefan Trapp.
Der zweite Band folgte im September 2016 und heißt *Abschaum*.
In *Sommers Tod* taucht zum ersten Mal Oberkommissar Lukas Sommer auf. *Sommers Schuld* ist sein zweiter Solo-Fall.
Die Namen des Todes bildet den Auftakt einer neuen Serie um den BKA-Kriminalkommissar Robert Drosten und sein Team. *Schuld vergibt man nie* ist der Folgeband. Die Romane sind genau wie der dritte Teil *Rudelfänger* und der vierte Teil *Rudeljagd* unabhängig voneinander zu lesen.
In *Die Todestherapie* ermitteln Lukas Sommer und Robet Drosten zum ersten Mal für eine neue Polizeibehörde namens KEG (Kriminalermittlungstaktische Einsatzgruppe). *Der Wundennäher* (nominiert für den Kindle Storyteller Award), *Der Schädelbrecher* und *Blut und Zorn* setzen diese Zusammenarbeit fort.

Außerdem ist Hünnebeck noch als Autor mit dem ersten Band *Rampensau* an der vierteiligen Serie *Mordkommission Leipzig* beteiligt.

Über das Buch:

Wenn dich die Sünden der Vergangenheit einholen, hängt dein Leben am seidenen Faden

Marko denkt sich zunächst nichts dabei, als er eine Person aus seiner Vergangenheit zufällig wiedertrifft. Doch am nächsten Abend steht sie unerwartet vor seiner Tür. Sekunden später ist Marko tot. Niedergemetzelt in rasender Wut. Aber das ist erst der Beginn eines Strudels der Gewalt: Wochen später stirbt ein zweites Opfer auf die gleiche Weise.

Lukas Sommer und Robert Drosten finden heraus, dass die beiden Toten Jahre zuvor für dieselbe Firma gearbeitet haben. Was hat beim Täter den Wunsch nach Vergeltung ausgelöst? Ist ein ehemaliger Mitarbeiter der Mörder? Sommer und Drosten bleibt nicht viel Zeit, um die Hintergründe aufzuklären, denn der Rachedurst des Täters ist noch lange nicht gestillt.

Marcus Hünnebeck

Blut und Zorn

Thriller

Impressum

Blut und Zorn

1. Auflage, Oktober 2018

Covergestaltung: ©authors-assistant (Britt Toth http://authors-assistant.com) unter Verwendung von Bildern von https://www.shutterstock.com (SFIO CRACHO, Simon Kovacic)/

Lektorat: Claudia Schlottmann
Korrektorat: Kirsten Wendt

Herausgeber:
Marcus Hünnebeck
Hegelstraße 11, 40789 Monheim

ISBN: 978-1724155030

1

Zufälle würzen das Leben wie richtige Gewürze ein schmackhaftes Essen, dachte Marko Zinsberger und streute ein exotisches Gewürz auf das Linsencurry. Da das Gericht zu seinen Favoriten gehörte, musste er sich auf die Zubereitung nicht konzentrieren. Er beherrschte die einzelnen Schritte fast im Schlaf. Stattdessen dachte er an die gestrige Begegnung. Sie hatte ihn an eine Zeit erinnert, die er beinahe komplett aus seinem Gedächtnis gestrichen hatte. Obwohl es keine schlechte Phase gewesen war. Zumindest nicht für ihn. Die Probleme hatten erst viel später angefangen.

Hätte damals alles geklappt, säße er jetzt nicht in dieser Dreizimmerwohnung, sondern würde eher ein schmuckes Haus sein Eigen nennen. Wahrscheinlich wäre sogar seine Ex-Frau bei ihm geblieben, trotz der Fehltritte, die er sich geleistet hatte. Aber alles im

Leben hatte seine Gründe, und die nächste Chance lag vor ihm. Er musste nur zugreifen.

Ob das Wiedersehen ein Wink des Schicksals war?

Zinsberger stellte den Induktionsherd auf kleine Stufe und trat an den Kühlschrank. Er hatte Lust auf ein kaltes Bier.

Während das Curry sanft köchelte, setzte er sich an den Esstisch, öffnete die Flasche und trank einen Schluck. Die damalige Geschäftsidee war vielversprechend gewesen. Nicht sonderlich innovativ, trotzdem hätte man mit der neu gegründeten Telemarketingagentur gutes Geld verdienen können. Gemeinsam mit Wolfgang Islacker hatte er der GmbH Kapital zur Verfügung gestellt, ohne dass ihre Namen irgendwo auftauchten. Sie arbeiteten beide in verantwortungsvoller Position für andere Firmen und hätten die Beteiligung eigentlich melden müssen. Genauso wie sie die Gewinne hätten versteuern müssen. Ihre Aufgabe hatte darin bestanden, der Telemarketingfirma Aufträge zuzuschustern.

Nach einem weiteren kräftigen Schluck blickte er zur Herduhr. Das Essen müsste jetzt fertig sein.

***

Ich saß im Auto und spielte meine Alternativen durch. Hatte ich überhaupt welche? Oder gab es bloß die eine Variante, wegen der ich hergekommen war?

Seine Wohnung lag in einem Neubaugebiet. Die Häuser waren höchstens fünf Jahre alt. An den

Fenstern der Wohnung waren teilweise die Rollläden heruntergelassen, doch weil er sie nicht ganz geschlossen hatte, schimmerte durch einige Ritzen Licht.

In mein Auto fiel der Schein einer Straßenlaterne. Ich betrachtete das Messer, das ich mitgebracht hatte.

Traute ich mir diese Tat zu?

Konnte ich ihn überrumpeln und ihm das Messer in den Leib rammen? Immer wieder? Bis er seine Schuld verbüßt hatte?

Ich schloss die Augen und erinnerte mich an unsere gemeinsame Vergangenheit. Wie er mich manipuliert und ausgenutzt hatte. Er hatte den Tod verdient.

***

Wie immer schmeckte ihm das Linsencurry köstlich, der perfekte Abschluss für einen stressigen Tag. Zinsberger verzichtete in den Mittagspausen meistens auf den Kantinenbesuch. Ihm gefiel es besser, abends eine Kleinigkeit zu kochen, jede Zutat zu kennen und keine unangenehmen Überraschungen zu erleben. Sein Job ermöglichte ihm ein gutes Leben. Trotz der teuren Scheidung, und obwohl Katrin jeden Monat eine fette Unterhaltszahlung für sich und Chloe bekam. Selbst jetzt noch, nachdem sie vor über einem Jahr mit dem Kind nach Holland gezogen war.

Anstatt sich mit Gedanken an seine gierige Ex-Frau den Abend zu verderben, dachte er erneut an die Telemarketingfirma. Die Verantwortlichen hatten Fehler gemacht, sie hatten nicht richtig aufgepasst und das falsche Personal eingestellt. Deshalb war die Firma bereits nach wenigen Monaten in der Insolvenz gelandet. Obwohl er Geld, verloren hatte – immerhin einen fünfstelligen Betrag –, erinnerte sich Zinsberger gern an damals zurück. Vielleicht war das seine wildeste Phase gewesen. Katrin war zu Hause zur Oberglucke mutiert und hatte nur noch ein einziges Gesprächsthema gekannt. Ihm war das rasch zu viel geworden, weshalb er irgendwann begonnen hatte, erst spätabends oder mitten in der Nacht nach Hause zu kommen. Er hatte mit Freunden in Kneipen gefeiert, sich den schnellen Kick durch Koks gesucht und war in diversen fremden Betten gelandet. Eine Wahnsinnszeit, der er ein wenig hinterhertrauerte. Doch es gab nichts, was er bedauern müsste. Denn er hatte es erlebt – und nicht bloß davon geträumt. Wobei ihm die Tatsache, dass er seine Abende mittlerweile lieber am Herd als an der Theke verbrachte, zeigte, dass er alt geworden war.

Hatte das Wiedersehen etwas zu bedeuten? Dieser kurze, flüchtige Moment, den man benötigte, um sich zu erkennen? Das belanglose Gespräch, das sie daraufhin geführt hatten? Oder maß er dem Ganzen eine zu große Wichtigkeit bei?

***

In seinen Augen habe ich es erkannt. Er erinnerte sich an mich und daran, wie er mich ausgenutzt hat. Sein Lächeln war verräterisch überheblich.

In dem Moment wusste ich, dass er sterben muss. Die Vorstellung, weiter die gleiche Luft zu atmen wie er, war mir unerträglich.

Mit der Spitze des Zeigefingers fuhr ich über die Klinge. Zu Hause hatte ich das Messer am Wetzstein geschärft. Es würde mühelos in ihn eindringen – vorausgesetzt, ich behielte die Nerven.

Damals hatte ich Fehler gemacht, mich ausnutzen lassen. Alles verloren. Bis ich in der Gosse erwachte. Voller Schuldgefühle und Rachegedanken.

Nun war es so weit. Ich konnte es nicht länger aufschieben. Es stand zu viel auf dem Spiel.

Ich schob das Messer in die Kängurutasche meines Hoodies, aus der ich es bequem herausziehen konnte. Dann streifte ich die Kapuze über und verließ das Auto. Bevor ich mich dem Eingang näherte, sah ich mich in aller Ruhe um. Mir fiel niemand auf, der mich beobachtete. Selbst wenn, die Kapuze verdeckte einen Teil meines Gesichts.

***

Nach dem Essen setzte sich Zinsberger an den PC. Auch das gehörte zu seinem abendlichen Entspannungsprogramm. Ein bisschen Nachrichten checken, Informationen über seinen Lieblingsverein einholen, ab und zu einen Porno schauen. Wenn er genau darüber nachdachte, musste er einsehen, dass er tatsächlich alt geworden war. Doch der Absturz vor zwei Jahren war zu heftig gewesen. Fast wäre er einen dreckigen Junkietod gestorben. Zwar fehlte ihm das Gefühl des Drogenrauschs, aber er wollte nie wieder einen derart kompletten Kontrollverlust erleben wie in der Nacht, als er in der Notaufnahme gelandet war.

Gerade als er seine bevorzugte Pornoseite aufrief, klingelte es an der Wohnungstür. Überrascht schaute er auf die Uhr des Computers. Es war Viertel nach elf. Wer konnte das sein?

Zinsberger schloss den Browser und rollte mit dem Bürostuhl nach hinten. Dann verließ er das kleine Arbeitszimmer, lief durch die lange Diele und aktivierte die Videoanlage. Auf dem vier Zoll großen Monitor sah er eine Person, die der Kamera den Hinterkopf zuwandte.

»Was wollen Sie?«, fragte er.

***

Ich drehte mich um.

»Mit dir reden. Was sonst?«

»Zu so später Stunde?«, fragte er verwundert.

Ich zog die Kapuze vom Kopf, um weniger bedrohlich zu wirken.

»Ist das nicht für Nachtmenschen wie uns die beste Zeit?«

Ob er misstrauisch war?

Das Summen des Türdrückers beantwortete die Frage. Ich schlüpfte ins Haus und zog mir die Kapuze wieder über.

Er wohnte in der zweiten Etage. Als ich den letzten Treppenabsatz erreichte, öffnete er die Wohnungstür. Bemerkte er die Hand in der Tasche vor meinem Bauch? Zumindest schaute er nicht dorthin.

Sei mutig!, dachte ich. Nur ein paar Sekunden! Halt dir vor Augen, was er dir angetan hat! Alles steht auf dem Spiel, wenn du ihn nicht ausschaltest. Seit eurem Wiedersehen hat er dich im Visier.

Er schaute mich an. Fast wirkte es so, als würde er mir den wahren Grund meines Besuchs anmerken.

Ich betrat die letzte Stufe. Plötzlich war ich mir sicher, dass er mir die Tür vor der Nase zuknallen würde. Ich zog die Hand aus der Tasche und machte einen großen Schritt in seine Richtung. Was irritierte ihn mehr? Das Messer oder meine Entschlossenheit?

Ich holte aus und stach zu. Die Klinge drang in sein Fleisch ein. Er taumelte zurück in die Wohnung, als ich das zweite Mal zustach. Dann warf ich die Tür hinter uns zu.

Verzweifelt schlug er nach mir. Griff nach einem Schlüsselbund, der auf einer Kommode lag, verfehlte ihn aber knapp. Wieder stach ich zu. Ich war wie ein Florettfechter, der nach vorn preschte, zustieß und sich dann etwas zurückzog.

Er stürzte zu Boden, schaute mich hilflos an.

Seine Lippen öffneten sich. »Wieso?«, krächzte er.

»Du weißt es!«, zischte ich.

Seine Unschuldsmiene löste Hass in mir aus. Ich sprang auf ihn zu. Er trat nach mir und erwischte mich am Oberschenkel. Noch war er nicht geschlagen. Ich packte sein Bein und rammte ihm die scharfe Klinge in die Wade. Er schrie. Hoffentlich hörten die Nachbarn das nicht. Ich musste ihn schnell zum Schweigen bringen.

Entschlossen stach ich zu. Wieder und wieder. Bis er sich nicht mehr rührte.

In seinem Badezimmer wusch ich mir Gesicht und Hände. Ich war über und über mit Blut bespritzt. Ich musste die Kleidung loswerden und mir irgendwas von ihm anziehen.

Ich kletterte in die Badewanne und zog mich komplett aus. Nackt lief ich in die Küche, ohne die Leiche im Flur zu beachten. Ich riss ein Stück Küchenpapier ab und hielt es an die Griffe der Schränke, bevor ich sie öffnete. Im dritten Schrank fand ich Müllbeutel. Ich nahm einen heraus und ging ins Badezimmer zurück, stopfte meine Kleidung in den Beutel. Danach betrat ich sein Schlafzimmer. Mit derselben Vorsichtsmaßnahme wie zuvor zog ich die Türen des Kleiderschranks auf. Ich entschied mich für einen Pullover und eine Sporthose. Außerdem einen Slip und ein paar Socken. Nachdem ich das alles angezogen hatte, stellte ich mich neben den Toten. Die Versuchung, ihm ins Gesicht zu spucken, war riesig. Doch ich hielt mich zurück, denn ich stand am Anfang meiner Mission. Jetzt gab es kein Zurück mehr. Ich hatte angefangen und musste es zu Ende bringen. Nur so konnte ich in Ruhe weiterleben.

Mir meine Ehre wiederholen.

Ich näherte mich der Wohnungstür und schaute durch den Spion in den Hausflur. Dort brannte kein Licht. Bevor ich die Tür öffnete, überzeugte ich mich, nichts vergessen zu haben. Mit wild klopfendem Herzen ging ich hinaus und lief im Dunkeln nach unten. Was sollte ich tun, wenn ich draußen jemandem begegnete?

Doch die Angst war unbegründet. Niemand kam in diesem Moment heim oder führte seinen Hund aus. Ich senkte den Blick und näherte mich meinem Wagen. Als ich in die Hosentasche griff, erstarrte ich.

»Scheiße! Bitte nicht!«

Ich ging hinter dem Kofferraum in die Hocke und öffnete den Müllbeutel. Panisch kramte ich nach meiner blutverschmierten Hose und zerrte sie heraus. In der linken Tasche wurde ich rasch fündig.

»Danke«, flüsterte ich leise. Wenn mir mein Schlüssel oben in der Wohnung aus der Tasche gerutscht wäre ...

In diesem Augenblick hatte ich das Gefühl, dass das Schicksal meinen Racheplan guthieß.

Ich entriegelte das Fahrzeug, warf den Kleidersack in den Kofferraum und klemmte mich hinters Steuer. Ein letztes Mal schaute ich in Richtung des Hauses, in dem der Mistkerl tot in seiner Diele lag. Hinter keinem Fenster brannte Licht. Niemand schien mich zu beobachten.

Der Anfang war getan.

Doch es war bloß der erste Schritt auf einer langen Reise.

2

Nachdenklich strich Lukas Sommer sich über den Nasenrücken, während er die Tatortfotos betrachtete. Die Saarbrücker Kollegen hatten ihm einen kleinen Raum zur Verfügung gestellt, nachdem er dem verantwortlichen Hauptkommissar am Tag zuvor sein Erscheinen angekündigt hatte.

Zwei Morde innerhalb von vier Wochen. Der erste in Krefeld, Opfer war der dreiundvierzigjährige Geschäftsmann Marko Zinsberger. Der zweite in Saarbrücken, verübt an dem drei Jahre älteren Geschäftsmann Wolfgang Islacker. Ein vom BKA entwickeltes und von der Kriminalermittlungstaktischen Einsatzgruppe KEG genutztes Computerprogramm, in dem bundesweit alle ungeklärten Tötungsdelikte aufgeführt wurden, hatte wenige Tage nach der zweiten Tat Alarm geschlagen. Die Datenbank hatte Parallelen erkannt, die sonst niemandem so schnell aufgefallen wären. Deswegen hatten Drosten und er von Wiesbaden aus die zuständigen Kommissariate kontaktiert und sich aufgeteilt, um sich vor Ort einen ersten Eindruck zu verschaffen. Ob die KEG die Ermittlungen übernehmen würde, hing von der Einschätzung ab, zu der Drosten und Sommer kämen.

Beide Opfer waren brutal mit zahlreichen Messerstichen niedergemetzelt worden. Die rechtsmedizinischen Erkenntnisse deuteten auf einen Rechtshänder als Täter hin; er hatte ein Messer mit einer etwa zwanzig Zentimeter langen Klinge benutzt. Die Spurenlage an den Tatorten – in beiden Fällen die Wohnungen der Männer – war äußerst dünn. Es gab ein paar Faserspuren, die von massenhaft verkaufter Kleidung stammten. Sämtliche DNA-Spuren gehörten den Mordopfern, ihren Familienmitgliedern oder regelmäßigen Besuchern. Die Datenbank hatte nicht nur wegen der ähnlichen oder sogar identischen Tatwaffe Alarm geschlagen, sondern auch wegen eines weiteren Details. Islacker hatte bis vor zweieinhalb Jahren ebenfalls in der Nähe von Krefeld gelebt.

Doch reichten diese Hinweise, um von einem Mehrfachmörder auszugehen?

Sommer tendierte zu dieser Annahme, wollte jedoch kein vorschnelles Urteil fällen. Sollte die KEG die Ermittlungen an sich ziehen wollen, benötigten sie gute Argumente, um die ortsansässigen Kollegen zur Zusammenarbeit zu überzeugen.

Er legte den Kopf in den Nacken und starrte an die weiße Decke. Das Hotel, in dem er die Nacht verbringen würde, bot laut Homepage einen Massageservice an. Je nachdem, wie lang der Tag noch dauerte, würde er das Angebot gegebenenfalls in Anspruch nehmen. Um seinen verspannten Nacken zu entlasten, drückte er links und rechts mit den Daumen auf die schmerzenden Stellen.

Es klopfte an der Tür.

»Herein«, rief Sommer.

Der leitende Hauptkommissar Bude steckte den Kopf in den Raum.

»Die Ehefrau unseres Mordopfers ist gerade eingetroffen.«

»Wunderbar!«, sagte Sommer, ließ von seinem Nacken ab und erhob sich.

Simone Islacker trug ein schwarzes, knielanges Kleid. Sie schaute zu Sommer und Bude auf, als die den Vernehmungsraum betraten.

»Guten Tag, Frau Islacker. Ich bin Hauptkommissar Lukas Sommer vom BKA. Im Rahmen der polizeilichen Ermittlungen sind Fragen aufgetaucht, weshalb unsere Behörde seit Neuestem involviert ist. Aber zunächst möchte ich Ihnen mein tief empfundenes Beileid aussprechen.«

Er reichte ihr die Hand. Die Witwe erwiderte den Händedruck leicht.

»Danke«, flüsterte sie.

Simone und Wolfgang Islacker waren erst seit drei Jahren verheiratet gewesen – beide in zweiter Ehe. Als Täterin kam sie nicht infrage, da sie sich zum Tatzeitpunkt zweihundert Kilometer entfernt auf einer

Tagung aufgehalten hatte. Höchstens konnte sie jemanden mit der Ermordung ihres Mannes beauftragt haben. Worauf in den ersten Befragungen aber nichts hingewiesen hatte. Zwar gab es eine Lebensversicherung in sechsstelliger Höhe zu ihren Gunsten, Simone Islacker verdiente in ihrem Vertriebsjob jedoch genug eigenes Geld; ein finanzielles Motiv konnten sie also ausschließen.

»Sind Sie zu den Ermittlungen hinzugezogen worden?«, wunderte sich die Witwe.

»Sozusagen«, antwortete Sommer.

Er setzte sich ihr gegenüber und schüttete Wasser in die bereitstehenden Gläser.

»Ich arbeite für eine bundesweit tätige Ermittlungsgruppe. Uns sind gewisse Parallelen zu einem Mordfall in Krefeld aufgefallen.«

»Krefeld?«, sagte sie überrascht. »Wolfgang stammt von dort.«

»Genau. Können Sie uns etwas aus seiner Zeit am Niederrhein berichten?«, fragte Hauptkommissar Bude.

»Was wollen Sie wissen? Ich habe ihn ja damals zufällig bei einem Stadtteilfest kennengelernt. Vor fünf Jahren.« Sie senkte den Blick, presste die Lippen aufeinander und schien kurz davor, die Fassung zu verlieren.

Sommer gab ihr einen Moment Zeit und wartete, bis sie ihn wieder ansah.

»Erzählen Sie mir ein bisschen davon«, bat er. »Wie hat er damals gelebt, welche Kontakte hatte er, wo war er beschäftigt? Solche Sachen könnten uns helfen, eine Verbindung zu dem anderen Fall zu finden.« Er griff zu einem Kugelschreiber und tippte damit auf den vor ihm liegenden Notizblock. »Ich mache mir stichwortartig Notizen, aber lassen Sie sich davon nicht ablenken.«

Sie nickte, schaute an den beiden Polizisten vorbei zur Tür und begann, von ihrem ersten Aufeinandertreffen mit Wolfgang Islacker zu berichten.

Sommer schrieb in der nächsten Dreiviertelstunde zwei Seiten des DIN-A5-Blocks voll. Für ihn kam die Witwe als Tatbeteiligte anschließend endgültig nicht mehr infrage. Sie litt unter dem Verlust und hatte ihren Ehemann geliebt. Keine einzige Äußerung deutete auf Widersprüchlichkeiten hin. Allerdings entdeckte er in ihrer Aussage auch keinen roten Faden, der ihn durchs Labyrinth hätte führen können.

»Wie kam es zu dem Umzug ins Saarland?«, erkundigte er sich. »Warum sind Sie nicht am Niederrhein geblieben?«

»Für mich wäre das die erste Wahl gewesen. Ich mag die Landschaft und die Nähe zu Holland.« In ihrer Stimme schwang zum ersten Mal Zurückhaltung mit. »Familiär sind wir beide ungebunden.«

»Aber?«, hakte Sommer nach.

Ihr Zögern war offensichtlich.

»Frau Islacker, falls wir einen Zusammenhang zwischen den beiden Mordopfern finden, könnte das der entscheidende Durchbruch sein. Sie wollen doch auch, dass der Mörder Ihres Mannes verhaftet wird.«

»Natürlich. Aber der Name Marko Zinsberger sagt mir nichts«, wiederholte sie etwas, das sie im Verlauf der letzten Dreiviertelstunde bereits gesagt hatte. »Wirklich nicht.«

»Täusche ich mich, oder war Ihr Mann die treibende Kraft hinter dem Umzug ins Saarland?«, vermutete Sommer.

»Sie haben recht.« Angespannt zog sie die Schultern ein Stück in die Höhe. »Gegen Ende seiner Zeit in NRW gab es Schwierigkeiten mit seinem alten Arbeitgeber. Wolfgang hat einem Aufhebungsvertrag zugestimmt, um einer Kündigung zuvorzukommen. Kleine Abfindung, sehr gutes Zeugnis. Der Umzug ins Saarland diente ihm bei Vorstellungsgesprächen als Begründung für die berufliche Neuorientierung.«

»Was ist passiert?«, fragte Bude.

»Wolfgang hatte zusammen mit zwei Bekannten in eine Neugründung investiert, seinem Arbeitgeber aber nichts davon gesagt. Vor allem hatte er verschwiegen, dass er seine Position ausnutzte, um der neu gegründeten Telemarketingfirma Aufträge zuzuschustern. Als das herauskam, warf sein Arbeitgeber ihm diverse arbeitsrechtliche Verfehlungen vor. In meinen Augen völlig übertrieben. Die neue Firma war laut Wolfgang günstiger als jedes weitere Angebot, und die Aufträge wären so oder so vergeben worden.« Simone Islacker zuckte die Achseln.

»Sie sprechen von Bekannten«, sagte Sommer. »Erinnern Sie sich an deren Namen?«

Die Witwe schüttelte den Kopf. »Das ist vier Jahre her. Selbst wenn er sie irgendwann mal erwähnt haben sollte, hab ich sie längst vergessen. Außerdem kann das nichts mit dem Mord zu tun haben, oder?«

»Mordermittlungen sind manchmal wie die sprichwörtliche Suche nach der Nadel im Heuhaufen«, entgegnete Sommer. »Glauben Sie, wir finden Hinweise auf den damaligen Vorgang in den Unterlagen Ihres Mannes?«

»Keine Ahnung«, gestand sie.

»Wie hieß der Arbeitgeber, der Ihren Mann zur Unterschrift unter dem Aufhebungsvertrag gedrängt hat?«

Sie nannte den Namen eines weltweit agierenden Technologiekonzerns. Sommer bezweifelte, dass er dort jemanden finden würde, der sich an die Vorgänge erinnerte, es sei denn, Islackers damaliger Chef arbeitete noch dort.

***

Zur selben Zeit blätterte Robert Drosten in den Unterlagen, die die Krefelder Kollegen ihm bereitwillig zur Verfügung gestellt hatten. Seit vier Wochen versuchten sie, eine vielversprechende Spur zu finden, doch jeder Ermittlungsansatz hatte sich nach kurzer Zeit als irrelevant erwiesen. Die Dienststelle war aufgrund diverser Einsparungsmaßnahmen völlig unterbesetzt –

weswegen man sehr an einer Übernahme der Ermittlungen durch die KEG interessiert war.

Der Ermordete hatte eine wilde Phase in seinem Leben durchgemacht, inklusive schmutziger Scheidung, Drogenkonsums und mehreren Jobwechseln. Die in den Niederlanden lebende Ex-Frau hatte ein wasserdichtes Alibi, Kontakte zu Dealern hatte er in den letzten Jahren anscheinend nicht gepflegt.

Warum hatte ihn jemand so brutal ermordet?

Das Fehlen von Einbruchspuren deutete darauf hin, dass Zinsberger seinem Mörder die Tür geöffnet hatte. Obwohl sich die Suche also zunächst auf sein soziales Umfeld beschränken ließ, hatte das die Ermittlungen nicht vorwärtsgebracht. Auch andere Möglichkeiten wie die Inanspruchnahme eines Essenslieferdienstes schieden aus. Das Ganze war ein großes Rätsel.

Drosten hoffte, dass ein Abgleich mit den Erkenntnissen aus dem Saarland Fortschritte bringen würde. Daher packte er die Unterlagen in seine Umhängetasche. Sommer würde sich bei ihm melden, sobald er die Zeit dazu fand. Doch Drosten musste den Kopf frei bekommen – was ihm in dem Krefelder Polizeipräsidium nur schwer gelänge. Deswegen wollte er bei einem Spaziergang in der Nähe seines unweit eines Golfplatzes gelegenen Hotels die Gedanken ordnen.

Die verantwortliche Hauptkommissarin Lichtensteiner sah zu ihm auf, als er ihr Büro betrat.

»Feierabend?«, fragte die Endvierzigerin.

»Nicht ganz«, bedauerte er. »Ich nehme Unterlagen mit, um sie auf möglicherweise relevante Details durchzugehen.« Er klopfte auf seine Ledertasche. »Außerdem werde ich mit meinem Kollegen Sommer telefonieren, um zu hören, was er im Saarland herausgefunden hat.«

»Ich hoffe, das bringt uns weiter.«

»Ab wann sind Sie morgen früh im Präsidium?«

»Spätestens um acht«, antwortete sie. »Aber Sie erreichen mich jederzeit über mein Handy.«

***

Zwei Stunden später meldete sich Lukas Sommer per Skype-Verbindung. Trotz des verpixelten Bildes erkannte Drosten an dessen Gesichtsausdruck sofort, dass er ebenso wenig vorangekommen war.

»Du siehst nicht besonders zufrieden aus«, stellte Drosten fest.

»Wie könnte ich? Die Kollegen vor Ort haben gute Arbeit geleistet. Bei der Befragung der Witwe hat sich möglicherweise etwas ergeben, aber das muss ich noch klären. Könnte im Sande verlaufen. Falls ich überhaupt etwas dazu herausfinde. Und bei dir?«

»Ähnlich. Mir ist auf den ersten Blick nichts aufgefallen, was den Krefeldern entgangen sein könnte. Oder was sie falsch interpretiert hätten. Wobei Marko Zinsberger vor einigen Jahren eine längere wilde Phase hatte. Drogen, inklusive einer Einlieferung in die Notaufnahme. Außerdem diverse geschäftliche Beteiligungen, die er neben seinem Job aufgezogen hat.«

»Geschäftliche Beteiligungen?«, hakte Sommer nach.

»Klingelt da bei dir was?«, vermutete Drosten.

»Vielleicht. Islacker ist unter anderem wegen eines Disputs mit seinem renommierten Arbeitgeber aus Krefeld weggezogen. Er hatte ihm verheimlicht, finanziell an einer Telemarketingfirma beteiligt zu sein, der er Aufträge zugeschustert hat.«

»Ich schicke dir meine Unterlagen«, schlug Drosten vor. »Vielleicht findest du etwas heraus.«

Kaum hatte Drosten die Schriftstücke mittels eines mobilen Geräts eingescannt und an Sommer verschickt, wählte er die Nummer seiner Ehefrau.

»Hi, mein Schatz«, begrüßte Melanie ihn gut gelaunt.

»Hallo, Melanie. Wie war das Gespräch mit dem Jugendamt?«

»Fantastisch«, antwortete sie. »Sie wollen mich in meinem Vorhaben unterstützen, müssen dich allerdings vorab kennenlernen. Wann bist du wieder in Wiesbaden?«

Melanie hatte vor einigen Monaten angefangen, in einem Kinder- und Jugendheim zu arbeiten, und dort schnell ein Vertrauensverhältnis zu einem zehnjährigen Waisenmädchen aufgebaut. Im Laufe der kurzen Zeit war in Melanie der Wunsch entstanden, dem Mädchen ein Zuhause zu bieten. Sie hatten die Möglichkeit besprochen, sich als Pflegefamilie für Dana zu bewerben, selbst wenn das bedeutete, dass Melanie den Job im Heim wieder aufgeben müsste. Obwohl Drosten nicht hundertprozentig überzeugt war, unterstützte er seine Ehefrau in ihrem Vorhaben. Melanie war ungewollt kinderlos geblieben und sah jetzt wohl eine Chance, dem Schicksal ein Schnippchen zu schlagen.

»Ich hoffe, übermorgen«, antwortete er.

»Kannst du das versprechen? Dann würde ich einen Termin vereinbaren.«

Innerlich unterdrückte er einen Seufzer. Melanie wusste genau, dass er keine Garantien geben konnte. Doch er wies sie nicht darauf hin. Sein Job hatte ihr in den vergangenen zwanzig Jahren viele Opfer abverlangt, und doch hatte sie sich nie beklagt.

»Was hältst du von nächstem Montag?«, schlug er vor. »Sollte es hier länger dauern, bin ich spätestens am Wochenende zu Hause.«

»Du bist der Beste. Danke!«

»Und wie geht's Rocky?«, erkundigte er sich.

Während seine Frau von den neuesten Eskapaden ihres gemeinsamen Hundes erzählte, wanderten Drostens Gedanken schon wieder zu dem Fall. Sein Laptop zeigte an, dass Sommer die Unterlagen heruntergeladen hatte. Ob er damit etwas anfangen konnte?

***

»Islacker«, meldete sich die Witwe nach wenigen Sekunden Freizeichen.

»Frau Islacker, Hauptkommissar Sommer. Entschuldigen Sie bitte die Störung. Hätten Sie noch mal einen Moment Zeit für mich?«

»Natürlich.«

»Wir sind im Rahmen der Krefelder Mordermittlung auf die Namen von ein paar Firmen gestoßen, in die das erste Mordopfer investiert hatte. Können Sie sich vielleicht noch erinnern, wie die Firma hieß, die Ihrem Ehemann die Schwierigkeiten mit seinem Arbeitgeber einbrachte?«

Simone Islacker zögerte, bevor sie bedauernd verneinte.

»Darf ich Ihnen ein paar Namen vorlesen?«

»Sicher!«

Sommer begann mit drei Firmennamen, die er sich ausgedacht hatte. Jedes Mal reagierte Simone Islacker zügig mit einem entschlossenen Nein. Danach nannte er eine Firma, die tatsächlich in Drostens Unterlagen erwähnt wurde.

»Nein«, bedauerte sie genauso schnell.

»Targeting Call and Mail GmbH«, fuhr Sommer fort.

»Wiederholen Sie das bitte!«

»Targeting Call and Mail GmbH.«

»Das kommt mir bekannt vor«, erklärte die Witwe zögernd. »Aber ich will keine falschen Hoffnungen wecken.«

»Das könnte der Firmenname gewesen sein?«

»Ich bin mir fast sicher, dass Wolfgang ihn mal erwähnt hat. Was bedeutet das?«

»Dass wir vielleicht eine weitere Übereinstimmung gefunden haben. Ich melde mich, falls ich zusätzliche Informationen benötige. Aber Sie könnten mir vorab einen Gefallen tun und in den Unterlagen Ihres

Ehemanns nachsehen, ob Sie den Namen der Firma irgendwo entdecken.«

»Reicht es, wenn ich mich morgen früh daransetze? Unser Gespräch heute hat mich ziemlich mitgenommen.«

»Kein Problem. Ruhen Sie sich aus.«

Sommer beendete das Telefonat und wählte Drostens Handynummer. Er landete direkt auf der Mailbox.

»Schläfst du schon? Ich habe eventuell eine Spur gefunden. Meld dich, egal wann!«

3

Freitagvormittag saßen die beiden BKA-Ermittler in ihrem Wiesbadener Büro. Sommers Spur hatte sich als zutreffend erwiesen. Islackers alter Arbeitgeber hatte dessen Personalakte archiviert, und darin gab es einen Vermerk zu der Targeting Call and Mail GmbH. Die beiden Kommissare trugen jetzt die Informationen zusammen, die sie über die schnell untergegangene Firma herausgefunden hatten.

»Wir sind gar nicht so schlecht«, brummte Sommer zufrieden. »Ziemlich viel Material. Damit lässt sich arbeiten.«

Er trat an das Whiteboard und zog die Kappe von einem schwarzen Stift. Als Erstes notierte er den Namen der Telemarketingagentur und unterstrich ihn.

»Als Geschäftsführer war im Handelsregister ein gewisser Andreas Heidfeld eingetragen«, sagte Drosten. »Ein Dreivierteljahr nach Gründung der Firma musste er wegen eines Schuldenbergs von einer knappen Viertelmillion Privatinsolvenz einreichen.«

»Bitter«, meinte Sommer, während er die Zahl aufschrieb. »Würde mich interessieren, warum die GmbH eine so hohe Stammeinlage gewählt hat.«

»Das werden wir ihn fragen. Heidfeld lebt noch immer in Krefeld. Zum Zeitpunkt der Firmengründung war er mit Yvonne Heidfeld verheiratet. Die zwölf Jahre jüngere Frau verließ ihn allerdings kurz nach der Geschäftsaufgabe und reichte die Scheidung ein. Auch da bin ich auf Einzelheiten gespannt.« Drosten blätterte in seinen Notizen. »Die beiden ermordeten Männer Zinsberger und Islacker waren mit je zwanzigtausend an der Firma beteiligt. Doch in erster Linie sollten sie dafür sorgen, dass die Agentur Aufträge von renommierten Firmen erhielt. Das könnte ein Mordmotiv sein.« Er schlug erneut eine Seite um. »Als Marketingleiter wurde der Uniabsolvent Pascal Renker verpflichtet. Ziemlich viel Verantwortung für einen jungen Mann ohne Berufserfahrung. Außerdem haben unsere IT-Cracks noch den Namen eines Teamleiters herausgefunden, der jedoch bereits vor der Insolvenz fristlos entlassen wurde. Bastian Schwarz. Vielleicht auch eine interessante Spur. Je nachdem, aus welchem Grund er rausgeschmissen wurde.«

Sommer trat zurück und betrachtete seine Notizen. »Führt wohl kein Weg an einer Rückkehr nach Krefeld vorbei.«

»Nein«, bestätigte Drosten. »Von Islacker abgesehen, hat es keinen der Beteiligten von dort weggezogen.«

»Wann habt ihr Montag den Termin beim Jugendamt?« Sommer drückte die Kappe auf den Stift und setzte sich.

»Um neun Uhr.«

»Also können wir gegen elf aufbrechen?«

»Hoffentlich.«

»Bist du nervös? Pflegevater. Das ist eine große Verantwortung.«

Drosten griff zu seiner Kaffeetasse und trank den letzten Schluck. »Melanie ist die treibende Kraft.«

»Trotzdem betrifft es dich auch.«

»Ich kann ihr das nicht verwehren. Sie hat unter unserer Kinderlosigkeit stärker gelitten als ich«, bekannte Drosten. »Du weißt, unser Job ist nicht ideal, um Kinder in die Welt zu setzen. Wie oft siehst du Jeremias tagelang nicht?«

»Viel zu oft«, bestätigte Sommer.

»Melanie weiß, dass ich nicht plötzlich den Beruf aufgeben werde, um Dana ein toller Pflegevater zu sein. Falls es überhaupt klappt. Aber Melanie wird sicher eine fantastische Pflegemutter sein und das alles auch ohne mich schaffen.« Drosten deutete aufs Whiteboard. »Was ist dein erster Gedanke?«

Sommer lächelte über den offensichtlichen Versuch, das Thema zu wechseln. »Ich schätze, wir denken in dieselbe Richtung«, vermutete er.

»Der Geschäftsführer.«

»Eine Viertelmillion Schulden und eine gescheiterte Ehe. Das sind gute Gründe. Ich bin gespannt, was seine Befragung ergibt.«

Drosten nickte. »Auf den ersten Blick unser Hauptverdächtiger. Wobei wir beide wissen, dass es selten so leicht ist.«

»Die Morde könnten auch rein gar nichts mit der damaligen Insolvenz zu tun haben«, bestätigte Sommer und schaute auf seine Armbanduhr. »Sollen wir Schluss machen? Jeremias und Jen freuen sich bestimmt, wenn ich zeitig nach Hause komme. Ich warte am Montag hier, bis dein Termin vorbei ist.«

»Drück mir die Daumen«, meinte Drosten.

Die Männer umarmten sich kurz, ehe sie gemeinsam das Büro verließen.

***

»Sprechen wir es ein letztes Mal durch«, bat Melanie.

Es war Sonntagnachmittag, und sie saßen gemeinsam am Küchentisch. Rocky hockte zu Melanies Füßen und hoffte offenbar, dass ein Rest von dem köstlichen Nudelgericht für ihn abfiel.

»Sollen wir dabei abräumen?«, schlug Robert Drosten vor.

Seit Freitagnachmittag gab es zwischen ihnen kein anderes Gesprächsthema. Melanie hatte ihm bereits mehrfach erklärt, wie er seine berufliche Position gegenüber der Jugendamtsmitarbeiterin darstellen sollte. Statt sie darauf hinzuweisen, erhob er sich und nahm die leere Auflaufschüssel vom Tisch. Melanie hingegen blieb sitzen.

»Das ist mir wirklich wichtig«, sagte sie.

»Mir auch.«

Drosten bemerkte ihre zusammengepressten Lippen. Er stellte die Schüssel in die Spülmaschine, bevor er sich wieder zu ihr an den Tisch setzte.

»Schieß los!«, sagte er und griff nach ihrer Hand.

Dankbar lächelte sie. »Du bist Leiter einer bundesweit tätigen Polizeibehörde«, erklärte sie. »Wenn die Frau mehr wissen will, stellst du deine administrativen Aufgaben in den Vordergrund. Nicht die Jagd nach Mördern. Sie muss nicht hören, wie oft du dienstlich unterwegs bist.«

»Und wenn sie explizit danach fragt?«

»Dann schwindle. Zumindest ein bisschen.«

»Ob sie Zugriff auf unsere Steuererklärungen hat?«, sprach Drosten einen unangenehmen Gedanken aus. »Aus einigen Angaben könnte sie möglicherweise Rückschlüsse ziehen.«

»Mist«, flüsterte Melanie. »Daran habe ich nicht gedacht.«

»Ich sollte besser nicht lügen.«

»Du könntest behaupten, dass du im ersten Jahr nach Gründung der KEG häufiger unterwegs warst. Um die Aufgabenbereiche bundesweit vorzustellen.«

»Meinetwegen.«

»Unter keinen Umständen darfst du erwähnen, dass ihr vor allem Serienmörder jagt. Leiter einer

Polizeibehörde klingt nach Schreibtischjob. Die Jagd nach Serienmördern hingegen weckt düstere Vorstellungen.«

»Okay«, sagte er, obwohl er Melanies Vorgehen für falsch hielt. Mit Unwahrheiten kam man seltener ans Ziel als mit der Wahrheit – auch wenn es oft erst mal leichter aussah.

»Die Kurse, die zukünftige Pflegeeltern belegen müssen, finden entweder am Wochenende statt oder können von mir allein absolviert werden. Aber natürlich erklärst du dich bereit, daran teilzunehmen.«

»Du weißt, ich kann das nicht versprechen.«

»Das kriegen wir schon irgendwie hin«, behauptete Melanie. »Die Beamtin will dich kennenlernen. Trotzdem weiß sie natürlich, wer die Hauptlast trägt. Wie in vielen anderen Pflegefamilien ist das die Ehefrau. Glaub mir, du musst maximal an einem oder zwei Terminen anwesend sein.«

»Die man im schlimmsten Fall verschieben müsste. Wenn ich mitten in einer Ermittlung stecke.«

»Klar, deine Arbeit geht wie immer vor«, maulte sie. »Dana hat uns verdient. Sie ist so ein liebes Mädchen. Es würde mich todunglücklich machen, wenn es deinetwegen nicht klappen würde.«

Überrascht sah Drosten seiner Frau in die Augen. Schwang in ihren Worten eine Drohung mit? Rasch senkte sie den Blick, zog ihre Hand weg und fing an, den Tisch abzuräumen.

***

Am Montagmorgen klopfte Melanie Drosten überpünktlich an die Tür im Jugendamt. Sie trug ein elegantes, petrolfarbenes Kostüm. Robert Drosten steckte in einem seiner typischen Anzüge, da er nach dem Termin direkt in die Zentrale fahren würde.

»Herein«, erklang eine gedämpfte Stimme.

»Alles wird gut«, flüsterte Melanie, setzte ein strahlendes Lächeln auf und öffnete die Tür. »Guten Morgen, Frau Schlüter.«

Die Beamtin erhob sich von ihrem Schreibtischstuhl und kam ihnen entgegen. Unauffällig versuchte sie, einen ersten Eindruck von Robert Drosten zu gewinnen, dem das jedoch nicht verborgen blieb. Sie schüttelte beiden die Hand, ehe sie auf einen runden Besuchertisch deutete, auf dem eine Thermoskanne, drei Tassen samt Untertassen und eine kleine Keksauswahl standen.

»Setzen wir uns doch. Möchten Sie Kaffee? Ich habe übrigens Ende letzter Woche mit dem Kinderheim Rücksprache gehalten. Von dort bekommen Sie fantastische Bewertungen, Frau Drosten.«

Melanie lächelte dankbar. »Die Tätigkeit macht mir großen Spaß.«

Sie nahmen Platz, und die Jugendamtsmitarbeiterin schenkte ihnen Kaffee ein.

»Trotzdem wollen Sie Dana zuliebe darauf verzichten?«

»Hundertprozentig.«

»Was sagen Sie dazu, Herr Drosten?«

»Ich unterstütze meine Frau in jeder ...«

»Daran zweifle ich nicht«, unterbrach die Beamtin ihn. »Ich meinte den Hergang des Autounfalls, bei dem Danas Eltern ums Leben gekommen sind. Glauben Sie, man könnte nach so langer Zeit noch Ermittlungsergebnisse erzielen?«

Überrumpelt schaute Drosten zu seiner Frau. Sie hatte schon mehrfach erwähnt, dass Danas Eltern bei einem Verkehrsunfall ums Leben gekommen waren. Aber das hier klang nach einer ganz anderen Geschichte.

Plötzlich grinste die Jugendamtsmitarbeiterin. »Entschuldigen Sie. Offenbar haben Sie gestern nicht den Fernsehkrimi im Ersten gesehen. Da ging es um einen alten Autounfall, der erst Jahre später aufgeklärt werden konnte. Ich dachte, Sie würden meine Anspielung verstehen.«

Melanie kicherte, und Robert Drosten zwang sich zu einem Lächeln.

»Wir verbringen die Abende selten vor dem Fernseher«, erklärte Melanie. »Dafür sind wir viel mit unserem Hund unterwegs.«

Die Jugendamtsmitarbeiterin erhob sich kommentarlos, ging zu ihrem Schreibtisch und griff zu einer Akte.

»Rocky«, sagte sie schließlich. »Ein Appenzeller Sennenhund.«

»Genau«, bestätigte Melanie. »Ein sehr kinderlieber Hund. Das vergangene Wochenende haben Robert und ich vor allem damit zugebracht, uns auszumalen, wie

Dana unser Leben verändern, nein, bereichern würde.«

»Das höre ich gern.« Frau Schlüter wandte sich Robert zu. »Kommen wir zu Ihnen, Herr Drosten. Ich habe zur Vorbereitung unseres Termins ein wenig recherchiert und interessante Sachen herausgefunden.«

Mit ungutem Gefühl hörte er ihr zu.

»Wie heißt die Polizeibehörde, deren Leiter Sie sind?«

»Kriminalermittlungstaktische Einsatzgruppe. Abgekürzt KEG.«

Schlüter nickte zufrieden. »Kann es sein, dass Sie regelmäßig Mehrfachmörder aus dem Verkehr ziehen? Ich habe ein paar Zeitungsartikel gefunden, die darauf hindeuten.«

Aus dem Augenwinkel sah Drosten, wie Melanie verzweifelt die Augen schloss. War ihr Traum in diesem Moment wie eine Seifenblase geplatzt?

4

Wie fast immer, wenn Sommer und Drosten gemeinsam mit dem Auto unterwegs waren, saß Sommer am Steuer. An diesem Vormittag war es Drosten besonders recht. Er starrte aus dem Fenster und rekapitulierte das Gespräch im Jugendamt.

»Erzähl doch mal«, bat Sommer. »Ich fürchte, euer Termin ist nicht wunschgemäß gelaufen. Schweigsam, wie du bist.«

»Ganz und gar nicht«, bestätigte Drosten. »Die Frau vom Jugendamt war verdammt gut über mich informiert. Ich schätze, Melanie wird mir die Schuld geben, falls wir als Pflegeeltern nicht infrage kommen.«

»Wieso das?«

»Melanie hat in unserem Steckbrief wahrheitsgemäß angegeben, wo ich arbeite. Offenbar hat die Schlüter, so heißt die Beamtin, letzte Woche ausgiebig gegoogelt und herausgefunden, wie oft wir in Ermittlungen zu Serienmorden verstrickt waren. Du weißt, es gibt immer Pressemeldungen, in denen die KEG erwähnt wird, ohne dass unsere Namen fallen. Sie wollte alles Mögliche wissen. Unter anderem, ob ich regelmäßig in Gefahr schwebe, Morddrohungen erhalte et cetera.«

»Das ist unser Alltag«, meinte Sommer. »Wenn das ein Ausschlusskriterium ist, hätte sie Melanie erst gar keine Hoffnungen machen sollen.«

»Du sagst es!«

»Und jetzt?«

»Sie prüft die eingereichten Unterlagen und gibt uns innerhalb der nächsten sieben bis zehn Tage Bescheid. Schon das ist eine Frechheit! Wieso sagt sie nicht von vornherein, dass wir keine Chance haben?«

»Vielleicht siehst du zu schwarz.«

»Eher nicht!«

Nach knapp dreistündiger Fahrt erreichten sie am frühen Nachmittag die Krefelder Adresse des ehemaligen Geschäftsführers der Targeting Call and Mail GmbH. Sie hatten darauf verzichtet, sich vorab telefonisch anzukündigen, obwohl sie dadurch Gefahr liefen, Heidfeld nicht anzutreffen. Doch der Vorteil, ihn unvorbereitet zur Rede stellen zu können, machte die möglichen Nachteile wett.

Heidfeld lebte in einer reinen Wohnsiedlung. Mehrfamilienhaus reihte sich an Mehrfamilienhaus, dazwischen eine Straße, die dermaßen zugeparkt war, dass nicht zwei Wagen nebeneinander passten. Die Häuser stammten vermutlich aus den Sechzigerjahren und waren vor allem zweckmäßig.

»Da vorn ist die Nummer vierundzwanzig«, sagte Drosten.

Sommer bremste und betätigte den Blinker. In der Nähe einer Einfahrt fand er einen Parkplatz, der gerade eben groß genug für den Dienstwagen war.

Sie stiegen aus und gingen zügig auf den Hauseingang zu. Heidfelds Namen entdeckten sie in der dritten von insgesamt fünf Klingelreihen.

Drosten betätigte den Knopf, und es dauerte nur wenige Sekunden, bis an der Gegensprechanlage ein grünes Lämpchen aufleuchtete.

»Hallo?«

»Post für Sie, Herr Heidfeld«, log Drosten.

Sommer grinste schief. Gleichzeitig erklang der Türsummer. Sie betraten den Hausflur und liefen in die zweite Etage, wo der Mittfünfziger an der offenen Wohnungstür auf sie wartete. Er war schlank, hatte eine fahle Gesichtshaut und trug Sportkleidung.

»Post?«, fragte er misstrauisch.

»Polizei«, entgegnete Drosten und präsentierte seinen Dienstausweis. »Das haben Sie wohl falsch verstanden. Entschuldigung.«

»Worum geht's?«

»Dürfen wir reinkommen?«

»Kommt drauf an. Was wollen Sie von mir?«

»Es geht um die Targeting Call and Mail GmbH.«

»Die Firma existiert seit Jahren nicht mehr.«

»Sollen Ihre Nachbarn das Gespräch mitbekommen?«, fragte Sommer.

»Die sind alle bei der Arbeit«, erwiderte Heidfeld, trat jedoch einen Schritt zurück.

In der Diele hingen zahlreiche Regale an den Wänden, die vollgestopft waren mit losen Blättern, Schuhkartons, Aktenordnern, Umverpackungen und anderen Dingen. Auch auf dem Boden standen Kartons und Verpackungen. Heidfeld führte die Polizisten ins Wohnzimmer. Ein Standbild auf dem eingeschalteten Fernseher verriet, dass sie ihn bei einem Videospiel störten. Ansonsten sah es in dem Raum kaum anders aus als in der Diele. Überall Kisten. Der Mann schien eine Menge Zeug zu horten.

Heidfeld griff zur Fernbedienung und schaltete den Apparat aus.

»Wieso interessieren sich Polizisten für eine insolvente Firma? Sollten Sie in einem Fall von Wirtschaftsbetrug ermitteln ...«

»Sie haben also noch nicht davon gehört?«

Heidfeld zog die Stirn kraus. »Wovon?«

War seine Ahnungslosigkeit echt, oder spielte er ihnen etwas vor?

»Marko Zinsberger wurde vor knapp fünf Wochen ermordet.«

Heidfeld wandte sich ab und griff zu einer am Boden stehenden Colaflasche. »Darauf trinke ich. Auch wenn Ihnen das kaltherzig erscheinen mag.« Er schraubte den Verschluss auf und führte die Flasche an die

Lippen. Anschließend ließ er sich in einen Sessel fallen und deutete auf eine Couch.

»Setzen Sie sich.«

»Sie haben recht. Ihr Verhalten *ist* kaltherzig«, sagte Sommer.

»Dafür werde ich mich nicht entschuldigen. Schauen Sie sich um.« Er breitete die Hände aus. »So wohne ich nicht freiwillig.«

»Wer zwingt Sie dazu? Zinsberger?«

»In gewisser Weise. Eine Viertelmillion Schulden. Mir blieb nichts anderes übrig, als Privatinsolvenz zu beantragen. In zwei Jahren bin ich schuldenfrei. Dann starte ich noch mal durch.« Heidfeld lächelte leicht.

Drosten konnte sich kaum vorstellen, sein Gegenüber in leitender Position in einem Unternehmen zu sehen.

»Warum warten Sie so lange?«

»Weil mir bis auf das Existenzminimum ohnehin nichts bleiben würde«, erklärte Heidfeld. »Dann kann ich die Zeit auch nutzen, um mich zu entspannen. Warum soll ich mir jetzt den Stress einer verantwortungsvollen Position antun? Nein, ich sorge dafür, dass mein Lebenslauf einigermaßen akzeptabel aussieht. Durchstarten werde ich später.«

»Um zu faulenzen«, konkretisierte Sommer, um den Mann zu provozieren.

Der ehemalige Geschäftsführer zuckte lediglich mit den Achseln.

»Oder um Rachepläne zu schmieden?«, fragte Drosten.

»Nein«, erwiderte Heidfeld. »Das hätte ich eher vor vier Jahren tun sollen.«

»Erzählen Sie uns von der GmbH«, bat Sommer. »Sie hatten auf das Konto der Firma bei deren Gründung eine Viertelmillion eingezahlt. Wieso nicht bloß die Mindestsumme von fünfundzwanzigtausend?«

»Weil Zinsberger und Islacker Spielchen mit mir gespielt haben.«

Den Namen des zweiten Ermordeten aus Heidfelds Mund zu hören, beschleunigte Drostens Puls. Äußerlich ließ er sich allerdings nichts anmerken.

»Islacker?«, fragte er betont beiläufig.

»Wolfgang mit Vornamen. Ich kenne die beiden seit vielen Jahren. Irgendwann kam nach einem Saunabesuch die Idee auf, die wirtschaftlich turbulenten Zeiten zu nutzen. Zinsen waren niedrig, global agierende Unternehmen gleichzeitig bemüht, Kosten zu senken. Eine Telemarketingagentur, die ihre Dienste günstiger anbot als die Konkurrenz, hätte eine Goldgrube werden können. Haben Sie mir zumindest eingeredet.«

»Wie haben Sie die Viertelmillion zusammenbekommen?«, erkundigte sich Drosten.

»Zinsberger kannte jemanden aus der Kreditabteilung der Deutschen Bank. Die haben gemauschelt. Ich hatte kaum Sicherheiten. Trotzdem haben sie es hinbekommen, dass der Kredit floss. Wie schon gesagt, Zinsberger trägt die Schuld an meinen aktuellen Lebensumständen.«

»Islacker nicht?«

»Er war nicht ganz so federführend.«

»Kommen wir zurück zur Höhe der Einlage. Wieso eine Viertelmillion?«

Heidfeld seufzte. »Das war die Voraussetzung, um das Geschäftsmodell starten zu können. Wir haben für renommierte, global tätige Unternehmen die Versendung von Waren übernommen. Ergonomische Arbeitsgeräte. Computer. Büroeinrichtungen. Islacker und Zinsberger arbeiteten in Positionen, in denen sie mir solche Aufträge zuschustern konnten. Meine Callcenteragenten telefonierten mit Kunden beziehungsweise Endanwendern in ganz Deutschland und boten ihnen den risikofreien Versand der Waren an. Wir lieferten kostenfrei und holten die Produkte sogar auf eigene Kosten ab. Dafür mussten wir sie aber in einer bestimmten Stückzahl auf Lager nehmen. Die großen Konzerne waren nur bereit, mit uns zusammenzuarbeiten, wenn die Stammeinlage hoch genug war. Deswegen eine Viertelmillion.« Wieder trank er einen Schluck Cola aus der Flasche. »Außerdem mussten wir Adressen einkaufen, ein ganzes Bürogebäude einrichten und so weiter. Im Prinzip war die Viertelmillion zu wenig. Zinsberger und Islacker hatten je zwanzigtausend von ihrem eigenen Geld zugeschossen, womit wir diese Kosten ...« Er stockte und senkte den Blick.

»Was ist?«, fragte Sommer.

»Ich hasse es, mich daran zu erinnern«, bekannte Heidfeld zögerlich. »Bis zur Insolvenz war vieles gut in meinem Leben. Ich hatte als angestellter Geschäftsführer in einem kleinen Unternehmen ein passables Einkommen, außerdem eine attraktive Frau. Zweimal im

Jahr haben wir schöne Reisen unternommen. Malediven. Thailand. Dubai. Dann überzeugten mich die beiden, bei der Targeting Call and Mail GmbH einzusteigen und volles Risiko zu fahren. Yvonne, meine Ex-Frau, war ebenfalls dafür. Ich hatte damals Zweifel. Darauf hätte ich hören sollen. Aber Gier ist ein schlechter Ratgeber.« Wie schon einige Minuten zuvor, runzelte er plötzlich die Stirn. »Moment mal! Wieso glauben Sie, dass Zinsbergers Tod was mit der Firma zu tun hat?«

Er richtete seinen Blick auf Drosten, den er offenbar für den Vorgesetzten von Sommer hielt.

»Wolfgang Islacker wurde ebenfalls ermordet.«

Das Gesicht des Mannes verzog sich zu einem Grinsen. »Geil!«

»Den Tod zweier Menschen finden Sie *geil*?«, entfuhr es Sommer.

»Als hätte jemand meine Gebete erhört. Ich kann Ihnen keine Betroffenheit vorheucheln, die ich nicht empfinde.«

»Sollten Sie nicht um Ihre eigene Unversehrtheit besorgt sein?«, fragte Drosten. »Zwei Geldgeber sind tot, aber der Hauptgeldgeber waren Sie.«

»Quatsch! Wer sollte es denn auf mich abgesehen haben?« Heidfeld wirkte in keinster Weise bekümmert.

»Haben Sie ein Alibi?«, wollte Sommer wissen.

»Wahrscheinlich nicht. In letzter Zeit habe ich meine eigenen vier Wände kaum verlassen. Lebensmittel lasse ich mir liefern.«

»Es interessiert Sie also gar nicht, wann genau die Morde passiert sind?«

»Sagen Sie es mir. Aber ich werde kein Alibi haben.«

Drosten beschloss, die Daten vorläufig nicht zu nennen. »Wir benötigen eine Liste aller Mitarbeiter«, erklärte er stattdessen. »Beziehungsweise aller Personen, die in Verbindung mit der Firma standen.«

»Sie meinen die Verantwortlichen?«, hakte Heidfeld nach.

»Wer waren die Verantwortlichen?«

»Neben Islacker, Zinsberger und mir meine damalige Frau Yvonne. Außerdem Pascal Renker. Ein Hochschulabsolvent, dessen Hauptaufgabe es war, Marketingkonzepte zu entwickeln. Und Bastian Schwarz.« Heidfeld verzog den Mund, als hätte er sich ein Stück vom Zahn abgebrochen.

»Welche Aufgabe hatte Bastian Schwarz?«, fragte Sommer.

»Er war verantwortlich für die Logistik, außerdem sollte er gemeinsam mit Renker die Leistungen der Callcenteragenten überprüfen. Ich habe ihn einige Wochen vor der Insolvenz entlassen.«

»Wieso?«

»Weil er seinen Job nicht gemacht hat. Aber das ist eine lange Geschichte.« Heidfeld winkte ab.

»Wir haben Zeit«, meinte Drosten.

»Die Kurzfassung lautet: Schwarz war spielsüchtig, und keiner hat es bemerkt. Bis es zu spät war.«

»Die ausführliche Fassung wäre uns lieber«, sagte Sommer.

Heidfeld verdrehte die Augen. »Wenn Sie einen für die Logistik zuständigen Teamleiter ständig in seinem Büro auf den Computer starren sehen, gehen Sie davon aus, dass alles in Ordnung ist. Irgendjemand muss schließlich die Lieferungen kontrollieren. Leider war das ein Trugschluss.« Stockend berichtete er, wie Schwarz wegen seiner Spielsucht die Kontrolle über die versandte Ware verloren hatte. »Letztlich trage auch ich eine Mitschuld daran, dass die Firma dadurch in eine finanzielle Schieflage geriet. Wir alle haben versäumt, Schwarz zu überwachen«, bekannte er.

»Kommen wir über Sie noch an eine Liste der Callcenter-Mitarbeiter?«, fragte Drosten. Die Unterlagen bei Krankenkassen, Berufsgenossenschaft oder Finanzamt anzufordern, würde ewig dauern.

»Vielleicht habe ich die irgendwo im Keller«, antwortete Heidfeld.

»Können wir nachsehen?«

»Jetzt sofort? Auf keinen Fall!«

»Wieso nicht?« Sommer schaute den Mann herausfordernd an.

»Sie brauchen gar nicht den bösen Bullen zu spielen«, sagte Heidfeld. »Ich musste nach der Insolvenz und der Scheidung aus einer Fünfzimmerwohnung in dieses Loch ziehen. Meine ganzen Sachen unterzubringen, war verdammt schwierig. Der Keller platzt aus allen Nähten. Das wird kein Spaß. Falls ich die Unterlagen überhaupt finde.«

»Wie lange brauchen Sie?«, fragte Drosten.

»Geben Sie mir zwei Tage.«

Drosten erhob sich.

Sommer folgte seinem Beispiel und holte eine Visitenkarte aus seinem Portemonnaie. »Sobald Sie die Liste gefunden haben, rufen Sie mich an. Zu jeder Uhrzeit.«

Heidfeld nahm die Karte entgegen. »Jetzt haben Sie mir nicht verraten, wann Islacker und Zinsberger getötet wurden.«

»Da Sie der Meinung sind, ohnehin kein Alibi zu besitzen, kann Ihnen das wohl egal sein«, erwiderte Drosten. »Wir hören voneinander.«

»Was hältst du von ihm?«, wollte Sommer wissen, nachdem er den Wagen aus der engen Straße gesteuert hatte.

»Definitiv verdächtig. Er freut sich über den Tod der beiden Männer und macht noch nicht mal einen Hehl daraus. Dadurch spart er sich die Mühe, uns irgendwas vorspielen zu müssen.«

»Außerdem weist er den Gedanken weit von sich, möglicherweise selbst auch gefährdet zu sein. Was naheliegend wäre.«

»Dass er überzeugt ist, kein Alibi zu haben, egal, für welche Zeit, stimmt mich genauso misstrauisch. Welcher Erwachsene ist wirklich *immer* in seiner Wohnung? Er hätte darauf bestehen müssen, die Todestage zu erfahren. In der Hoffnung, vielleicht doch nachweislich nicht als Täter infrage zu kommen.«

»Es sei denn, er weiß hundertprozentig, dass er keine Alibis hat.«

Drosten nickte. Dann zog er sein Handy, das er vor dem Verhör lautlos geschaltet hatte, aus der Anzugjacke. Melanie hatte ihm eine Nachricht geschickt.

Hi, Robert! Nicht wundern, ich schlafe heute Nacht bei Monika und nehme Rocky mit. Bis morgen!

5

Kaum fiel die Tür ins Schloss, war es mit Andreas Heidfelds Gelassenheit vorbei. Nur mit Mühe unterdrückte er den Drang, aufzuspringen und an ein Fenster zu stürmen. Bestimmt würden die Bullen ihn von der Straße aus beobachten. Da sähe es verdächtig aus, wenn er ihnen hinterherstarrte.

Stattdessen erhob er sich langsam aus seinem Sessel und trat in die Mitte des Raums. Dort legte er den Kopf in den Nacken und starrte einen Moment an die Decke. Er rekapitulierte das Gespräch. Hätte er Entsetzen heucheln müssen? Oder wäre das unglaubwürdig gewesen? Aber wie sollte er Mitgefühl vorspielen für Menschen, die er hasste? Zinsberger und Islacker. Sie hatten den Tod definitiv verdient. Es gab nur eine Person, die ein solches Schicksal noch mehr verdient hatte als die beiden Verräter.

Nein! Er hatte sich genau richtig verhalten. Es gab keinen Grund für ihn, Mitleid zu empfinden.

Er ging zurück zum Sessel und ließ sich hineinfallen. Vielleicht wäre es klug, die Spielkonsole zu reaktivieren und bei ein bisschen Action auf andere Gedanken zu kommen. Die Konsole hatte sich eigenständig in den Ruhemodus versetzt. Heidfeld nahm den Controller in die Hand und berührte eine Taste. Dann schaltete er den Fernseher ein. Doch statt zum Spiel zurückzukehren, wählte er sich in sein Mediencenter ein. Er scrollte durch die gespeicherten Videoclips und suchte einen aus, den er schon unzählige Male betrachtet hatte.

In guten wie in schlechten Zeiten. Eine schlichte Standesamtszeremonie, eine hübsche, junge Braut in einem maßgeschneiderten Kleid. Ein stolzer Bräutigam. Sie hatte ihm ewige Treue geschworen. Aber ewig hielt bei manchen Menschen bloß wenige Jahre. Nachdem die Pleite abzusehen gewesen war, hatte Yvonne die Flucht ergriffen, war zu einem scharfen Hund von Scheidungsanwalt gelaufen und hatte behauptet, Andreas habe sie mehrfach geschlagen. Da sie das an einem Tag gemacht hatte, an dem ihm morgens wegen ihrer verbalen Provokationen ein einziges Mal die Hand ausgerutscht war, hatte er sich auf verlorenem Posten befunden.

»Du mieses Stück«, zischte er und fror ihr Bild ein.

So jung, so hübsch.

Eine Frau mit Ansprüchen.

Sie hatte ihn gedrängt, das Risiko einzugehen. Den Kredit aufzunehmen, in der Hoffnung, dass sich das Wagnis auszahlte und man irgendwann das dreifache Jahresgehalt zur Verfügung hätte.

Auf Islackers Anraten hatte Yvonne sich nicht als Co-Kreditnehmerin eintragen lassen. In schlaflosen Nächten hatte Heidfeld sich oft gefragt, wie sie Islacker für den Tipp belohnt hatte. Zumindest war sie nicht mit ihm zusammengekommen. Aber lange war sie nach der Scheidung auch nicht allein geblieben.

Heidfeld schaltete die Konsole aus und erhob sich mühselig vom Sessel. Er ging ins Schlafzimmer, wo er einen PC untergebracht hatte. Während das schon recht alte Modell langsam hochfuhr, stellte er sich ans Fenster und zog vorsichtig die Gardine ein Stück zur Seite. Es sah nicht so aus, als hätten die Bullen vor seinem Haus jemanden postiert, um ihn zu überwachen. Vielleicht ließen sie ihn vorläufig in Ruhe. Doch er zweifelte nicht daran, dass sie wiederkommen würden.

Der im Monitor integrierte Lautsprecher verriet ihm den aktuellen Status des Hochfahrens. Heidfeld trat vom Fenster zurück und setzte sich an den kleinen PC-Schreibtisch.

Er hatte Yvonnes Facebook- und Instagram-Profile mit Lesezeichen markiert. Da sie auf Instagram die aussagekräftigeren Fotos postete, surfte er zuerst dorthin.

»Der Urlaub ist wohl vorbei«, flüsterte er schadenfroh.

Bis vorgestern hatte Yvonne Bilder aus Sansibar gepostet. Sie am Strand, am hoteleigenen Pool, am opulenten Buffet. Die Designer-Sonnenbrille stets in die langen, blonden Haare gesteckt; auf jedem Foto trug sie ein anderes Sommerkleid.

Yvonnes zweiter Ehemann war ein erfolgreicher Geschäftsmann – natürlich. Er hatte schon drei Start-up-Unternehmen gegründet, von denen er zwei lukrativ verkaufen konnte.

Trotzdem war nicht alles Gold, was auf den Urlaubsfotos in der Sonne glänzte. Denn Heidfeld hatte im Laufe der letzten Monate interessante Dinge herausgefunden. In der Ehe der Reitkamps – wie Yvonne mittlerweile hieß – kriselte es offenbar. Dem Anschein nach lag das an Kevin Reitkamps blutjunger und bildhübscher Sekretärin. Zumindest postete Kevin seit geraumer Zeit auffallend viele Fotos von sich und seiner Sekretärin auf Messen in Übersee. Da Heidfeld Yvonnes Hang zur Eifersucht kannte, ahnte er, wie wenig ihr das passte.

Ob Kevin mit dem Sansibarurlaub sein schlechtes Gewissen beruhigte? Hatte Yvonne das vielleicht sogar eingefordert?

Heidfeld gefiel die Vorstellung, dass Yvonne durch eine jüngere Frau ersetzt wurde. Doch natürlich wäre sie anschließend nicht mittellos. Eine Scheidung käme Reitkamp wahrscheinlich teuer zu stehen. Außerdem würde Yvonne auch diesmal nicht lange allein bleiben. Sie besaß die Fähigkeit, Männer um den kleinen Finger zu wickeln.

Er wechselte zu ihrem Facebook-Profil, ohne eine interessante neue Statusmeldung zu entdecken. Also schloss er den Browser und schaute auf seine

Armbanduhr. Bis zum Einbruch der Dunkelheit, wenn er sich gefahrlos ihrem Zuhause nähern konnte, würden noch einige Stunden vergehen.

Heidfeld stellte sich vor, wie er Yvonne für ihren Verrat bestrafen würde. Hätte sie ihn damals unterstützt, wäre ihm vielleicht sogar die Privatinsolvenz erspart geblieben. Dafür würde sie bezahlen. In seiner Fantasie stach er auf sie ein und sah ihr dann dabei zu, wie sie verblutete. Es wäre ein herrliches Gefühl, das miterleben zu dürfen. Er würde jede einzelne Sekunde genießen.

Heidfeld fuhr den PC herunter, ging in die Diele und begann, in den Kartons zu wühlen. Er hatte an den abschätzigen Blicken der Kommissare gemerkt, dass sie ihn wegen der überall herumstehenden Kisten verurteilten. Doch er hatte sie nicht ohne Grund in der Wohnung verteilt. Ein Gerichtsvollzieher, mit dessen Auftauchen er theoretisch jederzeit rechnen musste, hätte keine Lust, sich durch mehr als fünf Kartons zu wühlen, wenn sich darin nur Krempel befand. Heidfeld hingegen wusste zumindest ungefähr, wo die teure Technik versteckt war, die er in finanziell guten Jahren erworben hatte.

Nachdem er den dritten Karton geöffnet hatte, wurde er fündig. Er holte das Nachtsichtgerät heraus, ging damit in das innen liegende Badezimmer und überzeugte sich im Dunkeln von der vollen Funktionstüchtigkeit des Geräts. Die Batterieanzeige war schwach. Wenn er es heute Nacht nutzen wollte, müsste er die Batterien austauschen.

***

Yvonne und ihr Neuer bewohnten ein freistehendes Haus am Stadtrand. Die kubische Bauweise und die großen, bodentiefen Fenster entsprachen dem derzeit angesagten Architekturtrend. Beim Anblick solcher Gebäude dachte Heidfeld immer, dass zukünftige Generationen sicher die Augen verdrehen und sich fragen würden, warum so hässliche Klötze in der Gegend herumstanden.

Seinen Wagen hatte er gut zweihundert Meter von der Grundstücksgrenze entfernt geparkt. Da die Straße abschüssig war, hatte er von hier einen perfekten Überblick. Vorläufig verzichtete er auf die Nutzung des Nachtsichtgeräts, das gleichzeitig über einen Fernglasmodus verfügte.

An und in dem Gebäude brannten zahlreiche Lichter. Von Stromsparmaßnahmen hielten sie wohl nichts. In einem Raum in der oberen Etage entdeckte Heidfeld seinen Nachfolger am Schreibtisch. Er schien konzentriert am PC zu arbeiten. Yvonne hingegen lief in der unteren Etage umher. Sie ging vom Wohnzimmer in einen anderen Raum, und er verlor sie aus den Augen. Ein paar Sekunden später kam sie wieder in sein Blickfeld, betrat die Küche und öffnete den Kühlschrank, dem sie eine Flasche Sekt entnahm. Oder war es Champagner?

Heidfeld lächelte. Während ihrer Ehejahre hatte Yvonne Alkohol bloß dann getrunken, wenn sie innerlich aufgewühlt war. Ansonsten verzichtete sie auf diese flüssige Form der Kalorienzufuhr.

Er sah ihr dabei zu, wie sie sich Sekt einschenkte, ehe sie die Küche wieder verließ und ins Wohnzimmer zurückkehrte.

Wirkte sie unglücklich? Wütend? Oder bildete er sich das bloß ein, da er ihr alles Schlechte dieser Welt wünschte?

Yvonne entfernte sich erneut aus seinem Sichtfeld. Er wartete eine Weile, doch sie blieb verschwunden. Bei früheren Beobachtungen hatte er festgestellt, dass er den Bereich, in dem er eine Couchlandschaft und den Fernseher vermutete, nicht einsehen konnte. Dafür müsste er näher herankommen und einen Beobachtungsposten finden, der ihm freie Sicht auf die zum Garten gelegenen Hausteile gewährte.

Entschlossen stieg er aus dem Wagen und schaute sich um. In dieser Straße des erst vor wenigen Jahren erschlossenen Stadtgebiets standen bislang sieben Häuser. Hinzu kamen drei Baustellen in unterschiedlichen Stadien der Fertigstellung. Wie es schien, führte hier gerade niemand seinen Hund für eine letzte Runde aus.

Ohne Eile ging Heidfeld los. Das Nachtsichtgerät hielt er locker in der rechten Hand. Als er das Grundstück der Reitkamp-Nachbarn passiert hatte, setzte er es auf. Das Gerät verstärkte die vorhandenen

Lichtquellen, sodass er in dem grünen Schein vor seinen Augen alles deutlich erkennen konnte.

Die Reitkamps besaßen keinen Hund, auf ihrem Rasen lief er also kaum Gefahr, in einem Kothaufen zu landen. Er legte sich auf den Boden und fühlte sich an seine vierjährige Zeit bei der Bundeswehr erinnert, zu der er sich vor vielen Jahren verpflichtet hatte. Vorsichtig robbte er in Richtung Haus. Die ungewohnte Bewegung bereitete seinem älter gewordenen Körper anfangs Schwierigkeiten, und er kam nur langsam voran. Zwischendurch wechselte er in den Kriechgang, um die Distanz schneller zu überbrücken. Trotzdem dauerte es fast fünf Minuten, bis er eine Position erreicht hatte, von der aus er tatsächlich seine Ex-Frau beim Fernsehen beobachten konnte. Sie saß auf einer weißen Ledercouch und hatte die Beine hochgelegt. Das Sektglas hielt sie in der Hand und nippte immer wieder daran.

Er malte sich aus, wie erschrocken sie wäre, wenn er plötzlich mit einem Messer in der Hand die Terrassentür einschlagen würde.

Die Vorstellung erregte ihn.

6

Vier Jahre früher.

»Nicht sehr repräsentativ«, lautete Yvonnes erstes Urteil, nachdem Heidfeld den Motor abgestellt hatte.

»Aber dafür günstig und mit guten Verlademöglichkeiten«, antwortete er gelassen. »Unsere Auftraggeber besuchen uns eh nicht. Warum sollten wir also unnötig Kohle für ein repräsentatives Büro zum Fenster rausschmeißen?«

Das Objekt befand sich in einem Mischgebiet, in dem sich Gewerbeobjekte und Wohnungen abwechselten, teils waren sie sogar im selben Gebäude untergebracht. Doch Heidfeld hatte eine reine Gewerbeimmobilie angemietet. Im Erdgeschoss gab es genügend Lagerkapazitäten, um auch größere Bestellmengen abfertigen zu können. Außerdem ein breites Tor, an das Lieferanten und Spediteure heranfahren konnten. Die beiden Etagen darüber verfügten über insgesamt elf

Räume unterschiedlicher Größe.

Sie stiegen aus und liefen auf ihren zukünftigen Firmensitz zu. Heidfeld holte den Schlüsselbund heraus.

»Wann kommen die ersten Möbel?«, fragte Yvonne.

»Übermorgen. Danach geht es Schlag auf Schlag.«

»Spannend.« Sie lächelte ihn an.

Er betrachtete seine Frau, während er die Eingangstür aufschloss. Wie viel Glück er hatte! Sie war fünfzehn Jahre jünger als er und bildhübsch. Die perfekte Gefährtin. Allein ihr zuliebe lohnte sich das finanzielle Risiko, das er mit der GmbH-Gründung einging. Er wollte ihr das bestmögliche Leben bieten.

»Wo kommt dein Büro hin?«, fragte sie.

»Du weißt doch, der Chef sitzt immer oben.« Heidfeld lachte.

»Dann lass uns direkt dahingehen. Ich will die Teppiche sehen.«

Sie betraten das Treppenhaus, in dem es nach Farbe roch. Heidfeld musterte die Wände, die Holztreppen und die Handläufe. Die Handwerker hatten gute Arbeit geleistet und waren pünktlich fertig geworden. Keine Selbstverständlichkeit in der heutigen Zeit, in der es schon ein Glücksfall war, wenn man einen zuverlässigen Betrieb fand, der noch Platz in den Auftragsbüchern hatte.

»Die Wände sind so kahl«, bemerkte Yvonne. »Da müssen wir Bilder hinhängen.«

Da er vor ihr herging, konnte er gefahrlos die Augen verdrehen.

»Mir schweben Kunstdrucke vor«, fuhr sie fort.

»Wenn es nicht zu teuer wird«, sagte er.

Sie erreichten die zweite Etage, in der sich fünf Räume befanden.

»Wie gefällt dir der Teppich?«

Yvonne blieb stehen und musterte die dunkelblaue Auslegeware, die durch türkisfarbene Quadrate aufgelockert wurde.

»Sieht gut aus.«

Heidfeld steuerte das gläserne Eckbüro an – der größte Raum in der oberen Etage.

»Davon habe ich schon immer geträumt«, bekannte er. »Ein Eckbüro.« Er trat hinein. »Nur die Aussicht könnte besser sein.«

Tatsächlich schaute er direkt auf den Hof einer Autowerkstatt, in der nicht gerade Luxuskarossen repariert wurden. Heidfeld erklärte seiner Frau, wie er die Möbel anordnen wollte. Sie nahm das mit einem Nicken zur Kenntnis. Plötzlich trat sie von hinten an ihn heran und presste ihren Schritt gegen seinen Po.

»Ich finde es toll, dass du so mutig bist«, flüsterte sie ihm ins Ohr.

Heidfeld schloss die Augen, während ihre rechte Hand an seiner Hüfte vorbei nach vorn rutschte.

»Wenn der Laden läuft, können wir uns bald ganz andere Dinge leisten.«

Yvonne öffnete seinen Hosenknopf.

»Exklusivere Urlaube, ein größeres Haus«, gurrte sie. »Du weißt, von welcher Kreuzfahrt ich träume.«

Ihre Finger verschwanden in seinem Slip.

»Lass die Augen zu.«

Für einen kurzen Moment löste sie sich von ihm.

»An dein erstes Mal in deinem Chefbüro wirst du dich hoffentlich immer erinnern.«

Er hörte, wie sie vor ihm auf die Knie ging. Im nächsten Augenblick zog sie ihm die Hose und den Slip herunter. Mit ihren künstlichen Fingernägeln fuhr sie über seinen harten Penis. Sekunden später nahm sie ihn in ihrem Mund auf.

»Oh, Baby!«, stöhnte er. »Das alles hier mache ich für dich. Für uns.«

Es dauerte nicht lange, bis er seine Finger erregt in ihre Haare krallte.

***

Bei dieser Erinnerung krallte Heidfeld seine Finger zornig in den gut gepflegten Rasen.

Er hasste Yvonne von ganzem Herzen. Sie hatte ihn benutzt und mit ihm gespielt. Das Wissen, wie sehr sie ihn manipuliert hatte, steigerte seine Wut noch.

Im grünen Schein des Nachtsichtgeräts beobachtete er, wie sie den Fernseher ausschaltete und vom Sofa aufstand. Während der letzten Stunde war in einigen Räumen das Licht ausgegangen. Hatte sich Kevin bereits schlafen gelegt?

Yvonne verschwand aus seinem Sichtfeld. Sekunden später lag die untere Etage im Dunkeln.

Heidfeld überdachte seine Möglichkeiten. Ein Angriff im Haus der Reitkamps wäre extrem riskant. Kevin könnte ihm in die Quere kommen. Der durchtrainierte Mann war zehn Jahre jünger als er. Auf einen Kampf sollte er es nicht ankommen lassen. Wenn Reitkamp in absehbarer Zeit nicht auf Geschäftsreise ging, müsste Heidfeld einen anderen Ort suchen, um sich an Yvonne zu rächen. Und er hatte auch bereits eine Idee.

Langsam kroch er zurück zur Grundstücksgrenze. Nach der Hälfte des Wegs schaute er über die Schulter und bemerkte, dass in dem Neubau inzwischen alle Lichter ausgeschaltet waren. Deshalb traute er sich, den Rest der Strecke im Kriechgang zurückzulegen.

***

Vier Jahre früher.

Zu dritt saßen sie im Großraumbüro, in dem bereits alle Tische montiert waren. Die Telekommunikationsanlage würde am nächsten Tag geliefert und sollte spätestens zu Beginn der nächsten Woche freigeschaltet sein.

»Nicht schlecht«, meinte Islacker anerkennend und klopfte auf die Armlehnen des Stuhls, auf dem er saß. »Bequem.«

»Meinen Mitarbeitern soll es an nichts fehlen«, sagte Heidfeld.

»Außer an einer vernünftigen Bezahlung«, erwiderte Zinsberger schadenfroh.

Die drei Männer grinsten. Sie hatten beschlossen, die Callcenter-Mitarbeiter mit einem geringen

Stundenlohn abzuspeisen und ihnen eine Erfolgsbeteiligung in Aussicht zu stellen. Zinsberger hatte bereits Möglichkeiten aufgezeigt, wie man die Beteiligungen minimieren konnte, ohne dass es jemandem auffiele.

»Ich hab gestern mit einer alten Bekannten telefoniert. Brunhilde Kamps. Vielleicht kennt ihr sie ja. Sie hat mir einen Kandidaten für die Marketingposition genannt.« Aus seiner Anzugtasche holte er einen Notizkalender und schlug ihn auf. »Pascal Renker, fünfundzwanzig Jahre. Schließt in Kürze sein BWL-Masterstudium ab. Er arbeitet momentan in Brunhildes Werbeagentur. Sie bezeichnet ihn als zuverlässig und motiviert.«

»Wohnt er hier in Krefeld?«, fragte Heidfeld.

Islacker nickte. »Er hat zusammen mit Brunhilde bereits mehrere Telemarketingkonzepte entwickelt. Sie findet seine Gesprächsleitfäden, an denen sich die Callcenter-Mitarbeiter orientieren, ziemlich gelungen.«

»Warum empfiehlt sie ihn dir?«, hakte Heidfeld misstrauisch nach. »Klingt nach einem Mitarbeiter, den man nicht verlieren will.«

»Brunhildes Firma arbeitet zu fünfundneunzig Prozent mit studentischen Kräften oder Minijobbern. Einen Uniabsolventen mit exzellenter Abschlussnote fest anzustellen, kann sie sich nicht leisten. Außerdem zieht sie bald in ihre alte Heimat Baden-Württemberg zurück, um dort eine Direktbank aufzubauen. Sie hat ihm wohl vorab das Angebot unterbreitet, als ihr Assistent mitzukommen. Aber er ist heimatverbunden und sucht nach Herausforderungen am Niederrhein.«

»Können wir ihn uns überhaupt leisten?«, fragte Heidfeld. »Was müssen wir ihm bieten?«

»Monatlich viertausend brutto im ersten Jahr«, antwortete Islacker.

»Ernsthaft?«

»Das ist eine verdammt wichtige Position. Jemand mit Berufserfahrung bekommst du übrigens nicht unter fünftausend. Deswegen wäre einer, der frisch von der Uni kommt, ideal. In den sauren Apfel musst du beißen.«

»Leute, ich hab das Gefühl, dass uns das Geld schon vor dem ersten verdienten Euro zwischen den Fingern zerrinnt.«

»Deshalb schießen wir ja zwanzigtausend pro Nase zu«, beruhigte ihn Zinsberger. »Mach dir keine Sorgen. In spätestens drei Monaten landen die fetten Summen auf dem Geschäftskonto.«

»Hoffentlich«, brummte Heidfeld. »Ihr beide müsst mir direkt Aufträge zuschustern.«

»Das ist doch klar«, erwiderte Islacker. »Wir haben das im Griff. Sobald du an den Start gehst, hab ich gleich zwei lukrative Deals.«

»Von mir kommt mindestens einer, am zweiten arbeite ich gerade«, ergänzte Zinsberger.

»Sorry. Der Kredit über die Viertelmillion macht mich nervös.«

»Wie sieht's mit der Position des Teamleiters aus?«, fragte Zinsberger. »Gibt's dafür Kandidaten?«

»Kann das nicht der Marketingleiter übernehmen?«, schlug Heidfeld vor.

Islacker schüttelte genervt den Kopf. »Andreas, du darfst nicht an der falschen Stelle sparen. Klotzen statt kleckern sollte unsere Devise sein. Wir brauchen jemanden, der die ganze Logistik überwacht. Du bist idealerweise den Großteil des Tages unterwegs auf Kundenfang. Der Marketingleiter schreibt Konzepte und gewährleistet deren Umsetzung. Ein Verantwortlicher in der Logistik ist unumgänglich. Wir werden so oft wie möglich hier sein und in unseren Firmen Außentermine als Grund vorschieben. Trotzdem brauchst du ein paar feste Kräfte.«

»Wie wäre es mit Yvonne?«

Islacker lachte. »Yvonne kann sicher vieles. Aber das? Vergiss es!«

Heidfeld unterdrückte eine schnippische Bemerkung. Was sollte dieser Spruch? Wollte Islacker damit etwas andeuten?

»Habt ihr jemanden im Auge? Oder müssen wir eine Anzeige schalten?«, fragte er schmallippig.

»Es gibt einen Kandidaten«, meinte Zinsberger. »Ich gucke ihn mir morgen genauer an.«

»Woher kennst du ihn?«, erkundigte sich Heidfeld.

»Er arbeitet in einer Mönchengladbacher Agentur, lebt aber hier in der Stadt. Schon allein wegen des kürzeren Anfahrtsweges dürfte er Interesse haben. Bastian Schwarz. Mitte dreißig. Wenn wir ihn bekommen, sollten wir ein Bruttogehalt von Zweitausendachthundert einplanen.«

Der Geschäftsführer verzichtete auf eine Reaktion. Vor allem Islacker hatte deutlich zu verstehen gegeben, was er von Bedenkenträgern hielt. Wahrscheinlich hatten sie recht. Wieso sollten sie pro Nase zwanzigtausend Euro investieren, wenn sie nicht an den Erfolg glaubten?

»Wann kümmern wir uns um die Telefonisten?«

»Lasst uns nächste Woche in den städtischen Käseblättchen eine Anzeige schalten«, schlug Islacker vor. »Außerdem Facebook und Internetportale nutzen.«

»Melden wir offene Stellen der Arbeitsagentur?«

»Nein«, entschied Zinsberger. »Die würden uns zu sehr auf die Finger schauen. Wir sollten uns alle Möglichkeiten offenhalten, unfähige Mitarbeiter schnell wieder loszuwerden.«

»Soll ich mich um die Auswahl kümmern?«

Islacker lachte. »Warum überlässt du das nicht gleich Yvonne? Dann arbeiten hier nur alte Schreckschrauben ohne Esprit und Elan.«

»Hast du irgendwas gegen meine Frau?«, fauchte Heidfeld. »Das ist schon dein zweiter blöder Spruch in ihre Richtung.«

Islacker hob amüsiert die Augenbrauen. »Ich wollte damit lediglich andeuten, dass ich auch gern ein paar heiße Geschosse für uns arbeiten lassen möchte. Sonst nichts. Kein Grund, den ehrverletzten Ehemann zu spielen.«

»Ist doch wahr!« Leider musste er sich beherrschen. Islacker hatte in ihn investiert. Ohne die Aufträge, die er akquirieren würde, hätte die GmbH keine Chance. »Wann wirst du hier sein, um die heißen Geschosse zu bewundern?«, fragte er, um der Situation die Schärfe

zu nehmen.

»Hängt davon ab, wie heiß sie sind«, erklärte Zinsberger grinsend.

»Und ob seine Frau misstrauisch wird«, fügte Islacker hinzu.

Die drei Männer warfen sich verschwörerische Blicke zu. Die kurze Meinungsverschiedenheit hatte sich erledigt.

7

Der Frühstücksraum des Hotels bot Platz für etwa vierzig Personen. Als Sommer und Drosten ihn um acht Uhr betraten, war lediglich ein Tisch besetzt.

Die Kommissare nickten dem frühstückenden Geschäftsmann zu und wählten einen Zweiertisch in der hintersten Ecke des Raums.

Sie hatten gestern auf einen Besuch bei dem ehemaligen Teamleiter und dem Marketingchef der Targeting Call and Mail GmbH verzichtet, um stattdessen ihre kleine Zentrale in einem ihrer Hotelzimmer einzurichten. Die Hintergrundrecherchen, die sie von dort aus führten, hatten sie allerdings nicht vorwärtsgebracht.

Bevor Sommer den ersten Happen aß, trank er fast eine ganze Tasse Kaffee in zwei Zügen leer.

Drosten beobachtete das amüsiert. Er biss ein Stück von seinem Schinkenbrötchen ab. »Dass dein Magen das mitmacht«, sagte er.

»Nichts im Vergleich zu den Energydrinks, die ich bei meinen Undercover-Ermittlungen in mich hineingeschüttet habe. Zum Beispiel, wenn ich die ganze Nacht als Türsteher nichts gegessen hatte und dann trotzdem vormittags weitermachen musste.«

Sommer stand auf, trat ans Buffet und versorgte sich mit fester Nahrung. Danach holte er sich den zweiten Kaffee.

»Hast du gestern noch von Melanie gehört?«

»Komplette Funkstille«, antwortete Drosten zerknirscht. »Ich fürchte, sie ist prophylaktisch sauer.«

»So etwas können Frauen ziemlich gut«, meinte Sommer augenzwinkernd. »Sie kriegt sich bestimmt wieder ein, auch wenn das mit der Pflegestelle nicht klappen sollte.«

»Hoffentlich.« Drosten trank einen Schluck Kaffee. »Wen sollen wir zuerst befragen? Renker oder Schwarz?«

»Lass es uns bei dem entlassenen Teamleiter versuchen. Heidfelds Andeutungen über ihn fand ich sehr interessant.«

***

Um zehn Uhr standen Sommer und Drosten vor der Haustür des Mehrfamilienhauses, in dem Bastian Schwarz gemeldet war. Schwarz bezog Hartz-IV-Unterstützung, woraus sie folgerten, dass er keiner geregelten Arbeit nachging. Sie klingelten, und es dauerte nur wenige Sekunden, bis der Türsummer ertönte.

Im Hochparterre öffnete ihnen ein verhärmt wirkender Enddreißiger in weißem T-Shirt und schwarzer Sporthose.

»Haben Sie bei mir geklingelt?«, fragte er.

»Sie sind Bastian Schwarz?«, erkundigte sich Sommer.

Der Mann nickte.

Sommer holte seinen Dienstausweis hervor. »Polizei. Wir würden gern mit Ihnen sprechen.«

»Worüber?«

»Die Targeting Call and Mail GmbH.«

»Oh Gott, an den Scheißladen hab ich ja ewig nicht gedacht. Kommen Sie rein!« Er deutete den Flur entlang. »Erste Tür links ist das Wohnzimmer. Da ist am meisten Platz. Wobei ich selten Besuch bekomme. Nicht wundern.«

Im Gegensatz zur Bleibe des ehemaligen Geschäftsführers stand hier zwar kaum etwas herum, aber Schwarz gab sich offensichtlich keinerlei Mühe, die Wohnung in Schuss zu halten. Fußleisten fehlten stellenweise, Tapeten lösten sich von den Wänden, und die Fensterscheiben waren wegen Dreck so gut wie blickdicht. Auf dem Esstisch stapelten sich Zeitungen. In einer schien Schwartz gerade gelesen zu haben. Zumindest lag sie aufgeschlagen neben einer Tasse Kaffee. An der Schlagzeile erkannte Sommer, dass sie schon einige Tage alt war.

Schwarz bemerkte seinen prüfenden Blick.

»Ich hol mir die aus Altpapiertonnen«, erklärte er. »Irgendwelche Artikel sind für mich immer neu. Egal, wie alt sie tatsächlich sind. Ein eigenes Abo ist leider nicht drin«, fügte er achselzuckend hinzu.

»Die meisten Informationen finden Sie doch auch im Internet«, sagte Drosten.

»Dazu müsste ich Internet haben«, erwiderte Schwarz. »Kein Computer, kein Smartphone.« Er griff zu einem sehr alten Handymodell. »Prepaid. Ohne Datenzugriff. Aber es empfängt SMS, und ich kann damit telefonieren. Sind Sie deshalb gekommen?«

»Weshalb genau?«

»Meine Spielsucht, die mich zu einem fast schon steinzeitmäßigen Leben zwingt«, konkretisierte er.

Sommer und Drosten hatten beim Frühstück vereinbart, mit relativ offenen Karten zu spielen.

»Wir benötigen Auskünfte von Ihnen über Ihre alte Firma. Es hat zwei Mordfälle gegeben, und wir fürchten, die Taten stehen ...«

»Mord?«, unterbrach er sie überrascht. »Wer ist gestorben?«

»Marko Zinsberger und Wolfgang Islacker«, sagte Sommer.

»Wow! Die stillen Teilhaber. Krass! Wann ist das passiert?«

Drosten nannte ihm die Daten und die Uhrzeiten, die sie inzwischen einigermaßen präzise eingrenzen konnten. Dass Islacker im Saarland gelebt hatte, verschwieg er.

»Haben Sie Alibis für die Tatzeiten?«

»Verdächtigen Sie mich?«, erkundigte sich Schwarz verwundert. »Ich hab die beiden seit dem Rauswurf nicht mehr gesehen.«

»Mit entsprechenden Alibis wären Sie aus dem Schneider«, meinte Sommer.

Schwarz seufzte. »Ich gucke mal eben auf meinen Kalender. Hängt in der Küche.«

Er stand auf und verließ den Raum. Sommer folgte ihm, um zu verhindern, dass der Mann sich aus dem Staub machte oder auf die Idee kam, sich ein Messer zu schnappen. In der Küche stapelte sich das benutzte Geschirr. Tatsächlich hing neben dem Kühlschrank ein Kalender, allerdings mit sehr wenigen Einträgen.

»Keine Alibis«, bedauerte Schwarz. »Ich hab nur zweimal die Woche Selbsthilfegruppe. Ansonsten gehe ich kaum aus.« Er zuckte die Achseln. Dann zwängte er sich an Sommer vorbei, kehrte ins Wohnzimmer zurück und setzte sich an den Esstisch.

»Was ist damals schiefgelaufen?«, fragte Drosten.

»Bevor ich das Jobangebot bekam, hatte ich schon über ein Jahrzehnt mit dem Suchtproblem gekämpft. Spielautomaten in Kneipen konnte ich selten widerstehen, ansonsten hatte ich es einigermaßen im Griff. Bei meinem vorherigen Arbeitgeber hatte ich keinen Internetzugang. Das war alles reglementiert. Und dann kam die Targeting GmbH. Moderner Computer. Glasfasernetz. Ein eigenes Büro. Meine Hauptaufgabe bestand darin, die verschickte Ware zu erfassen und dafür zu sorgen, dass die Callcenter-Mitarbeiter nach einer Testphase von dreißig Tagen den Kunden hinterhertelefonierten. Sie sollten herausfinden, ob die die Ware behalten wollten oder nicht.« Er stieß geräuschvoll Luft aus. »In einer ruhigen Stunde surfte ich ein wenig im Internet und meldete mich auf einer Casinoseite an. Ich gewann vierzig Euro und war angefixt. Von da an wurden meine virtuellen Casinobesuche immer häufiger und dauerten immer länger. Bis ich während der Arbeitszeit nichts anderes mehr tat. Die Geschäftsführung hatte keine Kontrollmechanismen eingebaut. Niemand überprüfte, was ich leistete. Allerdings fielen irgendwann die Lücken in unserem Warenwirtschaftssystem auf. Aber da waren die Außenstände schon so hoch, dass wohl nichts mehr zu machen war.«

»Hätte man nicht einfach nach zwei oder drei Monaten der Ware hinterhertelefonieren können?«, fragte Sommer.

»Dazu hätte ich erfassen müssen, wo die Sachen gelandet waren. Eine Aufgabe, für die ich zuständig war. Und die ich vermasselt hab.«

»Es gab keine automatisierte Erfassung?«, wunderte sich Drosten.

»Nein«, sagte Schwarz. »Sie hatten Softwareprobleme. Das eingekaufte System funktionierte nicht wunschgemäß, deswegen musste das manuell erledigt werden. Die Anschaffung einer besseren Software wurde immer wieder hinausgezögert. Eine extra eingestellte Hilfskraft bekam Zettel von den Callcenter-Mitarbeitern, veranlasste den Versand und reichte die

Daten an mich weiter, damit ich sie ins Programm eintippte. Was ich ... na ja.« Er zuckte die Achseln.

Sommer dachte an das, was ihnen Heidfeld erzählt hatte. Weitestgehend deckten sich die Aussagen – von den Softwareproblemen abgesehen. Die hatte Heidfeld nicht erwähnt. Sollte Zinsberger oder Islacker für den Softwareeinkauf verantwortlich gewesen sein, wäre das ein interessantes Mosaiksteinchen.

»Sie haben keine rechtlichen Schritte gegen Ihre Entlassung eingeleitet?«, fragte Drosten.

»Ich war ja noch in der Probezeit. Außerdem hatten sie allen Grund, mich hochkant rauszuschmeißen.«

***

Schneller als erwartet hatte Andreas Heidfeld die Unterlagen gefunden. Eine komplette Liste aller Mitarbeiter der GmbH. Jeder, der zumindest einmal Lohn erhalten hatte, war mit seiner damaligen Adresse verzeichnet.

Heidfeld überflog die Namen. Islacker und Zinsberger fehlten natürlich, denn sie waren ja nur indirekt an dem Geschäftsmodell beteiligt. An die meisten der aufgeführten Telefonistinnen erinnerte er sich. Manche waren ihm aus unterschiedlichen Gründen besser, andere schlechter im Gedächtnis geblieben.

Er startete seinen PC und überprüfte, wie viele der Leute in den vergangenen vier Jahren nicht umgezogen waren. Zu seiner Überraschung war das der größte Teil.

Was sollte er mit der Liste anfangen? Er könnte sie verbrennen und den Bullen erzählen, er hätte sie nicht gefunden. Rechtliche Schwierigkeiten erwartete er nicht, die Firma war ja insolvent. Oder sollte er seinen Kooperationswillen zeigen?

Verschweigen oder zur Verfügung stellen? Was brächte ihm größere Vorteile ein?

***

»Nimmst du Schwarz die Rolle des reuigen Sünders ab?«, fragte Drosten, als sie wieder im Auto saßen.

»Er scheint ja keinerlei Groll gegen die Beteiligten zu hegen. Alles war seine Schuld.«

»Hätte er belastbare Alibis, könnten wir ihn von der Liste streichen.«

»Der fehlende Computer und das fehlende Smartphone runden das Bild irgendwie ab. Ohne Internet ist es viel schwieriger, Adressen herauszufinden. Vor allem Islackers neuen Wohnort. Wobei er natürlich ein Internetcafé benutzt haben könnte«, gab Sommer zu bedenken.

»Oder er versteckt die Sachen. Einen Laptop oder ein Tablet kann man leicht in einer Schublade verstauen.«

»Er hat die Haustür schnell aufgedrückt. Ohne sich zu erkundigen, wer da ist«, sagte Sommer. »Hätte er Zeit gehabt, Sachen zu verstecken?«

»Vielleicht hat er mit uns gerechnet.«

In diesem Moment klingelte Drostens Handy und übertrug eine ihm unbekannte Nummer.

»Drosten«, meldete er sich.

»Andreas Heidfeld, guten Morgen.«

»Hallo!«

»Ich hab die Aufstellung der ehemaligen Mitarbeiter gefunden. Holen Sie sie ab oder soll ich sie Ihnen per Mail schicken?«

»Das ist erfreulich! Danke. Nutzen Sie die E-Mail-Adresse von der Visitenkarte. Ich melde mich, wenn wir Rückfragen haben.«

8

Da Sommer und Drosten den ehemaligen Marketingleiter Pascal Renker zu Hause nicht antrafen, fuhren sie zurück ins Hotel. Die Liste, die ihnen Heidfeld geschickt hatte, umfasste die Namen von zehn Frauen, die als Callcenter-Mitarbeiterinnen eingestellt gewesen waren. Die Ermittler leiteten die Liste an ihre Schnittstelle beim BKA weiter, um schnellstmöglich Informationen über die betreffenden Personen zu erhalten. Der Kontaktmann versprach eine ausführliche Rückmeldung bis zum Abend.

***

Pascal Renker deaktivierte den Flugmodus. Sein Arbeitgeber untersagte jegliche private Handynutzung, und da es ihm den Ärger nicht wert war, hielt er sich weitestgehend daran. Lediglich auf der Toilette oder in der Mittagspause wechselte er kurz in den

Onlinemodus, um an der modernen Welt teilzuhaben. Nach Feierabend wartete er, bis er im Auto saß.

Er schloss die Augen und lehnte seinen Kopf an die Kopfstütze. Ein weiterer anstrengender Tag lag hinter ihm. Würde so sein Leben bis zur Rente aussehen? Er hoffte nicht, denn irgendwann musste sich der Wind doch mal drehen. Irgendwann musste er doch mal wieder Glück haben. Er wusste sogar, was er tun müsste. Aber würde er sich das trauen? Sein Glück in einem fremden Land suchen? Alle Brücken hinter sich abbrechen? Oder fehlte ihm dafür der Mut – von den finanziellen Mitteln ganz abgesehen?

Renker öffnete die Augen wieder und überprüfte die eingegangenen Nachrichten und sonstigen Neuigkeiten. Nichts von Relevanz. Also startete er den Motor, um nach Hause zu fahren und den Tag ruhig ausklingen zu lassen.

***

»Ich glaube, das ist er«, meinte Sommer und deutete auf den dunkelblauen japanischen Wagen, der langsam die Straße entlangfuhr.

Zur Vorbereitung auf das Gespräch mit Renker hatten sie sich unter anderem dessen Kennzeichen besorgt. Falls er sein Auto nicht an jemand anders ausgeliehen hatte, kam der Fahrzeughalter nun endlich nach Hause. Ungefähr zweihundert Meter von ihnen entfernt fand er eine Parklücke.

»Lassen wir ihn in Ruhe ankommen, oder fangen wir ihn vor der Haustür ab?«, fragte Drosten.

»Ich finde, Rücksicht wird überbewertet. Je schneller er uns Auskunft gibt, desto früher ist er uns los.«

Die Kommissare stiegen aus und näherten sich dem Hauseingang von der einen Seite, während der ehemalige Mitarbeiter der GmbH von der anderen Seite kam. Da sie den kürzeren Weg hatten, erreichten sie die Tür, als er noch sechzig oder siebzig Schritte entfernt war.

Er bemerkte sie und blieb abrupt stehen. Misstrauisch sah er sie an.

»Herr Renker?«, fragte Drosten laut.

Ohne Vorwarnung wandte sich der Mann um und rannte davon.

»Scheiße!«, fluchte Sommer.

»Wem sagst du das.«

Sie sprinteten los. Rasch hatte Sommer drei, vier Schritte Vorsprung vor Drosten. Dem zwickte es im Knie, deshalb trudelte er aus.

»Lauf, Forrest, lauf!«, rief er seinem Kollegen hinterher.

Statt den Flüchtigen zu verfolgen, würde er sich dessen Auto ansehen. Vielleicht fand sich darin ja etwas Interessantes.

***

Renker war einige Jahre jünger als sein Verfolger und offenbar ziemlich sportlich. Auf den ersten hundert Metern konnte Sommer den Abstand zwischen ihnen nicht verringern. Am Ende der Straße rannte Renker um eine Häuserecke und verschwand dann aus Sommers Blickfeld.

Warum floh er? Hatte er Angst vor der Polizei, oder gab es einen banaleren Grund?

Sommer versuchte, seine Laufgeschwindigkeit zu erhöhen. Er traute sich ohne weiteres zu, zehn oder fünfzehn Minuten in diesem Tempo einen Flüchtigen zu verfolgen. Vorausgesetzt, dem gelang es nicht, sich irgendwo zu verstecken.

Sommer bog um die Ecke.

***

Das Wageninnere schien penibel aufgeräumt zu sein. Drosten presste seine Stirn gegen die Seitenscheibe und schirmte das Sonnenlicht mit den Händen ab. Doch auch aus der Nähe war in dem Fahrzeug nichts Auffälliges zu sehen. Der Versuch, die Tür zu öffnen – vielleicht hatte Renker vergessen, abzuschließen – scheiterte ebenfalls. Drosten konnte nur hoffen, dass Sommer ihn einfing.

***

Renker warf eilig einen Blick über die Schulter. Der Typ kam näher, doch noch könnte ihm die Flucht gelingen. Er atmete stoßweise, Schweiß lief ihm über das Gesicht, und seine Seitenstiche wurden immer schlimmer. Gab es denn nirgendwo einen Hinterhof? Oder eine offene Haustür?

Dann könnte er hineinschlüpfen, die Tür von innen zudrücken und durchschnaufen. Aber das Glück war ihm natürlich nicht hold. Wann hatte er das letzte Mal eigentlich das Schicksal auf seiner Seite gehabt?

Verzweifelt rannte er weiter. Was sollte er tun, wenn der Kerl ihn schnappte?

***

Der Flüchtige schaute über die Schulter. Ein gutes Zeichen! Ging es mit seiner Kondition zu Ende?

Sommer war inzwischen auf dreißig Meter herangekommen. Eigentlich konnte Renker ihm unmöglich noch entwischen. Vorausgesetzt, es passierte nichts Unerwartetes.

Ungefähr dreihundert Meter vor ihnen lag eine Ampelkreuzung. Würde sich dort für Renker eine Gelegenheit ergeben, ihn abzuhängen? Es war keine Hauptverkehrsstraße, trotzdem musste er mit allem rechnen.

Sommer konzentrierte sich auf seine Trittlänge. Er musste den Mann vor der Kreuzung einholen. Ein Verdächtiger, der auf der Flucht von einem Auto erfasst wurde, brachte sie nicht weiter.

***

Renker hatte das Gefühl, sein Herz würde ihm gleich aus dem Brustkorb springen. War die Kreuzung seine Rettung?

Plötzlich knickte sein rechter Fuß um. Er verlor das Gleichgewicht, taumelte und hielt sich nur mit Mühe auf den Beinen. Ein Blick nach hinten, und er erkannte, dass er fast den kompletten Vorsprung eingebüßt hatte. Ein stechender Schmerz fuhr ihm in den Knöchel. Konnte er weiterlaufen? Gerade als er es probieren wollte, packte ihn jemand grob am Arm.

»Hilfe!«, schrie er verzweifelt. »Hilfe!«

***

Sommer umklammerte Renkers Arm und rechnete mit körperlicher Gegenwehr. Stattdessen brüllte der Mann um Hilfe. Was hatte das zu bedeuten?

»Polizei!«, rief Sommer. »Hören Sie auf! Sie sind verhaftet!«

Der Mann schaute ihn überrascht an. »Polizei?« Er atmete stoßweise und versuchte, genug Luft für den nächsten Satz zusammenzubekommen. »Weisen Sie sich aus!«

Ohne ihn loszulassen, zog Sommer seinen Dienstausweis hervor. »Zufrieden?«

Renker lachte und rang wieder nach Atem. »Scheiße! Ich dachte, Sie wären ein russischer Geldeintreiber. Dabei sind Sie bloß Polizist. Gott sei Dank!«

»Was?« Überrascht ließ Sommer ihn los.

***

In seiner Wohnung humpelte Renker zunächst in die Küche.

»Ich muss meinen Fuß kühlen«, erklärte er. »Wollen Sie etwas trinken?«

Sommer und Drosten behielten ihn im Auge. Zwar hatte er ihnen glaubhaft versichert, dass er sie für Geldeintreiber gehalten hatte, dennoch wollten sie ihm keine weitere Chance geben, sich dem Gespräch zu entziehen.

Renker holte ein Kühlpad aus dem Eisfach und wickelte es in drei Blätter Küchenrolle.

»Wasser?«, fragte er.

Sommer nickte. »Wo sind die Gläser? Ich kümmere mich um die Getränke.«

Renker deutete auf einen Schrank. »Ich gehe schon mal ins Wohnzimmer.«

Vorsichtig öffnete Sommer die nach oben aufschwingende Schrankklappe. Er holte drei Gläser heraus, nahm eine Wasserflasche von der Arbeitsfläche und folgte dann dem Geräusch von Renkers Stöhnen. Der hatte sich an den Esstisch gesetzt und zog sich gerade den rechten Schuh und die rechte Socke aus. Anschließend legte er den Fuß auf einen Stuhl und positionierte das Kühlpad darauf. Auch Drosten hatte am Esstisch Platz genommen.

»Hoffentlich kein Bänderriss. Wieso wollen Sie eigentlich über die verdammte Firma reden?«

»Zwei Männer sind gestorben. Die einzige Verbindung zwischen ihnen ist die Targeting Call and Mail GmbH.«

»Ist Heidfeld einer der Toten?«, fragte Renker.

»Nein«, antwortete Drosten.

»Schade«, brummte Renker. »Ich hätt's ihm gegönnt.«

»Ihr Ernst?«, vergewisserte sich Sommer.

Renker zögerte einen Moment, dann schnaubte er. »Nein. Das war Quatsch! Obwohl ich ihn wirklich hasse. Wer ist gestorben?«

»Wieso hassen Sie Heidfeld?«, fragte Drosten.

»Weil er mich betrogen hat.«

Sommer schenkte Wasser ein und verteilte die Gläser. »Erzählen Sie uns davon! Am besten von Anfang an.«

Renker trank einen Schluck, räusperte sich und begann.

»Meine damalige Chefin vermittelte mir das Vorstellungsgespräch. Für jemanden, der gerade seinen Uniabschluss gemacht hat, natürlich ein Traum. Heidfeld und ich wurden uns schnell handelseinig. Die Aufgabe klang reizvoll, und das Gehalt war absolut angemessen. Anfangs schien das Geschäftskonzept auch aufzugehen. Die Callcenter-Mitarbeiterinnen machten einen wirklich guten Job und hatten eine erfreuliche Erfolgsquote. Tja, leider trog der Schein.« Gedankenverloren starrte er auf seine Fingernägel. »Irgendwann bat mich Herr Heidfeld in sein Büro. Zu dem Zeitpunkt war der für die Logistik verantwortliche Teamleiter bereits gefeuert, weil er seine Arbeit nicht gemacht hatte, und Heidfeld hatte dessen Aufgaben übernommen. Er erklärte, sie würden in mir großes Potenzial sehen und könnten sich vorstellen, mich zum zweiten Geschäftsführer zu ernennen. Voraussetzung war allerdings, dass ich fünfzigtausend Euro ins Unternehmen steckte. Nach Ablauf von zwölf Monaten wollte er mich dann befördern. Mit Dienstwagen und weitreichender Verantwortung. Ich hatte aber schon zur Finanzierung meines Studiums einen Kredit aufgenommen und entsprechend Schulden. Also bezweifelte ich, dass irgendeine Bank mir einen weiteren Kredit gewähren würde. Heidfeld zeigte sich vom Gegenteil überzeugt, schickte mir per Mail ein paar Geschäftsunterlagen und bat mich, mir das zu Hause in Ruhe anzusehen. Was ich tat. Am nächsten Morgen empfing er mich erneut in seinem Büro, diesmal waren auch Wolfgang Islacker und Marko Zinsberger anwesend. Die stillen Teilhaber der Firma. Ich erklärte mein Interesse an dem Angebot, und wir fuhren sofort zu einem Bankberatungsgespräch. Ich musste ein paar Unterlagen nachreichen, aber letztlich wurde mir der Kredit gewährt. Einen Monat später meldete Heidfeld Insolvenz an. Ich hatte plötzlich einen Riesenberg Schulden und war außerdem noch arbeitslos.«

»Sie haben uns für Geldeintreiber gehalten«, erinnerte sich Sommer. »Wie hoch ist Ihr aktueller Schuldenstand?«

»Dreißigtausend.«

»Warum haben Sie keine Privatinsolvenz angemeldet?«

»Ich könnte mir keine größere persönliche Niederlage vorstellen.«

»Also hat Ihr Stolz Sie daran gehindert?«

Renker nickte.

»Jetzt verstehe ich, wieso Sie sich über Heidfelds Tod freuen würden«, bekannte Sommer. »Er hat Sie reingelegt.«

»Ich hab das vorhin wirklich nicht ernst gemeint«, beteuerte Renker. »Sorry. Das war eher der Schock, weil Sie mich verfolgt hatten. Sie haben mir noch immer nicht verraten, wer gestorben ist.«

»Die stillen Teilhaber«, antwortete Drosten.

»Oh«, entfuhr es Renker. »Mord?«

»Zweifelsfrei. Aber vielleicht haben Sie Alibis für die Tatzeiten?«

Renker griff zu seinem Handy. »Wann war das?«

Drosten nannte ihm die betreffenden Tage.

»Am zweiten Datum war ich zu Hause. Allein. Am ersten war ich allerdings in Köln auf einem Konzert.«

»In Begleitung?«

»Auch allein. Die Eintrittskarte dürfte noch am Kühlschrank hängen.«

Sommer ging in die Küche und fand die Karte auf Anhieb. Der Kontrollabschnitt fehlte. Aber natürlich musste das nichts bedeuten. Renker hätte ihn auch selbst abreißen können.

»Haben Sie bei dem Konzert Handyvideos gemacht?«, fragte Drosten.

»Nein«, antwortete Renker. »Mich nerven Leute extrem, die ihre Kameras dauernd in die Höhe halten und einem die Sicht rauben.«

»Welche Lieder wurden denn gespielt?«

Renker lachte und nannte zunächst die Zugaben. »Ich könnte Ihnen noch andere Songs aufzählen, erinnere mich aber nicht mehr an die genaue Reihenfolge. Seien wir ehrlich: Das sind Infos, die könnte ich aus dem Internet haben. Gucken Sie auf YouTube. Vielleicht finden Sie ein Video, auf dem ich zu sehen bin. Ich hatte dunkelblaue Jeans und ein weißes T-Shirt an. Ansonsten habe ich für den Abend leider kein Alibi. Meine letzte Beziehung ist vor einem halben Jahr in die Brüche gegangen. Danach hatte ich dank Tinder ein paar Dates. Mehr nicht. In meinem Leben gibt es gerade niemanden, der mich abends anruft oder in meinem Arm einschläft.« Bedauernd zuckte er die Achseln.

***

Kaum hatten sie seine Wohnung verlassen, zog Renker das Kühlpad vom Fuß. Die Schmerzen waren längst verschwunden. Doch er hatte einen strategischen Vorteil darin gesehen, ihnen die Verletzung vorzuspielen. Sie sollten Mitleid mit ihm haben. Ihn unbewusst als schwach abstempeln.

Nachdenklich starrte er ins Leere und hing seinen Erinnerungen nach.

9

Vier Jahre früher.

»Die glorreichen Fünf an einem Ort versammelt«, rief Wolfgang Islacker und breitete theatralisch die Arme aus.

Heidfeld lachte pflichtschuldig mit. Dabei gefiel es ihm gar nicht, wie Islacker die Regie übernahm. Immerhin befanden sie sich in seinem Eckbüro, und dass er, Heidfeld, das größte Risiko von allen einging, stand ja wohl außer Zweifel.

Er betrachtete die Männer. Neben den beiden stillen Teilhabern waren noch Renker und Schwarz anwesend, die sich jedoch dezent zurückhielten.

Zinsberger blickte ihn erwartungsvoll an. Offenbar erwartete er eine Rede oder etwas ähnlich Albernes.

Heidfeld erhob sich aus seinem bequemen Sessel und warf einen Blick auf die Armbanduhr, die ihm Yvonne erst kürzlich geschenkt hatte. Sie war mehrere tausend Euro wert. Dass das Geld letztlich vom gemeinsamen Konto abging, hatte seine Gattin unerwähnt gelassen.

Er musterte kurz die stilvollen Büromöbel, die ihm viel wichtiger waren als jede Luxusuhr. In diesem Raum würde er sich wohl fühlen.

»Es geht los!«, begann er.

»Wird ja auch Zeit«, meinte Islacker.

»Genau«, bestätigte Heidfeld. »Die Anzeige in dem Käseblättchen hatte eine erstaunlich große Resonanz, sodass wir für heute vierundzwanzig Bewerberinnen einladen konnten. Damit wir das an einem Tag schaffen, teilen wir uns auf. Marko und ich begutachten die eine Hälfte. Wolfgang, Pascal und Bastian die andere. Im Vorfeld haben wir uns darauf geeinigt, dass die Bewerberinnen akzentfreies Hochdeutsch sprechen sollten. Erfahrung im Callcenter wäre von Vorteil. Frauen, die wegen der Erfolgsbeteiligung rummosern oder zu detailliert nachfragen, sortieren wir aus. Ideal wäre, wenn wir am Ende des Tages zehn Bewerberinnen engagiert hätten. Mindestens sollten es aber sechs sofort verfügbare Mitarbeiterinnen sein, damit wir schnellstmöglich ins Tagesgeschäft einsteigen können. Wir haben bereits mehrere tausend Datensätze von Firmen eingekauft, die sich hoffentlich für unser Angebot interessieren. Ohne Aufträge verdienen wir kein Geld.«

Er klatschte in die Hände, kam sich aber schon im nächsten Augenblick lächerlich vor. Zinsbergers überhebliches Grinsen verstärkte dieses Gefühl.

»Wo führen wir die Gespräche?«, fragte Renker.

»Marko und ich bleiben hier. Ihr drei geht ins Großraumbüro«, erklärte Heidfeld.

»Sie, äh, ihr wisst aber schon, dass ich so was noch nie gemacht habe?«, vergewisserte sich Schwarz, der seltsam eingeschüchtert wirkte.

»Ich genauso wenig«, meinte Renker.

»Ihr verfügt beide über gesunden Menschenverstand«, entgegnete Islacker. »Oder hört auf euer Bauchgefühl. Wir kriegen das hin!«

»Im Zweifel richtet ihr euch einfach nach Wolfgangs Frauengeschmack«, schlug Zinsberger grinsend vor.

***

»Warum komme ich mir vor wie bei einer Castingshow?«, fragte Heidfeld.

»Stimmt doch in gewisser Weise.«

Die ersten drei Gespräche lagen hinter ihnen. Eine der Bewerberinnen hatte einen Arbeitsvertrag unterschrieben, die beiden anderen waren aus verschiedenen Gründen nicht infrage gekommen.

Heidfeld schaute auf die Uhr und sah aus den Augenwinkeln, dass Zinsberger ihn amüsiert musterte.

»Was gibt's?«

»Hat inzwischen jeder mitbekommen, dass du eine Breitling trägst«, antwortete Zinsberger. »Von Yvonne?«

»Ja, aber ...«

»Schon okay, ist ein repräsentatives Exemplar. Trotzdem solltest du nicht so eine Show abziehen.«

»Ich hab nur nach der Uhrzeit geguckt. Müsste die nächste Bewerberin nicht längst hier sein?«

»M-hm«, brummte Zinsberger.

»Wirklich!«

In diesem Moment entdeckte er durch die gläserne Wand eine junge Frau, die sich dem Büro unsicher näherte.

»Nicht schlecht«, meinte der stille Teilhaber.

Die Frau war Anfang zwanzig, hatte langes, schwarzes Haar und trug ein figurbetontes blaues Kleid. Ihr Gesichtsausdruck verriet eine gewisse Verlegenheit.

»Hübsches Teil«, präzisierte Zinsberger überflüssigerweise.

Heidfeld unterdrückte mühsam ein Augenrollen. Stattdessen winkte er die Frau heran. Trotz seiner Aufforderung blieb sie vor der Glastür stehen und klopfte.

»Herein!«, rief Heidfeld.

»Entschuldigung. Bin ich hier richtig? Ich hab fünf Minuten unten gewartet, bis mir jemand sagte, ich müsste hoch in den zweiten Stock.«

Zumindest erklärte das ihre Verspätung.

»Sind Sie Carola Jung?«, vergewisserte sich Heidfeld.

»Ja.«

Im Gegensatz zu den anderen Kandidatinnen hielt sie keine Bewerbungsmappe in der Hand. Erschien sie völlig unvorbereitet?

»Setzen Sie sich«, bat Zinsberger.

Die Frau nahm Platz und strich ihren Rock glatt, ehe sie die Beine übereinanderschlug. Ihre Füße steckten in flachen Sommersandalen. Zehen- und Fingernägel waren in derselben dunkelroten Farbe lackiert.

Heidfeld schaute auf seine Notizen. »Sie sind Studentin?«, vergewisserte er sich.

»Germanistik im sechsten Semester.«

»Erzählen Sie uns von sich«, bat der Geschäftsführer. »Wieso haben Sie sich auf die Stellenanzeige gemeldet?«

Carola Jung lachte unsicher. »Na ja. Wie soll ich sagen. Ich bin pleite«, platzte es aus ihr heraus. Kaum hatte sie es ausgesprochen, bemerkte sie, wie unklug ihre Antwort war. »Also, ich meine, ich bin interessiert ...«

»Alles gut«, beruhigte Zinsberger sie. »Geld ist nicht die schlechteste Motivation. Im Gegenteil. Bei uns haben Sie die Möglichkeit, überdurchschnittlich viel zu verdienen, falls Sie erfolgreich sind.«

»Toll! Sie verkaufen Waren am Telefon?«

Heidfeld fiel es schwer, seine Unzufriedenheit zu verbergen. Sie hatte doch die Anzeige gelesen, daraus war das Anforderungsprofil eindeutig hervorgegangen.

»Büromaterial, PCs und Zubehör, solche Sachen. Wir wenden uns ausschließlich an Geschäftskunden. Kontaktieren Firmen und deren Entscheider«, erklärte Zinsberger in aller Ruhe.

»Die Schwierigkeit besteht darin, sich nicht abwimmeln zu lassen«, sagte Heidfeld. »Deswegen zahlen wir nur einen geringen Stundenlohn, dafür aber hohe Erfolgsbeteiligungen.«

»Oh«, meinte Carola. »Wie gering?«

»Fünf Euro die Stunde. Es gibt Zuschläge für jede verschickte Lieferung. Für jede am Ende beim Kunden verbliebene Lieferung erhalten unsere Agenten dann einen zweiten Aufschlag. Die Höhe hängt vom Warenwert ab. Unser Steuerberater rechnet damit, dass eine durchschnittlich erfolgreiche Mitarbeiterin zwanzig Euro die Stunde verdient«, behauptete Zinsberger.

»Wow! Das klingt super.«

»Finden wir auch.«

»Haben Sie Erfahrungen in Callcentern gesammelt? Oder im Vertrieb?«, wollte Heidfeld wissen.

»Nein«, bedauerte die Bewerberin. »Ich habe zuletzt als Kellnerin in einer Kneipe gearbeitet. Aber die Arbeitsumstände gefallen mir nicht mehr. Deswegen suche ich etwas anderes.«

»Als Frau können Sie sicher gut telefonieren, oder?«, fragte Zinsberger lächelnd.

Sie erwiderte seinen Augenkontakt und lächelte ebenfalls. »Natürlich.«

Heidfeld gefiel ganz und gar nicht, wie der stille Teilhaber das Bewerberinterview an sich zog. Bei den ersten Gesprächen war das komplett anders gelaufen.

»Wären Sie kurzfristig verfügbar?«, erkundigte er sich.

»Ja«, bestätigte die Studentin.

»Da Sie keine Callcenter-Erfahrung haben, stellt sich für uns die Frage, ob Sie zu einem Probetag bereit wären«, fuhr er fort.

»Was heißt das?«

»Sie kommen zu uns, telefonieren etwa vier Stunden

und erhalten dafür eine Aufwandsentschädigung von zehn Euro. Danach entscheiden wir, ob Sie einen Arbeitsvertrag bekommen. Genauso können Sie natürlich anschließend sagen, dass Ihnen der Job nicht gefällt.«

»Nur zehn Euro?«

»In anderen Branchen erhalten Bewerber an einem Probetag gar nichts«, meinte Heidfeld.

»Wenn's sein muss«, seufzte sie.

»Wunderbar!«, freute sich Zinsberger. »Wie sieht es übermorgen aus? Beginn zehn Uhr?«

Carola Jung nickte. »Da habe ich zwar Vorlesung, aber die könnte ich ausfallen lassen.«

»Dann freuen wir uns auf Ihren Einsatz.« Zinsberger erhob sich, trat zu ihr und schüttelte ihr die Hand.

»Seien Sie pünktlich«, ermahnte Heidfeld. »Darauf lege ich großen Wert.«

»Wo soll ich mich melden? Bei Ihnen? In diesem Büro?«

»Nein, übermorgen sind Sie in der ersten Etage richtig.«

»Bis morg ... übermorgen.« Die Bewerberin verließ den Raum.

Heidfeld wartete, bis er sie im Flur aus den Augen verlor.

»Zeitverschwendung«, brummte er.

»Wieso das?«

»Die ist total verpeilt. Den Job kriegt sie nicht geregelt. Eigentlich hätten wir ihr direkt absagen können.«

Zinsberger schüttelte den Kopf. »Du bist zu

wählerisch. Wir haben vierundzwanzig Bewerberinnen für zehn Stellen. Bei deiner Ablehnungsquote kriegen wir keine fünf Telefonistinnen zusammen. Ich finde sie nicht schlecht.«

»Dein Ernst?«

»Von ihren unbestreitbaren optischen Vorzügen abgesehen, könnte uns ihre Naivität das Leben erleichtern. Bis die kapiert, dass sie niemals zwanzig Euro verdienen wird, vergehen Monate.«

»Wie bist du überhaupt auf diese Zahlen gekommen?«, fragte Heidfeld.

»Hab ich mir ausgedacht.« Zinsberger lachte. »Provisionsmodelle sind für Arbeitgeber eine tolle Sache. Und dir sind billige Mitarbeiter schließlich wichtig, stimmt's?«

»Klar. Immerhin müssen wir möglichst schnell Gewinne schreiben.«

Zinsberger griff zu seinem Handy und scrollte darin herum. »Übermorgen um zehn hätte ich sogar Zeit. Ich glaube, ich übernehme ihre Einarbeitung.« Er zwinkerte Heidfeld zu.

»Wieso das denn?«

»Lass mir doch den Spaß. So junge Hühner können belebend wirken.«

»Marko ...«

Ehe Heidfeld den Satz zu Ende gesprochen hatte, entdeckte er eine ältere Frau, die sich dem Büro näherte. Er schaute auf seinen Terminplan. Es musste sich um die Mittfünfzigerin Angelika Kirsch handeln, die fünfte Bewerberin an diesem Vormittag. Im

Gegensatz zu ihrer Vorgängerin hielt sie eine Mappe in der Hand – ein gutes Zeichen, wie er fand.

Zinsberger bemerkte die Frau ebenfalls. »Diesmal überlasse ich dir die Entscheidung. Ich muss aufs Klo und anschließend telefonieren.«

Er verließ den Raum und sprach ein paar Sätze mit ihr, die Heidfeld durch die geschlossene Tür nicht verstand. Dann deutete Zinsberger in seine Richtung und zwängte sich an der Frau vorbei.

10

Angelika Kirsch fluchte leise. Wie so oft gab es in der Nähe ihres Hauses keinen freien Parkplatz. Seit dem viel zu frühen Krebstod ihres Mannes wohnte sie in diesem Krefelder Viertel und hatte sich schnell eingelebt. Die Parkplatzsituation war bei ihrem Einzug akzeptabel gewesen, durch den Neubau dreier Mehrfamilienhäuser in den letzten Jahren hatte sich die Lage jedoch verschärft. Bis vor Kurzem hatte sie das nicht sonderlich gestört. Die Siebenundfünfzigjährige war gut zu Fuß, und selbst mit Einkaufstüten in der Hand machte es ihr nichts aus, ein bisschen zu laufen.

Seit dem Vorfall im letzten Monat hatte sich das allerdings schlagartig geändert.

Eine Nachbarin in ihrem Alter war abends die Straße entlanggegangen und nur zwanzig Schritte von ihrer Haustür entfernt brutal niedergeschlagen worden. Der Täter hatte ihr die Handtasche geraubt und einen Goldring vom Finger gezogen. Niemand hatte den Überfall mitbekommen, sodass der Täter unerkannt fliehen konnte. Frau Ross hatte sich bei dem Überfall den Kiefer gebrochen und diverse andere Verletzungen zugezogen. Sie lag noch immer im Krankenhaus, wo Angelika sie schon zweimal besucht hatte. Seitdem fürchteten sich die Anwohner, wenn sie im Dunkeln nach Hause kamen. Der skrupellose Unbekannte hatte einmal Glück gehabt, wieso sollte er es nicht ein zweites Mal probieren?

Langsam fuhr sie an den geparkten Autos vorbei. Für ihren Kleinwagen würde bereits eine vier Meter lange Lücke reichen – doch selbst die gab es nicht.

Erst am Ende der Straße wurde Angelika Kirsch fündig. Kurz überlegte sie, umzukehren, entschied sich dann aber aus Sorge, jemand könnte ihr den Parkplatz wegschnappen, dagegen. Sie manövrierte den Wagen in die Lücke, schaltete den Motor aus und griff zu der im Fußraum stehenden Tragetasche, in der sich ein Mitbringsel für ihren Enkel Cornelius befand. Sollte ihr jemand auflauern, könnte sie mit der Tasche nach ihm schlagen und ihn hoffentlich vertreiben.

Sie stieg aus und machte sich in normalem Tempo auf den Weg nach Hause. Da um diese Uhrzeit niemand unterwegs und die Umgebung beinahe geräuschlos war, registrierte sie das verstohlen wirkende Zudrücken einer Autotür. Instinktiv blickte sie über die Schulter und erschrak. Keine hundert Meter hinter ihr sah sie eine Person, die eine Kapuze über dem Kopf trug und in ihre Richtung schaute. Mehr Einzelheiten konnte sie wegen der nicht optimalen

Straßenbeleuchtung auf die Entfernung nicht erkennen. Doch sie war alarmiert.

Angelika beschleunigte ihren Schritt und verfluchte sich gleichzeitig für ihre Ängstlichkeit. Sie hasste es, Schwäche zu zeigen.

Erneut schaute sie nach hinten. Die Gestalt hatte den Abstand zwischen ihnen verkürzt, und nun erkannte sie weitere Einzelheiten. Neben dem dunklen Kapuzenpullover machte sie eine braune Hose und schwarze Turnschuhe aus. Nur vom Gesicht sah sie nichts, da die Person zu Boden schaute.

Angelikas Herz schlug immer schneller. Jetzt war es ihr egal, ob sie schwach wirkte. Sie wollte bloß noch nach Hause und rannte los. Glücklicherweise trug sie flache Schuhe. Der rettende Hauseingang lag nur noch fünfzig Meter entfernt. Doch die Schritte hinter ihr kamen rasch näher.

»Hilfe!«, schrie sie.

In einigen Wohnungen waren Fenster geöffnet. Vielleicht konnte einer ihrer Nachbarn sie hören.

»Hilfe!«

Jede Sekunde rechnete sie damit, von hinten gestoßen zu werden. Doch sie erreichte den Hauseingang unbehelligt. Allerdings steckte der Schlüssel in ihrer Hosentasche. Todesmutig drehte sie sich um. Sie würde mit der Tragetasche ausholen und ...

Der Verfolger war verschwunden.

Hektisch schaute sie in alle Richtungen. War das ein Trick? Sie hatte die Gestalt eindeutig gesehen, wie konnte es sein, dass sie sich auf einmal in Luft auflöste?

»Alles in Ordnung?«, fragte eine Stimme rechts von ihr.

Sie zuckte zusammen und stieß einen Schreckensschrei aus.

»Angelika?« Es war die Bewohnerin der Erdgeschosswohnung.

Angelika zwang sich zu einem gequälten Lächeln. »Hallo, Veronika.«

»Hast du um Hilfe gerufen? Oder hab ich ...«

»Du hast dich nicht verhört. Da war jemand hinter mir her!«

»Hast du ihn erkannt?«

»Nein, leider nicht.« Sie holte den Schlüsselbund aus der Hosentasche.

»Rufst du die Polizei?«, fragte die Nachbarin.

»Das sollte ich wohl tun. Kannst du die Straße im Blick behalten, bis ich oben bin?«

»Mach ich.«

Die Ladestation ihres Telefons stand in der Diele. Zögerlich nahm Angelika das Mobilteil heraus. Sollte sie wirklich die 110 wählen, oder hatte sie überreagiert? War das möglicherweise nur jemand gewesen, der in der Nähe wohnte? Andererseits hatte die Gestalt sie definitiv verfolgt. Das hatte sie sich nicht eingebildet.

Sie nahm all ihren Mut zusammen und wählte den Notruf. Binnen Sekunden hatte sie eine Polizistin namens Backmann am Apparat.

»Guten Abend, ich bin Angelika Kirsch«, sagte sie. »Ich glaube, gerade eben hat jemand versucht, mich zu überfallen.«

»Wo ist das passiert?«

Angelika nannte die Straße. »Hier hat es vor wenigen Wochen einen Raubüberfall gegeben. Einer Anwohnerin sind die Handtasche und ein Ring gestohlen worden.«

»Ihnen ist nichts passiert?«, vergewisserte sich die Polizistin.

»Nein. Als ich die Person bemerkt habe, bin ich losgerannt, hab um Hilfe geschrien und konnte mich vor meine Haustür retten.«

»Das haben Sie genau richtig gemacht.«

Die Polizistin fragte weitere Einzelheiten ab, bevor sie versprach, einen Streifenwagen vorbeizuschicken.

***

Angelika schaute aus dem geschlossenen Fenster, um das Eintreffen der Polizei nicht zu verpassen. Veronika hatte ihr zwar mitgeteilt, draußen sei niemand zu sehen gewesen. Allerdings konnte sie von ihrer Erdgeschosswohnung aus nur einen kleinen Teil der Straße überblicken.

Exakt zehn Minuten nach dem Anruf in der Zentrale tauchte ein Streifenwagen auf. Der Fahrer fuhr ohne Blaulicht langsam durch die Straße und hielt in zweiter Reihe vor ihrem Haus. Angelika zog sich von ihrem

Beobachtungsposten zurück, um den Beamten entgegenzugehen.

Die beiden älteren Schutzpolizisten gaben ihr direkt das Gefühl, dass sie ihre Beobachtung ernst nahmen.

»Die Zentrale hat uns informiert, dass es hier erst kürzlich einen Raubüberfall gegeben hat«, erklärte einer von ihnen.

»Leider«, bestätigte Angelika. »Meine Nachbarin war das Opfer. Das ist schon drei Wochen her, aber sie liegt noch immer mit einem komplizierten Kieferbruch im Krankenhaus.«

»Die Arme«, sagte der Beamte, der sich als Polizeihauptkommissar Blessheim vorgestellt hatte. »Der Täter konnte nicht ermittelt werden?«

»Nein.«

»Mein Kollege und ich schauen uns jetzt erst mal ein wenig um. Hier in der Straße, aber auch in der näheren Umgebung. Gehen Sie bitte hinauf in Ihre Wohnung. Wir kommen später zu Ihnen, Frau Kirsch.«

»Vielen Dank!«

Angelika ging zurück ins Haus und drückte die Tür von innen zu. Im Flur wartete Veronika.

»Haben sie ihn?«

»Sie suchen ihn jetzt.«

Die Nachbarin verzog den Mund. »Ist man denn heutzutage nirgendwo mehr sicher? Früher war das ein gutes Viertel.«

Angelika zuckte mit den Achseln. »Die Beamten kommen nachher zu mir, um meine Aussage aufzunehmen.«

Sie verabschiedete sich und ging in den ersten Stock. In ihrer Wohnung angekommen, schloss sie die Tür und schnaufte durch. Ob die Polizisten einen Verdächtigen fassen würden?

Um die Zeit totzuschlagen, trat sie auf ihren Balkon. Von hier aus blickte sie über die kleinen Gärten, die zu den Erdgeschosswohnungen gehörten. Manchmal beneidete sie Veronika und die Bewohner der anderen Haushälfte darum. Allerdings machte ihr Gartenarbeit ohnehin keinen Spaß. Außer Geranien ging bei ihr alles rasch ein. Sie griff zur Gießkanne und wässerte die Blumenkästen. Mehr Arbeit wollte sie sich gar nicht aufbürden.

Nach gut zwanzig Minuten klingelte es an der Wohnungstür. Sie bat die Beamten herein, erkannte aber schon an deren Mienen, dass sie keine erfreulichen Neuigkeiten hatten.

»Sie haben ihn nicht gefunden?«

»Leider nein«, bestätigte Polizeihauptkommissar Blessheim. »Gerade deshalb ist Ihre Aussage von entscheidender Bedeutung. Jedes Detail könnte wichtig sein.«

»Gehen wir ins Wohnzimmer«, schlug Angelika vor.

Sie führte die Beamten an den Tisch, auf den sie bereits drei Gläser, zwei verschiedene Fruchtsäfte, stilles Wasser und Salzgebäck gestellt hatte.

»Sie sind also ausgestiegen, und kurz darauf haben Sie die Autotür gehört. Dann haben Sie sich umgedreht und die verdächtige Gestalt gesehen«, fasste Blessheim die Aussage zusammen.

Angelika nickte.

»Ich beunruhige Sie nur ungern. Aber das klingt, als hätte der Unbekannte auf Sie gewartet.«

»Oder auf eine ähnliche Gelegenheit«, schränkte Blessheims Kollege ein. »Auf jemanden, der in sein Profil passt.«

»Gewartet?«, flüsterte sie schockiert. Der Gedanke war ihr bislang nicht gekommen.

»Sind Sie in letzter Zeit bedroht worden? Haben Sie anonyme Nachrichten erhalten? Anrufe, bei denen sich keiner meldete?«

Entschieden schüttelte sie den Kopf. »Nein, nichts von alledem.«

»Gibt es Streit mit einem Nachbarn? Oder im Job?«, fragte Blessheim weitere Möglichkeiten ab.

»Auch nicht. Ich arbeite auf Minijobbasis in einem Callcenter. Wer sollte mich da bedrohen? Anschließend kümmere ich mich um meinen Enkel, der jeden Mittag nach der Schule hierherkommt.«

»Wenn wir ausschließen, dass der versuchte Angriff Ihnen persönlich galt, könnte hier eventuell ein Serientäter am Werk sein«, fasste Blessheim seine Überlegungen zusammen. »Er war einmal in der Gegend erfolgreich und versucht es deshalb noch mal. Ich spreche das in der Dienststelle an. Auf jeden Fall werden wir in den nächsten Tagen in Ihrem Viertel verstärkt Streife fahren.«

Angelika lächelte dankbar. Doch ihre Verunsicherung blieb bestehen.

11

Beim Frühstück überlegten Sommer und Drosten, wie sie die anstehenden Befragungen am effektivsten durchführen könnten. Drei ehemalige Mitarbeiterinnen der GmbH hatten in den vergangenen vier Jahren geheiratet und neue Namen angenommen. Trotzdem hatte das BKA nicht lange gebraucht, um alle zehn Adressen herauszufinden. Acht der Telefonistinnen lebten sogar noch in Krefeld, eine in der knapp vierzig Kilometer entfernten Kleinstadt Jüchen. Eine hatte es hingegen nach Bayern verschlagen, was ihre Befragung vorläufig schwierig gestaltete. Eventuell müssten sie Amtshilfe beantragen oder eine telefonische Zeugenaussage in Betracht ziehen. Doch zunächst würden sie sich auf die auf direktem Wege erreichbaren Personen konzentrieren.

»Wir teilen sie uns fünf zu vier auf«, schlug Sommer vor. »Ich übernehme vier, dafür fahre ich aber auch nach Jüchen.«

Sie hatten inzwischen zusätzlich zu ihrem Dienstwagen noch einen Mittelklasse-Mietwagen organisiert, um unabhängig voneinander agieren zu können.

»Einverstanden«, erwiderte Drosten. »Willst du dir die drei anderen Fälle aussuchen?« Er schob Sommer die Auflistung über den Tisch zu.

»Bevor du noch Ärger mit deiner Frau bekommst, übernehme ich die drei Studentinnen«, meinte der augenzwinkernd, nachdem er die stichwortartigen Informationen noch einmal überflogen hatte. »Melanie ist es bestimmt lieber, wenn du die älteren Damen besuchst.«

Drosten grinste gequält. Auch während des gestrigen Tages hatte, von einem kurzen Telefonat abgesehen, Funkstille zwischen den Eheleuten geherrscht. Eigentlich hätte er momentan in Wiesbaden Präsenz zeigen müssen – doch wie immer ging der Job vor.

***

»Cornelius, bist du das schon?«, erklang eine überraschte Frauenstimme aus der Gegensprechanlage.

»Entschuldigen Sie die Störung, Frau Kirsch. Ich bin Hauptkommissar Robert Drosten, könnten Sie ...«

Noch ehe er zu Ende gesprochen hatte, wurde schon der Türöffner betätigt. Verwundert betrat er den Hausflur.

In der ersten Etage erwartete ihn eine Frau vor ihrer offenen Wohnungstür und sah ihn erwartungsvoll an.

»Haben Sie ihn erwischt?«, fragte sie.

»Wen?«, erkundigte sich Drosten überrumpelt.

»Den Mistkerl, der mich gestern überfallen wollte. Deswegen kommen Sie doch, oder?«

Er holte seinen Dienstausweis hervor und legitimierte sich. »Von einem Überfall weiß ich nichts. Können wir hineingehen?«

»Weswegen sind Sie dann hier?«

»Um Sie zur Targeting Call and Mail GmbH zu befragen.«

»Ach so! Und ich dachte, Sie hätten ihn geschnappt.« Angelika Kirsch seufzte enttäuscht. Trotzdem rang sie sich ein Lächeln ab. »Ich hoffe, Sie haben nichts dagegen, wenn wir uns in der Küche unterhalten. Ich bereite gerade das Mittagessen für meinen Enkel vor.«

Sie ging voran, und Drosten folgte ihr. Seine Gedanken rasten. Hatte es gestern einen dritten Mordversuch gegeben, von dem er gerade eher zufällig erfuhr? In der Küche roch es nach Bolognesesoße.

»Cornelius kommt jeden Tag nach der Schule zu mir«, erklärte Angelika Kirsch. »Er ist in der vierten Klasse, seine Eltern müssen beide arbeiten.« Sie rührte die Soße mit einem Holzkochlöffel um und seufzte wieder. »Ich hatte wirklich gehofft, sie hätten ihn. Für Frau Ross wäre das eine große Erleichterung.«

»Wer ist Frau Ross?«

»Das erste Opfer. Ein Unbekannter hat sie vor einigen Wochen in der Nähe ihrer Haustür niedergeschlagen und ihr die Handtasche und einen Ring gestohlen. Vom Finger gezogen, können Sie sich das vorstellen?

Ich bin mir sicher, derselbe Kerl hatte es gestern auf mich abgesehen.«

Schlagartig stellte sich die Situation anders dar. So wie Frau Kirsch den Vorfall schilderte, klang es nicht nach einem Mordversuch.

»Erzählen Sie mir das bitte genauer.«

Sie schaltete die Herdplatte auf eine niedrigere Stufe und schaute zur Wanduhr. »In zehn Minuten muss ich das Nudelwasser aufkochen«, sagte sie mehr zu sich selbst. Dann berichtete sie Drosten ausführlich, was letzte Nacht geschehen war.

Anschließend befragte er sie nach dem Überfall auf ihre Nachbarin. Es sah ganz so aus, als wäre ihre Befürchtung zutreffend, dass es sich um einen Serientäter handelte. Die Ereignisse schienen allerdings nichts mit den Morden an Zinsberger und Islacker zu tun zu haben.

»Haben Sie noch Erinnerungen an die Targeting GmbH?«, fragte er schließlich.

»Klar. Obwohl es einer meiner kürzesten Jobs war.« Sie lachte. »Aber zum Glück war das nicht meine Schuld. Die Firma ist ja pleitegegangen. Am Ende haben sie mir mehrere hundert Euro Lohn nicht ausgezahlt. Den größten Teil habe ich in Form von Insolvenzgeld vom Amt erstattet bekommen. Allerdings nicht die versprochenen Bonuszahlungen. Wieso interessiert sich überhaupt noch jemand für die Firma?«

Drosten beschloss, mit offenen Karten zu spielen. »Zwei ehemalige Teilhaber wurden in den letzten

Wochen ermordet. Sagen Ihnen die Namen Marko Zinsberger und Wolfgang Islacker etwas?«

Angelika Kirsch wirkte erschrocken. »Natürlich. Nette Geschäftsmänner. Ermordet? Wie schrecklich!«

»Der einzige Zusammenhang, den wir zwischen den Mordopfern finden, ist ihre Beteiligung an der GmbH. Wussten Sie als Callcenter-Mitarbeiterin, in welchem Verhältnis die beiden Männer zu der Firma standen?«

»Nein«, antwortete sie. »Ich wusste bloß, dass sie irgendeine wichtige Position innehatten. Mehr hat mich auch nicht interessiert.«

»Haben Sie zufällig mal einen Streit belauscht? Oder gab es sogar lautstarke Auseinandersetzungen, in die Zinsberger und Islacker verwickelt waren?«

Mit nachdenklicher Miene stand sie auf, trat an den Herd und schaltete die zweite Kochplatte an. »Ich kann mich nicht erinnern.«

»Wie haben sich denn die Callcenter-Mitarbeiterinnen untereinander verstanden?«

»Das war eine schöne Gemeinschaft. Ehrlich gesagt hatte ich einen Narren an den drei Studentinnen gefressen. Carola, Vicky und Lena. Es hat Spaß gemacht, in der Pause mit ihnen zu quatschen. Ich liebe den Kontakt zu jungen Menschen.« Angelika Kirsch setzte sich wieder zu ihm an den Tisch. »Aktuell arbeite ich in einem Callcenter, in dem hauptsächlich Frauen meines Alters beschäftigt sind. Da fehlt ein bisschen der jugendliche Elan. Andererseits kann man sich mit meinen jetzigen Kolleginnen fantastisch über Kochrezepte austauschen.« Sie lachte.

Drostens Handy klingelte. Er zog es aus der Jacketttasche und sah, dass Melanie versuchte, ihn zu erreichen. Bedauernd drückte er das Gespräch weg. Das Telefon bot ihm darauf an, eine SMS zu verschicken. Von den vorformulierten Texten wählte er »*Ich rufe gleich zurück*« aus.

»Erinnern Sie sich aus der Zeit an irgendetwas Außergewöhnliches, eventuell sogar im Zusammenhang mit den beiden ermordeten Männern, was mir weiterhelfen könnte?«

Angelika Kirsch schien nachzudenken, auch wenn er aufgrund ihres Gesichtsausdrucks vermutete, dass sie nichts Interessantes mehr beizutragen hatte.

»Vielleicht gibt es da etwas«, sagte sie jedoch zu seiner Überraschung. »Besonders gut verstanden habe ich mich mit einer Germanistikstudentin. Carola. Ein bildhübsches Ding. Wenn ich mich nicht sehr irre, hatte sie mit beiden Männern ein kurzes Abenteuer.«

»Hat sie Ihnen das erzählt?«

»Nein. Aber einmal habe ich zufällig gesehen, wie sie nach Feierabend in den Wagen von diesem Zinsberger gestiegen ist. Als sie beim nächsten Mal in der Firma aufeinandertrafen, warfen sie sich ein unmissverständliches Lächeln zu. Ein paar Wochen später tauchte Herr Islacker dann immer wieder an ihrem Schreibtisch auf. Bis sie sich kurz darauf ganz bewusst aus dem Weg zu gehen schienen. Auch das ließ nur eine Schlussfolgerung zu. Da war was zwischen ihnen gewesen, was zumindest der liierte Islacker gern rückgängig gemacht hätte. Na ja. Aber soweit ich weiß, hat

Carola in der Firma doch noch den Richtigen gefunden.«

»Wieso?«

»Sie war anschließend mit dem Mann zusammen, der uns die Telemarketingkonzepte ...«

»Pascal Renker?«

»Genau.«

»Die beiden waren ein Paar?«

»Bis zur Insolvenz. Danach habe ich von denen nichts mehr mitbekommen. Eigentlich schade. Hätte mich schon interessiert, was aus ihnen geworden ist.«

Als er wieder im Mietwagen saß, informierte Drosten zunächst Lukas Sommer per Sprachnachricht über die neuen Erkenntnisse.

»Ich habe interessante Informationen über Carola Jung. Sie hatte angeblich sexuelle Verhältnisse mit Zinsberger und Islacker, bevor sie eine feste Beziehung zu Pascal Renker einging. Wird aufschlussreich sein, ob sie sich dazu bekennt. Ich weiß es von ihrer ehemaligen Kollegin Angelika Kirsch. Die beiden hatten einen guten Draht zueinander.«

Drosten schickte die Nachricht ab. Dann wählte er Melanies Nummer. Ob sie vom Jugendamt die Absage bekommen hatte?

»Hi, Robert«, begrüßte sie ihn aufgeregt und offenbar gut gelaunt.

»Hallo, Schatz.«

»Es hat geklappt! Die Schlüter hat mich gerade angerufen. Oh Gott, ich bin so glücklich!«

»Sie akzeptiert uns als Pflegefamilie?«, vergewisserte sich Drosten ungläubig.

»Ja! Ist das nicht toll?«

»Allerdings! Damit hab ich überhaupt nicht mehr gerechnet.«

»Denkst du ich? Sie war so unfreundlich zu dir wegen deines Jobs. Das hat mich total aufgeregt.«

»Hat sie irgendwas dazu gesagt?«

»Sie meinte, dein Beruf sei sicher nicht ideal, andererseits seist du als Beamter unkündbar. Die Vorteile würden die Nachteile aufwiegen. Deshalb hat sie beschlossen, für uns den Prozess zu starten.«

»Wie geht es jetzt weiter?«

»Sie schickt mir in den nächsten Tagen eine Aufstellung aller Kurse zu, die wir belegen müssen. Inklusive Terminvorschlägen. Aber keine Sorge. Das meiste betrifft nur mich. Außerdem hat sie mich gebeten, in spätestens sechs Wochen in dem Kinderheim aufzuhören.«

»Und wann wird Dana in unsere Obhut gegeben?«

»Das dauert noch mindestens ein Vierteljahr oder länger. Aber ich habe schon mit dem Heimleiter gesprochen. Er hat nichts dagegen, wenn ich ab und zu Zeit mit ihr verbringe. Sie darf halt bloß nicht bei uns übernachten.« Melanie seufzte. »Du kannst dir nicht vorstellen, wie glücklich ich bin. Ich liebe dich.«

»Ich dich auch«, erwiderte er.

Drosten verscheuchte den Gedanken, dass sie im Fall einer Absage vermutlich ein anderes Telefonat führen würden. Die Zusage des Jugendamts hatte zwar weitreichende und unabsehbare Konsequenzen. Doch vorläufig gestaltete sich dafür ihre Ehe leichter. Manchmal zählte vor allem der Moment.

12

Drostens Nachricht erreichte Lukas Sommer zehn Minuten, bevor er in der Kleinstadt Jüchen ankam. An einer roten Ampel angelte er das Handy aus der Tasche und hörte die Mitteilung ab. Er fragte sich, ob Carola Jung wohl als Mörderin infrage kam. Vielleicht hatte sie, angeregt durch die Me-too-Debatte, an die damalige Zeit zurückgedacht, was etwas in ihr ausgelöst hatte.

Ob sie ihm aus freien Stücken davon berichten würde? Er selbst wollte das Thema zunächst nicht anschneiden, um ein Ass in der Hinterhand zu behalten.

Das Navigationsgerät teilte ihm mit, dass er sein Ziel erreicht hatte. Die kurze Straße wurde flankiert von neu wirkenden Einfamilienhäusern mit kleinen Gärten. Obwohl er sich mit Architektur nicht besonders gut auskannte, vermutete er, dass es sich um Fertighäuser handelte. Sie sahen im Grunde alle gleich aus, bis auf ein paar Details, wie etwa unterschiedliche Garagentorfarben. Kleine Farbtupfer in der Monotonie.

Sommer stellte den Wagen ab. Er hatte seinen Besuch nicht angekündigt und hoffte, nicht umsonst hergekommen zu sein. Dass trotz der dunklen Gewitterwolken einige Fenster in dem Haus offenstanden, beflügelte seinen Optimismus.

Er stieg aus und betrachtete die große Fensterpartie im Erdgeschoss. Ihm war, als hätte er dort eine Bewegung ausgemacht. Er ging zur Haustür und beschloss, so lange zu klingeln, bis jemand öffnete.

Doch diese Entschlossenheit war gar nicht notwendig. Zwei Namen standen auf dem Namensschild: Jasper Berghold und Carola Jung. Wenige Sekunden, nachdem die Klingelmelodie ertönt war, öffnete ihm eine attraktive Frau die Tür. Er schätzte sie auf Mitte zwanzig, es konnte sich also um Carola Jung handeln.

»Ja, bitte?«, fragte sie und musterte ihn kritisch.

»Frau Jung?«, vergewisserte er sich.

»Wer sind Sie?«

»Hauptkommissar Lukas Sommer.«

Er präsentierte seinen Dienstausweis, den sie bloß flüchtig und ohne große Überraschung in Augenschein nahm.

»Worum geht's?«

»Können wir das im Haus besprechen?«

Sie zögerte ein paar Sekunden, dann sackten ihre Schultern deutlich nach unten, und sie trat einen Schritt zurück.

»Ich habe nicht viel Zeit«, warnte sie.

»Möglicherweise dauert es nicht lange.«

Sommer trat in den gefliesten Hausflur, und sie schloss die Tür.

»Kommen Sie!« Carola Jung führte ihn in ein geräumiges Wohnzimmer.

Sommer fiel sofort die exklusive, aber spärliche Möblierung auf. Trotz der Größe des Raums standen dort nur eine Ledercouch, mehrere Holzschränke und ein Esstisch für acht Personen. An den Wänden hingen zwei großformatige Ölbilder. Das Paar bewies eindeutig Geschmack.

Carola Jung steuerte den Tisch an, auf dem eine Karaffe mit Wasser und mehrere unbenutzte Kristallgläser standen. Sie setzte sich und drehte zwei Gläser herum.

»Möchten Sie?«

Die junge Frau wirkte überhaupt nicht nervös. Sommer nickte und nahm ihr gegenüber Platz. Aufmerksam musterte er ihre Hand und registrierte nun doch ein leichtes Zittern.

»Was verschlägt Sie zu mir? Oder wollen Sie gar nicht zu mir, sondern zu Jasper?«

»Ich bin wegen der Targeting GmbH hier.«

Ihr rechtes Augenlid zuckte minimal. »Echt?«, fragte sie. »Das ist ja ewig her.«

»Aber Sie erinnern sich?«

»Wie könnte ich nicht? Das war die schlimmste Phase meines Lebens.«

»Wieso?«

Sie schaute in Richtung Hausflur. »Ich bin froh, dass Jasper nicht da ist. Wir heiraten im nächsten Frühling. Über diesen Teil meiner Vergangenheit weiß er nichts. Ich fürchte, er hätte auch kein Verständnis dafür.«

»Was ist passiert?«

Überrascht sah Sommer, dass Carola Jung Tränen in die Augen stiegen, die sie verschämt wegstrich. Sie griff zu ihrem Glas und trank einen Schluck.

»Wenige Monate nach der Insolvenz war ich in stationärer psychologischer Behandlung. Wie weit soll ich ausholen, um Ihnen das alles zu erklären?«

»Je weiter, desto besser.«

Sie lächelte traurig. »Nicht für mich.« Mit dem zweiten Schluck trank sie das Glas leer. Diesmal schenkte Sommer nach.

Plötzlich bemerkte er eine Veränderung in ihren Augen. Sie wirkte entschlossener.

»Wieso sind Sie überhaupt hier? Etwas muss passiert sein!«

»Marko Zinsberger und Wolfgang Islacker wurden ermordet.«

»Oh mein Gott!«, entfuhr es ihr. »Wann?«

»In den letzten Wochen. Auf die genauen Daten komme ich später zu sprechen.«

»Was ist mit Pascal Renker?«

»Warum erwähnen Sie seinen Namen? Was verbindet die drei Männer?«

»Sie haben mich alle ausgenutzt. Sexuell.« Carolas Blick richtete sich nach innen. »Deswegen bin ich anschließend ja auch in der Psychiatrie gelandet.« Sie schaute auf ihre teuer wirkende silberne Armbanduhr. »Gut, dass Jasper unterwegs ist. Er ist wahnsinnig eifersüchtig. Sogar, was Sachen aus der Vergangenheit betrifft. Ich erwarte ihn erst gegen Abend zurück.«

»Dann erzählen Sie in aller Ruhe«, bat Sommer. »Falls Sie zwischendurch eine Pause benötigen, sagen Sie Bescheid.«

»Nichts für ungut, aber ich bin froh, wenn Sie gleich wieder weg sind.« Sie trank noch einen Schluck Wasser, ehe sie mit der Reise in ihre Vergangenheit begann. »Laut meinem Therapeuten ist es immer wieder hilfreich, daran zu erinnern, woher ich komme. Ob das stimmt?« Sie zuckte die Achseln. »Ich hatte keine einfache Kindheit. Meiner Mutter zufolge war ich schon als Baby bildhübsch. Wir lebten in bescheidenen Verhältnissen, meine Eltern stritten häufig. Ich war neun, als sich mein Vater nachts in mein Zimmer schlich. Ich wurde wach und sah ihn an meinem Bett stehen. Ohne Schlafanzughose. In diesem Moment stürmte meine Mutter ins Kinderzimmer und rettete mich vor ihm. Sie warf ihn aus der Wohnung und drohte ihm mit einer Anzeige, falls er der Scheidung nicht zustimmte. Ich habe ihn danach keine dreimal mehr gesehen. Anfangs überwog bei meiner Mutter das Mitleid mit mir. Wir zogen in eine kleinere Wohnung, mussten den Gürtel enger schnallen. Mein Vater zahlte kaum Unterhalt. Je schwieriger unsere Lebensumstände wurden, desto mehr sah meine Mutter in mir die Schuldige.« Carola zuckte die Achseln. »Schlimm wurde es, als ich mit vierzehn meinen ersten Freund hatte und meine

Mutter bat, mit mir zum Frauenarzt zu gehen. Ich vergesse nie, wie sie meinte, ich hätte auch meinen Vater ranlassen können, wenn ich es so dringend nötig hätte. Das Einzige, was ich ihr zugutehalten kann, ist ihr damaliger Weinkonsum. Kaum hatte ich das Abi in der Tasche, zog ich aus. Zum Glück bekam ich BAföG. Neben dem Studium habe ich gejobbt. Jede Woche mindestens an zwei Tagen. Längere Zeit als Kellnerin, aber mich nervte irgendwann die ständige Anmacherei durch betrunkene Gäste. Also suchte ich eine neue Herausforderung und fand sie bei Targeting.« Sie hielt inne.

»Wie lernten Sie die Teilhaber Zinsberger und Islacker kennen?«, fragte Sommer.

»Zinsberger beim Bewerbungsgespräch. Ich merkte schnell, dass er mich anziehend fand. Islacker traf ich an meinem Probearbeitstag. Die Firma stellte mich ein, und Zinsberger kam scheinbar zufällig immer wieder zu mir. Obwohl er gar nicht offiziell bei der Firma arbeitete. Nach allem, was ich mitbekam, hatte er bei seinem eigentlichen Arbeitgeber einen Job, der mit regelmäßigen Außenterminen verbunden war. Die nutzte er wohl für seine Besuche. Eines Tages, ich hatte eine Nachmittagsschicht, bot er mir an, mich nach Hause zu fahren. Verdi streikte und hatte den Busverkehr komplett lahmgelegt. Ich nahm das Angebot an, und unterwegs fragte er mich, ob ich hungrig sei. Wie sollte ich reagieren? Da ich Angst um meinen Job hatte und ihn auch nicht nur eklig fand, ließ ich mich darauf ein. Er führte mich in ein fantastisches mediterranes

Restaurant, und wir hatten einen schönen Abend. Ich trank zu viel Wein und sah plötzlich in ihm eine Möglichkeit. Er brachte mich nach Hause, kam mit hoch und landete in meinem Bett. Danach erlosch sein Interesse sehr schnell.« Sie lachte über ihre eigene Dummheit. »Ein paar Wochen später wiederholte sich das Spiel. Nur war es diesmal Islacker, der um meine Aufmerksamkeit buhlte. Genau wie bei Zinsberger trotz einer festen Beziehung. Ich Schaf habe mich damals so sehr nach einem Mann gesehnt, der mich liebt, dass ich mit ihm in einem Hotelzimmer landete. Ich hoffe, Sie verurteilen mich deswegen nicht.«

»Wieso sollte ich? Hat er sich danach ebenfalls schnell wieder von Ihnen abgewandt?«

»Natürlich.«

»Und Renker?«

»Bei ihm war es anfangs anders. Es schien echte Liebe zu sein. Wir gingen mehrmals aus, und ich hatte sogar den Eindruck, dass er meine beiden Ausrutscher zuvor nicht mitbekommen hatte. Wir wurden ein richtiges Paar. Dachte ich. Doch nach der Pleite hat er mich fallengelassen. Keine Ahnung, wieso.«

Carola stand auf, drehte ihm den Rücken zu und stellte sich ans Fenster, wo sie still verharrte.

»Kann ich Ihnen ...«

»Geben Sie mir einen Moment.«

Sommer analysierte das bisherige Gespräch. Sie schien mit offenen Karten zu spielen und nichts vor ihm zu verbergen. Doch ihre Verbindung zu den beiden

Mordopfern könnte ein Motiv sein – egal, wie verletzlich sie gerade wirkte.

Schließlich drehte sie sich um und nahm wieder am Tisch Platz.

»In der Zeit spielte ich mit Selbstmordgedanken. Ich erzählte meinem Hausarzt von Prüfungsstress und ließ mir Schlaftabletten verschreiben. Zum Glück bin ich diesen Weg nie gegangen, sondern habe mir Hilfe gesucht. Ich wies mich eigenständig als Notfall mit Selbsttötungsabsicht in eine Psychiatrie ein, wo ich drei Monate blieb. Wie das Leben so spielt, lernte ich dort Jasper kennen. Einen ausgebrannten Manager. Wir verliebten uns Hals über Kopf. Er wurde zwei Wochen vor mir entlassen und stand an meinem Entlassungstag vor dem Eingang, um mich abzuholen. Seitdem ist alles perfekt. Leider habe ich nie den Mut gefunden, ihm von den anderen Männern zu erzählen. Er soll mich nicht für eine Schlampe halten. Sie müssen mir versprechen, dass das unter uns bleibt. Ohne Jasper sterbe ich.«

»Was macht Ihr Mann beruflich?«, wich Sommer aus, denn ein solches Versprechen konnte er ihr nicht geben.

»Er hat sich nach dem Klinikaufenthalt als Motivationscoach selbstständig gemacht. Mittlerweile wird er in ganz Deutschland für Seminare und Workshops gebucht. Hauptsächlich von Firmen. Manchmal sitzt er sogar in Talkshows.« Sie klang stolz.

»Also ist er häufig unterwegs?«

Carola nickte.

»Gehen Sie dann mit Freundinnen aus?«

»Nein, ich bin in diesem wunderschönen Haus gern allein.« Sie lächelte.

Sommer nannte ihr die Todesdaten. »War Ihr Mann an diesen Tagen hier?«

»Das muss ich nachsehen. In der Küche hängt ein Kalender, in den er seine Abwesenheiten einträgt.«

Carola verließ das Wohnzimmer und kam kurz darauf zurück. »Pech für mich«, sagte sie. »Da war ich allein. Bedeutet wohl, dass ich keine Alibis habe.«

»Haben Sie vielleicht abends telefoniert?«

»Ich pflege kaum Freundschaften«, antwortete sie sofort. »Jasper reicht mir. Wir heiraten nächstes Jahr. Dann sind wir eine Familie.« Sie lächelte versonnen.

***

Spätnachmittags fassten Sommer und Drosten im Hotelrestaurant ihre Erkenntnisse zusammen. Doch von Carola Jungs Befragung abgesehen, hatte der Tag nichts Neues erbracht.

»Sie hat für beide Tatzeiten kein Alibi und großes Interesse daran, dass ihr Partner nichts von ihrer Vergangenheit erfährt. Andererseits sind die Bettgeschichten Jahre her. Wieso sollte sie sich ausgerechnet jetzt rächen?«, überlegte Sommer.

»Bis auf Heidfelds Ex-Frau und die Mitarbeiterin, die nach Bayern gezogen ist, haben wir alle Beteiligten befragt«, stellte Drosten fest.

»Wann suchen wir Heidfelds Ex auf?«

Drosten schaute auf seine Armbanduhr. »Was hältst du von *jetzt sofort*?«

»Ich hab's befürchtet.«

»Sind wir möglicherweise auf der falschen Spur?«, fragte Drosten ein paar Minuten später im Auto.

»Wäre nicht verwunderlich, wenn man bedenkt, wie wenig Fortschritte wir machen.«

»Zinsberger und Islacker haben gemeinsam in eine Firma investiert. Vielleicht war das keine Ausnahme«, dachte Drosten in eine andere Richtung.

»Die ersten Kontenüberprüfungen haben in dieser Hinsicht nichts ergeben«, erinnerte Sommer ihn.

»Sie könnten das Geld von schwarzen Konten genommen haben.«

Sommer trommelte an einem Fußgängerüberweg aufs Lenkrad. »Dann hätten wir ein Problem. Wie sollen wir das herausfinden?«

»Wenn sie geheime Konten hatten, müsste es in ihren Unterlagen irgendwelche Hinweise darauf geben. Vielleicht können uns unsere Kollegen aus der Abteilung für Wirtschaftskriminalität helfen. Wir sollten auf dem kurzen Dienstweg um Amtshilfe bitten und ihnen die Dokumente zuschicken.«

***

»Was wollen Sie?«, fragte Yvonne Reitkamp.

Hinter ihr stand ihr Ehemann – gemeinsam schienen sie ein Bollwerk gegen unerwünschte Eindringlinge zu bilden.

»Mit Ihnen über die Firma Targeting ...«

Kevin Reitkamp drängte sich vor. »Da kommen Sie einfach ohne Vorankündigung in den Abendstunden zu uns? Ist nicht Ihr Ernst!«

Sommer wunderte sich über den aggressiven Tonfall. »Keiner der anderen Befragten hatte damit ein Problem.«

»Bei wem waren Sie denn schon? Bei meinem hinterfotzigen Ex-Ehemann, der Ihnen wahrscheinlich Lügen aufgetischt hat?«

»Welche Lügen meinen Sie?«, hakte Sommer nach.

»Keine Ahnung! Seit der Trennung redet er nur noch Bullshit.«

»Es geht um die stillen Teilhaber Zinsberger und Islacker.«

»Erzählen die Lügen, oder was?«, fuhr Yvonne Reitkamp Drosten an.

»Sie sind tot«, korrigierte er sie. »Ermordet.«

Entweder war sie eine verdammt gute Schauspielerin, oder die Nachricht traf sie völlig unvermittelt. »Marko und Wolfgang sind tot?«, fragte sie sichtlich schockiert. »Wann ist das passiert?«

»Dürfen wir hereinkommen?«, nutzte Sommer ihren Stimmungsumschwung.

Das Ehepaar trat beiseite.

13

Vier Jahre früher.

Obwohl sie zu so später Stunde die letzten Personen in dem Bürogebäude waren, schloss Andreas Heidfeld vorsichtshalber die Tür. Islacker warf Yvonne einen Blick zu, der ihm nicht entging. Zinsberger hingegen wirkte gelangweilt.

War er als Geschäftsführer der Einzige, den die aktuelle Situation beunruhigte? Selbst Yvonne schien nur mäßig besorgt zu sein.

»Schwarz hat die ganze Zeit nichts anderes getan, als in einem verdammten Onlinecasino zu zocken!«, fluchte er. »Wir haben Waren im sechsstelligen Bereich verschickt, aber bei einem großen Teil davon kann niemand mehr sagen, wohin die Sachen gegangen sind. Was sollen wir tun?«

Die anderen schauten ihn stumm an. Niemand machte sich die Mühe, Lösungsvorschläge zu präsentieren.

»Leute! Euer Geld ist bei einer Insolvenz auch verloren!«

»Wieso hast du ihn nicht besser überwacht? Was ist mit Postbelegen und solchen Sachen?«, fragte Zinsberger.

»Verschwunden! Nicht abgeheftet! Weggeworfen! Hätte die verdammte Software funktioniert ...«

»Darauf musst du es jetzt nicht schieben«, entgegnete Islacker. »Als Geschäftsführer musst du deine Untergebenen kontrollieren.«

»Danke für den Hinweis! Der hilft gerade bloß nicht weiter. Schon vergessen, wie oft ich unterwegs bin, um Kunden zu akquirieren?«

Heidfeld schaute zu Yvonne. Sie hatten beim Frühstück vereinbart, dass sie es übernehmen sollte, die stillen Teilhaber um mehr Geld zu bitten. Doch stattdessen blickte sie zu Boden und schmollte. Was sollte das? Hatte sie die Hoffnung aufgegeben?

»Ich muss in einer Woche eine große Warenlieferung bezahlen. Das kann ich momentan nicht. Könnt ihr Geld zuschießen. Wolfgang? Marko? Meinetwegen als verzinstes Darlehen.«

»Das ist doch keine Lösung«, meinte Islacker.

»Für eine Übergangszeit wäre es eine!«, widersprach Heidfeld.

»Wie hoch ist unsere Erfolgsquote?«, fragte Zinsberger.

»Das kann ich wegen der verschwundenen Waren nicht sagen«, behauptete Heidfeld, obwohl er die

Antwort kannte.

»Hör auf mit dem Stuss! Mir reicht die Quote bei den nicht-verschwundenen Warensendungen.«

»Zwanzig Prozent. Aber wir stehen erst am Anfang.«

»Acht von zehn Kunden schicken die Sachen zurück? Scheiße! Das Geschäftsmodell geht nicht auf!«, fluchte Islacker.

»Sind die Rücksendungen anschließend in einem akzeptablen Zustand?«, hakte Zinsberger nach.

»Weitestgehend«, murmelte Heidfeld.

»In konkreten Zahlen?«

»Sieben von zehn Sendungen können wir weiterverschicken. Damit haben wir übrigens gerechnet.«

»Verdammt! Das klingt mies!«, stöhnte Islacker.

»Quatsch!«, widersprach Heidfeld. »Wir müssen nur die Startschwierigkeiten überstehen. Danach läuft es. Vertraut mir!«

»Sorry, aber ich bin aktuell nicht flüssig genug, um dir ein Darlehen zu geben«, behauptete Zinsberger. »Meine Kohle steckt in verschiedenen Beteiligungen, Festgeld et cetera.«

»Ist bei mir genauso«, meinte Islacker.

»Lasst mich nicht hängen«, flehte Heidfeld. »Könnt ihr mir dann wenigstens mehr Aufträge zuschustern?«

»Welche Waren willst du dafür benutzen? Aufträge helfen dir nicht«, analysierte Zinsberger. »Du brauchst Geld, um die fälligen Rechnungen zu begleichen. Vielleicht habe ich da sogar eine Idee.«

Erwartungsvoll sahen ihn die anderen an.

»Geht allerdings auf Kosten unseres

Uniabsolventen«, führte er aus.

»Mir egal«, sagte Heidfeld.

»Wir sollten ihn mit einem Scheinangebot locken. Wenn er Summe X zuschießt, wird er zum zweiten Geschäftsführer befördert. Dienstwagen und deutlich höheres Gehalt inklusive.« Zinsberger grinste. »Ich schätze, ein so junger Kerl fällt darauf herein. Zumal ja die Chance besteht, dass wir noch die Kurve kriegen.«

Heidfeld überlegte. Konnte das die Lösung sein? »Wie viel wird ihm eine Bank zur Verfügung stellen, falls er einen Kredit benötigt?«

»Fünfzigtausend«, behauptete Zinsberger.

»Einem jungen Bengel, der erst seit ein paar Monaten einen festen Job hat?«, fragte Heidfeld zweifelnd.

»Du weißt doch, ich kenne diesen Banker, der mir nach wie vor Gefallen schuldet. Wir müssen Renker bloß dorthin kriegen. Nicht, dass er den Kreditgeber selbst auswählen will.«

»Was sollen wir ihm anbieten? Er darf nicht misstrauisch werden«, meinte Islacker.

»Okay, versuchen wir es«, gab sich Heidfeld geschlagen. »Zweiter Geschäftsführer, nachdem er sich ein Jahr bewährt hat.«

»Außerdem einen Dienstwagen. BMW, Mercedes oder Audi. So wie ich das sehe, fährt er einen aufgemotzten Golf. Das wird ihn reizen«, behauptete Zinsberger.

»Welches Gehalt?«, fragte Islacker.

»Maximal achttausend. Für ihn wäre das fast eine Verdoppelung«, rechnete Zinsberger vor.

»Können wir uns das überhaupt leisten?«, brachte

sich Yvonne ein.

»Wenn nicht, machen wir uns später Gedanken drüber«, erwiderte Zinsberger. »Ich glaube, er lässt sich darauf ein. Ich rede direkt morgen früh mit meinem Banker. Falls er grünes Licht gibt, holen wir Renker ins Boot. Immerhin bieten wir ihm eine faire Chance.«

***

»Ich fasse es nicht«, murmelte Yvonne Reitkamp.

Sie hatten sich ins Esszimmer gesetzt.

»Haben Sie für die Tattage Alibis?«, fragte Sommer.

»Ja«, meinte Yvonnes Ehemann nach ein paar Sekunden. »Zumindest für das zweite Datum, da waren wir im Urlaub. Drei Wochen Sansibar. Sie finden auf Yvonnes Instagram-Account zahlreiche Schnappschüsse.«

Sommer notierte das gedanklich. Damit schied sie als Verdächtige aus, denn ein solches Alibi konnte man nicht fälschen.

»Wie war Ihr Verhältnis zu den Ermordeten?«, erkundigte sich Drosten.

»Was hat mein Ex dazu gesagt?«, wich sie aus.

»Nichts«, erwiderte Sommer.

»Dann weiß er es wohl wirklich nicht«, sagte sie zögerlich.

»Reden Sie nicht in Rätseln«, bat Drosten. »Hatten Sie etwas mit einem der beiden Männer?«

»Oder mit beiden?«, konkretisierte Sommer.

Sie grinste. »Nichts Sexuelles. Also, nicht mit Wolfgang.«

Sommer schaute sie überrascht an. »Aber mit Marko Zinsberger?«

»Ein Ausrutscher«, gestand sie. »Wobei ich das gar nicht meinte. Darüber hat Marko garantiert geschwiegen. Hätte Andreas das herausgefunden, wäre er ausgeflippt.«

»Was meinten Sie dann?«, fragte Drosten.

»Meinen Einfluss auf Andreas' Entscheidung, das Risiko einer Firmengründung einzugehen. Ich war stärker involviert, als er ahnt.« Sie zog eine kleine Tupperdose zu sich heran und entnahm ihr eine Handvoll Nüsse. »Unsere Ehe stand schon Monate vor Gründung der GmbH unter keinem guten Stern. Ehrlich gesagt hatten wir zu früh geheiratet. Ich war noch sehr jung, aber leider verliebt. Außerdem hat er mir beim Antrag das Blaue vom Himmel versprochen. Er sagte, wir würden später ein Luxusleben führen.« Sie lachte spöttisch. »Seine Vorstellung von Luxus deckten sich leider nicht mit meiner Vorstellung davon. Ich wartete geduldig, dass er sich beruflich weiterentwickelte, sodass er irgendwann seine Versprechen wahr machen könnte. Leider Fehlanzeige. Marko und Wolfgang habe ich durch ihn kennengelernt. Sie hatten die Idee, eine Firma aufzubauen. Allerdings arbeiteten sie in Jobs, die sie lieber nicht kündigen wollten. Im Gegensatz zu Andreas. Wochenlang redeten sie auf ihn ein, teils in meinem Beisein, doch er zierte sich. Irgendwann erhielt ich eine Nachricht von Wolfgang, ob man sich zu dritt, also ohne Andreas, treffen könnte. Wir verabredeten uns zum Mittagessen, während mein Ex-Mann arbeitete. Sie erklärten mir noch einmal ganz genau ihr Konzept, zeigten alle Chancen und Risiken auf. Wolfgang bat mich, Einfluss auf Andreas zu nehmen. Er gab mir sogar den Tipp, mich abzusichern, indem ich bei keinem der notwendigen Kredite als Kreditnehmer in Erscheinung treten sollte. Ich versprach ihnen, mein Bestes zu tun. Drei Wochen später hatte ich ihn so weit.« Sie klang stolz.

»Wäre Herr Heidfeld ohne Sie dieses Wagnis eingegangen?«, fragte Sommer.

»Nein.«

»Sie sollten wissen, dass wir Ihren Ex-Ehemann als potenziellen Verdächtigen behandeln«, erklärte Drosten. »Wobei das unter uns bleiben muss, falls Sie ihn zufällig sprechen.«

»Andreas?«, fragte sie lachend. »Niemals! Dazu fehlen ihm die Eier in der Hose.«

»Er hat keine Alibis«, fuhr Drosten fort.

»Na und?«

Kevin Reitkamp hingegen wirkte beunruhigt. »Ist er der einzige Verdächtige?«

»Wir haben mehrere Personen auf unserer Liste. Pascal Renker zählt auch dazu. Außerdem eine Callcenter-Mitarbeiterin namens Carola Jung. Und ...«

»Wieso die Jung?«, fragte Yvonne.

Sommer beschloss, ihr Kartenblatt vollständig offenzulegen. Sein Gefühl sagte ihm, dass er so Fortschritte erzielen würde. »Sie hatte mit beiden

Ermordeten ein Verhältnis und kommt sich im Nachhinein ausgenutzt vor.«

»Diese Schlampe! Bei der hatte ich gleich ein ungutes Gefühl.«

Ihren eigenen Fehltritt schien Yvonne offenbar milder zu bewerten als den der anderen Frau.

»Auch der spielsüchtige Teamleiter hat keine Alibis.«

»Ich kann es mir bei keinem von ihnen ...«, begann Yvonne.

»Kapierst du's nicht?«, unterbrach ihr Mann sie. »Wenn dein Ex der Täter ist, schweben wir in Gefahr!«

Überrascht sah sie ihn an. »Wieso das denn?«

»Wäre er der Täter, könnte die Firmengründung das Motiv sein«, nahm Sommer den Faden auf. »Eine Gründung, zu der ihn drei Personen überredet haben. Zinsberger, Islacker und Sie. Sollte er von Ihrem Seitensprung erfahren haben, wäre das ein zusätzliches Motiv.«

Plötzlich wirkte Yvonne nachdenklich. »So ist Andreas nicht«, behauptete sie. »Er ist ein Feigling, kein Mörder.«

»Vielleicht hat er sich in den Jahren seit Ihrer Trennung verändert«, sagte Drosten. »Der unbekannte Täter hat beide Männer in ihren Wohnungen getötet. Bis wir ihn gefasst haben, sollten Sie vorsichtig sein, wem Sie die Tür öffnen. Auch auf dem Nachhauseweg könnte er Sie verfolgen. Seien Sie wachsam.«

»Das sind wir«, versprach Reitkamp.

Doch im Gesicht von dessen Frau las Sommer, dass

sie die Bedrohungslage im Gegensatz zu ihrem Ehemann nicht ernstnahm.

14

Cornelius betrachtete die Karte, die ihm Julian entgegenhielt. Sollte er das Tauschangebot wirklich annehmen?

»Komm schon«, drängelte Julian.

»Na gut«, sagte er und reichte seinem Freund die gewünschte Karte. Im Gegenzug bekam er eine von ihm.

»Hammer!«, rief Julian glücklich. »Bis morgen.« Er rannte zum Schulhofausgang, wo seine Mutter bereits auf ihn wartete.

Cornelius schlenderte langsam hinterher und steckte die neue Karte in seine Jackentasche. Bis zur Wohnung seiner Oma waren es nur einige hundert Meter. Er freute sich schon auf das Mittagessen, denn bei ihr schmeckte es ihm immer.

***

Ich war unsicher, ob sie mich trotz der Verkleidung

erkennen würde. Zwar trug ich eine komplette Polizeiuniform inklusive Mütze, aber reichte das? Irgendwie musste es mir gelingen, ihre Wohnung zu betreten. Schnell zuschlagen und sofort wieder verschwinden.

Entschlossen näherte ich mich ihrer Haustür.

***

Angelika Kirsch holte zwei Teller aus dem Hängeschrank und stellte sie auf den Tisch. Ihr Enkel musste jeden Augenblick da sein. Donnerstags hatte er immer nach der vierten Stunde frei, was für sie zusätzlichen zeitlichen Stress bedeutete. Sie würden zuerst gemeinsam Mittagessen, danach half Angelika ihm bei den Hausaufgaben. Anschließend könnten sie auf den Spielplatz gehen. Vielleicht trafen sie ja wieder den netten Nik, mit dem sich Cornelius seit einigen Wochen so gut verstand.

Da sie nichts mehr vorbereiten musste, kehrten ihre Gedanken zu der gestrigen Befragung durch den Kommissar zurück. Sie hatte noch immer nicht verdaut, was er ihr mitgeteilt hatte. Die beiden stillen Teilhaber waren ermordet worden. Schreckliche Sache. Doch irgendwie war ihr das Geschäftsmodell von Anfang an zwielichtig vorgekommen. Meistens hatte sie lediglich Sekretärinnen ans Telefon bekommen, obwohl Heidfeld und Renker im Vorfeld behauptet hatten, sie würden mit Entscheidern in den Unternehmen telefonieren. Stattdessen erreichten sie bloß die Vorzimmerdamen, die natürlich nichts gegen neue Arbeitsgeräte einzuwenden hatten; zumal sie alles völlig ohne Risiko ausprobieren konnten. Wie sollte so ein Modell funktionieren?

Ob die beiden Männer deswegen gestorben waren? Oder steckte etwas anderes dahinter?

Angelika liebte die Tatort-Reihe und andere Krimiserien im Fernsehen. Sie rätselte gern mit und hatte meistens einen guten Riecher, was den Mörder anbelangte. Doch im wahren Leben war das ...

Das Klingeln an der Wohnungstür riss sie aus ihren Gedanken.

***

Als Cornelius den letzten Zebrastreifen überquerte, merkte er, dass sein linker Schnürsenkel offen war.

»Doofes Ding«, murmelte er.

Er trat auf den Bürgersteig, entfernte sich ein paar Meter von der Straße und bückte sich. Konzentriert band er eine neue Schleife.

***

Angelika betätigte den Summer und öffnete auch schon mal die Wohnungstür. In diesem Moment hörte sie das unverkennbare Geräusch einer über den Topfrand auslaufenden Flüssigkeit, die zischend auf dem heißen Herd landete. Statt auf ihren Enkel zu warten, kehrte sie rasch in die Küche zurück, um den Herd auszuschalten. Sie nahm den Topf von der Kochplatte.

Hoffentlich freute er sich über die Buchstabensuppe.

***

Die Tür stand offen, niemand war zu sehen. Perfekt. Das Schicksal war schon wieder auf meiner Seite. Ich betrat die Wohnung und schloss die Tür.

»Cornelius!«, rief sie. »Ich bin in der Küche.«

Ich antwortete nicht. Stattdessen zog ich das Messer aus meinem Hosenbund und hielt es hinter dem Rücken versteckt. Langsam ging ich auf die Küche zu.

Als ich an der Türschwelle ankam, zuckte sie zusammen.

»Oh. Mit Ihnen habe ich nicht gerechnet. Schon wieder jemand Neues?«

»Leider.«

An ihrem Stirnrunzeln erkannte ich, was in ihr vorging. Ihr Misstrauen erwachte. Rasch näherte ich mich ihr. Sie streckte die Hand nach dem Kochtopf aus.

»Hilfe!«

Doch ich war schon bei ihr, schlug nach ihrem Arm und versetzte ihr einen Stoß.

Sie taumelte zurück und knallte mit dem Rücken gegen den Kühlschrank.

»Warum?«, fragte sie mit vor Entsetzen aufgerissenen Augen.

***

Cornelius erreichte die Straße, in der seine Oma lebte.

Jetzt dauerte es nicht mehr lange, bis er endlich den schweren Schulrucksack in die Ecke pfeffern konnte. Die Lehrer hatten ihnen nicht viele Hausaufgaben aufgegeben. Dafür würde er höchstens eine halbe Stunde brauchen, mit Omas Hilfe vielleicht sogar noch weniger. Danach könnte er endlich spielen!

***

Ich rammte ihr das Messer in den Oberkörper. Sie knickte ein, versuchte kaum, sich zu wehren. Ich stach erneut zu, Blut spritzte auf meine Uniform. Sie schrie. Ob die Nachbarn sie hören konnten? Ich musste sie zum Schweigen bringen. Den nächsten Treffer landete ich an ihrem Hals. Nun wurde es eine richtige Sauerei. Ich spürte die heiße Flüssigkeit an meinem Körper. Sie brach leblos zusammen. Damit sie mich nicht weiter besudelte, machte ich einen Schritt nach hinten.

Bevor ich ihre Wohnung verlassen konnte, musste ich alles sauber machen. Plötzlich wurde mir bewusst, dass sie jemanden erwartet hatte. Cornelius. Sie hatte seinen Namen gerufen. Bekam sie Besuch?

Rasch griff ich zu einem Küchentuch und inspizierte den Boden. Hatte ich Fußabdrücke oder andere verräterische Spuren hinterlassen?

***

Cornelius erreichte den Zugang zum Haus seiner Oma. Manchmal guckte sie aus dem Küchenfenster, wenn er von der Schule kam.

Er blickte hoch, konnte sie jedoch nicht sehen. Also ging er zur Haustür.

***

Es klingelte!

Mühsam unterdrückte ich ein Stöhnen. Ich musste hier raus, ohne die Haustür zu benutzen. Hektisch schaute ich mich um. Die Option, in eine der oberen Etagen zu laufen, erschien mir zu gefährlich. Wenn mich jemand entdeckte, war es vorbei. Doch das durfte nicht passieren. Mein Rachefeldzug war noch nicht beendet!

Ich rannte kopflos durch die Wohnung. Das Wohnzimmer ging nach hinten raus, und ich sah, dass wir uns nur wenige Meter über dem Erdboden befanden.

Es klingelte erneut. Mir blieb keine Zeit, den nächsten Schritt sorgsam abzuwägen. Ich musste es riskieren.

***

»Mann, Oma«, stöhnte Cornelius.

Normalerweise öffnete sie ihm immer schnell die Tür. Ganz selten kam es allerdings vor, dass sie sich nach der Arbeit hinlegte und einschlief.

Heute schien so ein Tag zu sein. Seine Oma hatte ihm erklärt, was er dann tun sollte. Zwei Häuser weiter gab es eine Möglichkeit, durch einen Hinterhof zu gehen, von dem aus man zur Rückseite ihres Hauses gelangte. Immer wenn sie die Klingel nicht hörte, stellte er sich unters Schlafzimmerfenster und rief ihren Namen. Das hatte sie bislang jedes Mal gehört, weil sie tagsüber nie bei geschlossenem Fenster schlief.

Doch erst drückte er zum dritten Mal die Klingel.

***

Um keine Fingerabdrücke zu hinterlassen, schob ich mit dem Ellbogen den Griff der Balkontür in die waagerechte Position. Dann zwängte ich den Unterarm in den schmalen Spalt und zog die Tür auf. Übervorsichtig wischte ich den Griff ab und trat nach draußen. Da klingelte es zum dritten Mal.

Wie viele Meter waren es? Drei? Eventuell sogar vier? Bei einer harten Landung bestand die Gefahr, dass ich mich verletzen würde.

Doch mir blieb keine Wahl. Ich musste verschwinden, ehe mich jemand entdeckte.

Die Möbel auf dem Balkon und das Geländer waren hilfreich. Sie hatte einen kleinen Hocker dort stehen, den sie wahrscheinlich nutzte, um beim Sonnenbaden die Füße abzulegen. Ich kletterte darauf und schwang das erste Bein über die Brüstung. Ich musste mich an der Stange festhalten und durfte nicht vergessen, sie vor dem Sprung abzuwischen.

***

Offenbar schlief seine Oma tief und fest. Hoffentlich hörte sie wenigstens sein Rufen. Er hatte Hunger, und vor der Tür zu stehen, war langweilig.

Um sich abzulenken, beschloss er, eine Art sportlichen Wettkampf daraus zu machen, den er selbst kommentierte.

»Bei der letzten Zwischenzeit liegt der Favorit Cornelius nur hauchdünn hinter dem führenden Alexander Großmaul zurück. Aber er hat noch gute Chancen, zu gewinnen«, sagte er mit leiser Stimme. Dann rannte er los.

***

Ich wischte mit den Hemdsärmeln über die Stellen, die ich gerade berührt hatte. Wenn ich bei dem Sturz unglücklich aufkäme und mir den Fuß brechen würde, war alles vorbei. Doch es gab keine andere Möglichkeit.

Ich sprang.

***

»Er erreicht den Tunnel, und die Zuschauer am Rand jubeln ihm zu. Cornelius rennt weiter. Er hat das Ziel vor Augen.«

***

Ich kam mit den Füßen auf und rollte mich auf dem

Rasen ab. Alles war gut gegangen.

Nun stellte sich die nächste Frage: nach links oder nach rechts?

***

»Die Zeit stoppt, und Cornelius hat es wieder einmal geschafft. Er ist als Erster im Ziel!«

Atemlos riss er die Arme in die Höhe und verharrte in der Siegerpose. Dann schaute er hoch zur Wohnung seiner Oma. Überrascht bemerkte er, dass die Balkontür offenstand, das Schlafzimmerfenster allerdings nicht.

War sie etwa im Wohnzimmer auf dem Sessel eingeschlafen?

»Oma!«, rief er.

***

Ich erreichte mein Auto und sprang hinein. Je eher ich die falsche Uniform loswurde, desto besser. Doch zunächst musste ich aus der Gegend verschwinden. Ich startete den Motor, fuhr los. Mein nächstes Ziel war ein Parkhaus, in dem ich mich in Ruhe umziehen konnte.

***

»Cornelius?«, fragte eine Stimme. »Warum schreist du denn so laut?«

Omas Nachbarin aus dem Erdgeschoss hatte ihre

Terrassentür geöffnet und schaute ihn verwundert an.

»Du hast mich geweckt«, sagte sie vorwurfsvoll.

»Tut mir leid. Oma hört mich nicht.«

»Vielleicht ist sie einkaufen? War die Schule früher aus?«

»Nein.«

»Komm erst mal zu mir«, sagte sie. »Ich habe einen Schlüssel für ihre Wohnung. Wir können gemeinsam nachsehen, ob sie da ist. Hauptsache, du weckst nicht die ganze Nachbarschaft.«

Da er die Frau kannte, hatte seine Oma bestimmt nichts dagegen, dass er zu ihr in die Wohnung ging. Langsam trottete er los.

15

Vier Jahre früher.

Pascal Renker parkte seinen Wagen in unmittelbarer Nähe des Eingangs. Er schaute auf die Uhr. Viertel nach neun. Fünfzehn Minuten später als sonst. Doch dafür gab es gute Gründe. Die gestrige Nacht war fantastisch gewesen. Unbeschreiblich.

Die beruflichen Entwicklungen der letzten Tage stimmten ihn zwar misstrauisch: Heidfelds Laune wurde von Tag zu Tag schlechter. Außerdem schien Schwarz nicht mehr aufzutauchen. Aber das Schicksal schien Renker einen wundervollen Ausgleich zu bescheren, damit er nicht zu sehr grübelte. Er dachte an Carola. Wie sie nackt auf seinem weißen Laken gelegen hatte. Das Bild einer Traumfrau.

Doch nun galt es, sich auf seinen Job zu konzentrieren. Er stieg aus und betrat das Firmengebäude. Statt direkt in sein Büro zu gehen, schaute er zunächst beim Geschäftsführer vorbei.

»Hallo, Pascal, da bist du ja endlich«, begrüßte ihn Heidfeld überraschend freundlich.

»Entschuldige meine Verspätung. Wurde ich schon vermisst?«

»Kein Problem. Männer in leitenden Positionen haben keine festen Arbeitszeiten. Mach die Tür zu. Ich möchte etwas Wichtiges mit dir besprechen.«

Wäre der Tonfall seines Chefs düsterer gewesen, hätte er sich genau in diesem Moment Sorgen um seine berufliche Zukunft gemacht. Stattdessen war seine Neugier geweckt. Er schloss die Glastür und nahm dem Mittvierziger gegenüber Platz.

»Was gibt's?«

»Marko, Wolfgang und ich haben gestern Abend noch lange zusammengesessen. Wir sind sehr zufrieden mit deiner Leistung und wollen dich langfristig an uns binden.«

»Wow! Danke!«

»Wir haben uns überlegt, was wir dir diesbezüglich anbieten können. Andere Firmen sollen nämlich erst gar nicht auf dich aufmerksam werden. Du hast definitiv das Potenzial, eine geschäftsführende Tätigkeit zu übernehmen. Außerdem will ich nicht bis zur Rente mein jetziges Arbeitspensum absolvieren.« Er lachte. »Mir gefallen die Außentermine bei Kunden. Diese ganze interne Organisation, um die ich mich derzeit zwangsweise auch kümmere, würde ich gern jemand anderem überlassen.«

Renker konnte kaum glauben, was er da hörte. Meinte Heidfeld das ernst?

»Du siehst verblüfft aus«, stellte sein Vorgesetzter grinsend fest.

»Glaub mir, damit habe ich heute Morgen nun wirklich nicht gerechnet«, erwiderte Renker.

»Hör dir an, was wir dir bieten und im Gegenzug von dir erwarten. Danach kannst du entscheiden, ob das was für dich ist. Also, nach genau einem Jahr, gerechnet von deinem ersten Arbeitstag an, nicht von heute, würdest du als Geschäftsführer eingetragen. In den Monaten bis dahin coache ich dich regelmäßig, damit du alle Kniffe kennenlernst, vor allem auch die juristischen Fallstricke. Der Spruch, dass man als Geschäftsführer immer mit einem Bein im Knast steht, ist zwar Quatsch, trotzdem gibt es einiges zu beachten. Mit Dienstantritt erhöhen wir dein Gehalt auf achttausend brutto plus Gewinnbeteiligung. Außerdem bekommst du auf Firmenkosten einen Dienstwagen. Größenkategorie eines Dreier-BWMs. Wie klingen die Eckdaten?«

»Perfekt!«

»Wusste ich! Aber natürlich gibt's das nicht umsonst. Ich habe in die Firma eine Viertelmillion Euro investiert. Von einem Berufseinsteiger kann ich natürlich nicht die gleiche Summe erwarten. Doch du müsstest zumindest fünfzigtausend zuschießen. Und zwar jetzt sofort. Solltest du in dem Jahr bis zur Ernennung als Geschäftsführer feststellen, dass du dich beruflich anders entwickeln willst, kannst du dir die Summe

entweder auszahlen lassen oder als Beteiligung stehenlassen und regelmäßig Gewinne abschöpfen.«

»So viel Geld habe ich nicht«, wandte Renker ein.

»Dafür gibt es Banken. Momentan schmeißen sie einem die Kredite förmlich hinterher. Ich hab mich für dich erkundigt. Du bekommst ein Darlehen mit zwei Prozent Zinsen. Das ist fast nichts.«

»Ich als Berufsanfänger? Kann ich mir nicht vorstellen.«

»Glaub mir. Ich schicke dir gleich per Mail aktuelle Geschäftszahlen zu. Die solltest du prüfen. Wenn du anschließend Interesse hast, gehen wir morgen früh zur Bank und machen den besten Deal deines Lebens.«

»Ich bin platt.«

»Du kannst in aller Ruhe darüber nachdenken. Guck dir die Zahlen an. Wir sind ja noch in der Gründungsphase, ich schätze, innerhalb von zwei Jahren verdoppeln wir unser Volumen.« Heidfeld wandte sich seinem Bildschirm zu. »Erledigt«, sagte er Sekunden später. »Die Mail ist unterwegs.«

»Danke.« Renker stand auf. »Was ist eigentlich mit Bastian?«

»Hat dir Marko nicht Bescheid gegeben?«, wunderte sich Heidfeld.

»Nein!«

»Oh.« Heidfeld verdrehte die Augen. »Das sollte er eigentlich längst gemacht haben. Wir haben Schwarz bei Geschäftsspionage erwischt. Hinter unserem Rücken hat er Kontakt zu seinem alten Arbeitgeber aufgenommen, um über seine Rückkehr zu verhandeln. Er

wollte unsere Geschäftskontakte klauen und in die Firma einbringen. Schwarz saß ja ständig an seinem PC. Das hat uns misstrauisch gemacht. Tja. Das Kopieren von Datensätzen dauert halt. Ich bin so froh, dass er noch in der Probezeit war. So konnte ich ihm problemlos kündigen. Nächste Woche kümmere ich mich um einen Nachfolger. Bis dahin übernehme ich seinen Job.«

»Scheiße! Hätte ich nicht von ihm gedacht.«

»Manchmal täuscht man sich in seinen Mitmenschen«, sagte Heidfeld bedauernd.

»Ich sage dir Bescheid, sobald ich die Zahlen überflogen habe.«

Aufgewühlt verließ Renker das Geschäftsführerbüro. Träumte er, oder bot ihm Heidfeld gerade eine Wahnsinnschance? Doch woher sollte er das Geld nehmen, falls die Bank nicht mitspielte?

In der ersten Etage traf er Carola im Gang.

»Bleibt es bei heute Abend?«, fragte sie leise.

»Natürlich.« Ohne eine Miene zu verziehen, ging er an ihr vorbei und betrat sein Büro.

Er startete den PC und rief die internen Mails ab. Heidfeld hatte ihm ein sechsseitiges Dokument zugeschickt, in das er sich in den nächsten Stunden vertiefen würde. Hoffentlich konnte er mit den Zahlen etwas anfangen.

*****

Carola kuschelte sich nach dem Sex an ihn und streichelte seine Wange.

»Jetzt erzähl!«, bat sie. »Du klangst eben so aufgeregt.«

»Trotzdem konntest du nicht schnell genug über mich herfallen.«

Sie kicherte. »Erst das Vergnügen, dann die Arbeit.«

»Ich weiß, warum Schwarz gefeuert wurde. Aber du darfst es niemandem verraten.«

»Ich schweige wie ein Grab«, versprach sie.

Renker berichtete, was Heidfeld ihm anvertraut hatte.

»Mistkerl. Den hätte ich auch rausgeschmissen.«

»Aber das war nicht die wichtigste Nachricht des Tages.«

»Sondern?«

»Wenn ich in die Firma investiere, macht mich Heidfeld zum zweiten Geschäftsführer.«

Ruckartig setzte sich Carola auf und strahlte ihn an. »Ernsthaft?«

»Cool, oder?«

»Total geil. Wie viel musst du investieren?«

»Das ist leider der Haken. Fünfzigtausend. Kann mir nicht vorstellen, dass ich die von einer Bank finanziert kriege. Ich zahle ja noch meinen Studentenkredit ab. Heidfeld sieht das nicht so skeptisch. Morgen früh haben wir einen Banktermin, um meine Optionen zu klären.«

»Wow!«

»Ich bekäme nächstes Jahr einen Dienstwagen. Einen BMW.«

»Das wird ja immer besser. So ein Auto würde gut zu dir passen.«

Renker erzählte detailliert, was ihm Heidfeld angeboten hatte. »Den Rest des Tages habe ich in meinem Büro gesessen und bin die Geschäftszahlen durchgegangen. Deswegen hast du mich so selten zu Gesicht bekommen. Die aktuellen Zahlen könnten besser sein. Zum Beispiel die Rücklaufquote, die beträgt laut den Unterlagen vierzig Prozent. Daran müsste man arbeiten. Unter fünfundzwanzig wäre ein guter Wert. Heidfeld hat eine Viertelmillion in die Gründung gesteckt. Insofern ist er interessiert, dass wir schnellstmöglich schwarze Zahlen schreiben. Zinsberger und Islacker haben je zwanzigtausend investiert.«

Er bemerkte, dass Carola den Mund verzog.

»Ist was?«, fragte Renker.

Sie presste die Lippen aufeinander. Für einen Moment wirkte sie traurig, doch dann zuckte sie die Achseln. »Ich kann die beiden nur nicht leiden. Die sind schmierig.«

»Mein Anteil wäre größer als ihre Anteile zusammen. Was sich natürlich bei Gewinnausschüttungen bemerkbar machen würde.«

»Du zeigst es ihnen«, strahlte sie.

»Vielleicht kann man sie irgendwann auszahlen«, überlegte er.

»Das würde mir gefallen.« Sie legte sich wieder hin und streichelte sein Gesicht. »Was wird dann aus mir?«, fragte sie.

»Wie meinst du das?«

»Wenn du erst mal Chef bist. Dürfen wir uns dann noch sehen?«

»Gute Frage. Nicht, dass du auf die Idee kommst, mich wegen sexueller Ausbeutung zu verklagen.«

»Würdest du mich denn sexuell ausbeuten?«

»Nichts lieber als das.«

»Ernsthaft jetzt!«, bat sie ihn. »Können wir zusammenbleiben, wenn du Geschäftsführer bist?«

Renker wunderte sich über den Verlauf des Gesprächs. Sie waren ein paar Mal miteinander ausgegangen, bevor sie gestern erstmals zusammen im Bett gelandet waren. Er fand sie atemberaubend schön, trotzdem hätte er zu einem so frühen Zeitpunkt nie eine solche Auskunft verlangt. Da bemerkte er, dass sie ihn nicht mehr streichelte.

»Du zögerst«, stellte sie fest.

»Im Callcenter musst du aufhören«, sagte er.

»Super! Du machst Karriere ...«

»Ich fände es nämlich für die Partnerin eines Geschäftsführers unangemessen, Listen abzutelefonieren.«

Sie richtete sich erneut auf und schaute ihm in die Augen. »Du darfst mich jetzt nicht verarschen. Das verkrafte ich nicht.«

»Mach ich auch nicht«, versprach er. »Du könntest dich zum Beispiel auf dein Studium konzentrieren und *es in Ruhe zu Ende bringen. Bei dem, was die mir finanziell bieten, könnte ich es mir leisten, dich zu unterstützen.«*

»Meinst du das ernst?«

Seine wahren Gedanken ließ er sich nicht anmerken. Wie konnte man nach einigen wenigen Verabredungen solche Zukunftspläne schmieden? Doch er ahnte, dass die falsche Antwort den Abend frühzeitig beenden würde. Vielleicht sogar für immer – was er definitiv bedauern würde.

»Natürlich.«

Sie strahlte. »Oh mein Gott. Das wäre ein absoluter Traum. Nicht mehr arbeiten zu müssen und in Ruhe ... wow!«

Carola küsste ihn innig. Dann führte sie ihren Mund an sein Ohr. »Ich wäre eine sehr dankbare Partnerin«, flüsterte sie. »Soll ich dir zeigen, wie dankbar ich sein kann?«

Er nickte. »Zeig's mir.«

»Versprich mir, dass du es ernst meinst.«

In diesem Moment hätte er ihr fast alles versprochen. »Ich versprech's dir.«

Ihre Lippen fuhren an seinem Hals hinab, liebkosten seine Brustwarzen und glitten immer tiefer. Das, was sie in den nächsten Minuten mit ihm anstellte, war jedes Versprechen dieser Welt wert.

16

»Ist das meine Schuld?«, fragte Drosten auf der Fahrt zum neuen Tatort bedrückt.

»Natürlich nicht«, widersprach Sommer sofort. Als er wegen eines ausparkenden Autos kurz anhalten musste, schaute er seinem Kollegen fest in die Augen. »Red dir das bloß nicht ein!«

»Ich hätte die Theorie von dem verhinderten Raubüberfall hinterfragen müssen!« Wütend über sich selbst, schlug Drosten mit der flachen Hand auf die Armlehne zwischen den Sitzen.

»Nicht bei der Ausgangslage«, gab Sommer zu bedenken. »Wenn es in der Straße kurz vorher einen Überfall auf eine Anwohnerin gegeben hat, ist es nur allzu verständlich ...«

»Trotzdem! Sie ist tot. Eine Großmutter! Ihr Enkel hat die Leiche gesehen!«

»Was hätten wir tun sollen? Polizeischutz? Du weißt genauso gut wie ich, dass wir dafür niemals eine

Genehmigung bekommen hätten.«

»Mehr Polizeipräsenz hätte wohl ausgereicht, um den Täter abzuschrecken.«

»Die Krefelder Polizei sagt, sie hatten einen Streifenwagen in der Gegend. Nach dem Notruf hat es keine zwei Minuten gedauert, bis er vor Ort war. Hat nichts genützt.«

»Sie muss den Täter gekannt haben«, überlegte Drosten. »Sonst hätte sie ihm nicht geöffnet.«

»Ich schätze eher, er hat sich durch einen Trick Zutritt verschafft. Wäre sie nach deinem Besuch nicht misstrauisch geworden, wenn plötzlich beispielsweise Heidfeld vor ihrer Tür gestanden hätte?«

»Du hast recht! Es sei denn, er hätte ihr eine plausible Erklärung geliefert.«

»Zumindest wissen wir jetzt, dass die Morde mit der Firma zu tun haben *müssen*«, sagte Sommer.

Drosten nickte. »Aber wieso eine von den Callcenter-Mitarbeiterinnen? Renker, Schwarz, Heidfeld oder seine Ex. Das hätte Sinn ergeben. Aber Angelika Kirsch? Ich kapier's nicht!«

»Wahrscheinlich liegt in diesem dritten Mord der Schlüssel.«

Drosten nickte. Wenn ein Opfer plötzlich komplett aus dem vorherigen Muster herausfiel, hatte das meistens etwas zu bedeuten.

Der Beamte, der ihnen die Tür öffnete, bestand darauf, dass Sommer und Drosten in Ganzkörperanzüge schlüpften. Erst danach durften sie die Wohnung betreten, in der insgesamt fünf Leute von der Spurensicherung herumwuselten. Einer von ihnen führte sie in die Küche.

»Der Angriff hat hier stattgefunden«, erklärte er.

Der Blutfleck am Boden sprach eine deutliche Sprache. Drosten hatte ein Bild der Abläufe vor Augen, obwohl die Leiche schon in die Rechtsmedizin gebracht worden war.

»Jemand hat versucht, das Blut wegzuwischen. Das dafür verwendete Tuch ist verschwunden«, fuhr der Beamte fort.

»Sie muss dem Täter aufgemacht haben und mit ihm in die Küche gegangen sein«, sagte Sommer.

Drosten hingegen wollte sich da noch nicht festlegen. »Was ist in dem Kochtopf?«, fragte er.

»Buchstabensuppe.«

»Ihr Enkel hat die Leiche gefunden?«, hakte Drosten nach.

»Der Enkel kam wie immer nach der Schule hierher, doch seine Oma öffnete ihm nicht. Irgendwann wurde eine Nachbarin aus dem Erdgeschoss auf ihn aufmerksam. Sie hat einen Schlüssel für die Wohnung von Frau Kirsch. Gemeinsam gingen sie hoch und stießen in der Küche auf das Gemetzel.«

»Wer kümmert sich um den Jungen?«, fragte Sommer.

»Die Eltern. Sie sind beide direkt hierhergekommen.«

Wenigstens etwas, dachte Drosten. Hoffentlich hatte das Kind nicht zu viel gesehen.

»Wir vermuten, dass der Mörder durch das Klingeln des Jungen gestört wurde. Der Rückzug durch den Hausflur war ihm nun versperrt. Also suchte er einen anderen Weg, ging zum Balkon und öffnete die Tür. Zumindest vermuten wir das, weil wir nur verwischte Fingerabdrücke am Griff finden. So als habe zuletzt jemand mit einem Tuch oder einem ähnlichen Gegenstand daran gezogen. Ob der Mörder damit eine falsche Fährte legen wollte oder tatsächlich auf dem Weg geflohen ist, wissen wir noch nicht.«

Gemeinsam gingen sie auf den Balkon. Sommer schaute über die Brüstung. Im Gras standen gelbe Schilder der Spurensicherung.

»Das sind bestimmt vier Meter. Nicht ungefährlich! Wenn jemand von hier runterspringt und im Gras landet, müssten sich doch Fußabdrücke finden lassen?«

»Wir haben tatsächlich Spuren gefunden und fotografiert. Ob sie verwertbar sind? Ich fürchte nein. Das Gras ist sehr dicht. Ich kann Ihnen mehr sagen, wenn die Auswertung abgeschlossen ist.«

»Vor allem müssen wir wissen, ob die Wunden des Opfers zu der Tatwaffe passen, die bei den beiden anderen Morden verwendet wurde.«

Der Beamte nickte. »Die Rechtsmedizin ist schon dabei.«

***

Eine knappe Stunde später kehrten Sommer und Drosten frustriert zu ihrem Wagen zurück. Obwohl über zwanzig Streifenbeamte bereitgestellt worden waren, um an den Wohnungen in der Nachbarschaft zu klingeln, war zumindest bislang nichts Brauchbares herausgekommen. Die meisten Anwohner schienen nicht zu Hause zu sein. Diejenigen, die den Polizisten öffneten, hatten nichts Ungewöhnliches beobachtet.

»Wohin jetzt?«, fragte Sommer.

Drosten überlegte nicht lange. »Ich will zuerst zu Heidfeld.«

»Hältst du ihn für den Hauptverdächtigen?«

»Keine Ahnung. Aber er war der Geschäftsführer. Er muss alle Vorgänge im Unternehmen mitbekommen haben. Wir brauchen einen Grund, warum es ausgerechnet Angelika Kirsch getroffen hat.«

***

»Was wollen Sie denn schon wieder hier?«, fragte Andreas Heidfeld genervt.

Drosten musterte ihn. Er trug eine Jogginghose, ein weißes T-Shirt, keine Schuhe.

»Wo waren Sie in den letzten Stunden?«, erkundigte sich Sommer ohne Umschweife.

»Ich habe das Haus heute noch nicht verlassen. Wieso?«

»Es hat einen dritten Mord gegeben. Sprechen wir drinnen weiter.« Sommer zwängte sich an ihm vorbei.

Drosten folgte dem Kollegen. Sein Blick glitt zu Boden. Standen irgendwo Schuhe mit Grasflecken herum? Er konnte keine entdecken. In der Diele befand sich allerdings ein Schuhschrank.

»Darf ich da mal reingucken?« Er deutete auf das anthrazitfarbene Möbelstück.

»Nein!«, protestierte Heidfeld. »Es sei denn, Sie haben einen Durchsuchungsbefehl.«

»Wieso das? Was verbergen Sie?«, konterte Drosten.

»Nichts! Aber selbst Asoziale wie ich haben Grundrechte. Die lasse ich mir nicht nehmen. Gehen wir in die Küche.« Er ging voran. »Wer ist gestorben?«

Die Kommissare folgten ihm und setzten sich an den Küchentisch.

»Angelika Kirsch«, antwortete Sommer.

»Was?« Heidfeld wirkte völlig verblüfft. »Eine Callcenter-Mitarbeiterin? Wieso denn das?«

»Das wüssten wir gerne von Ihnen. Was verschweigen Sie uns?«, fuhr Drosten ihn an.

»Nichts!«, versicherte der ehemalige Geschäftsführer.

»Schwachsinn! Irgendetwas muss damals passiert sein. Reden Sie Klartext!«

»Was soll denn passiert sein?«, schimpfte Heidfeld. »Ich meine, außer dass ich inzwischen geschieden und finanziell ruiniert bin?« Er schaute Drosten wütend an.

»Das müssen Sie uns sagen!«, ließ der nicht locker. »Der Mord an den zwei stillen Teilhabern hätte nicht unbedingt mit Ihrer alten Firma zu tun haben müssen. Wir prüfen gerade, wo die beiden sonst noch ihr Geld angelegt haben. Aber jetzt ist eine Großmutter gestorben. Verstehen Sie das? Ihr neunjähriger Enkel hat übrigens die Leiche gefunden.«

Heidfeld zeigte keine nennenswerte Reaktion. »Schlimm für ihn.«

In dem Gesicht des Mannes las Drosten sah, dass ihn die Information kalt ließ. War er im Laufe der letzten Jahre abgestumpft, oder hatte er ...

»Warten Sie!«, rief Heidfeld plötzlich. »Mir fällt gerade etwas ein. Angelika Kirsch, richtig?«

»Genau«, bestätigte Sommer.

»Tja, ich empfehle Ihnen, Bastian Schwarz aufzusuchen. Im Prinzip hat er der Kirsch seinen Rauswurf zu verdanken.«

»Wieso das?«

Heidfeld stand auf und holte drei Gläser aus einem Schrank. Während er ihnen den Rücken zudrehte, warfen sich die Kommissare einen Blick zu. Der ehemalige Geschäftsführer stellte die Gläser auf den Tisch und öffnete eine Flasche Apfelsaft.

»Möchten Sie?«, fragte er.

Sommer lehnte ab, Drosten hingegen nickte.

»Die Callcenter-Mitarbeiter arbeiteten auf Provisionsbasis«, erklärte er, während er den Saft einschenkte. »Jede verschickte Warensendung brachte eine Erfolgsbeteiligung. Irgendwann kam Frau Kirsch in mein Büro und bat mich um ein vertrauliches Gespräch.«

Drosten nahm einen großen Schluck aus seinem Glas.

»Sie sagte, sie habe ein Problem mit einer Lohnabrechnung, und zwar sei ihr nicht genug Provision gezahlt worden. Ich verwies sie an Schwarz, der für die

Berechnung der Erfolgsbeteiligung verantwortlich war. Daraufhin meinte Frau Kirsch, sie habe bereits mit ihm gesprochen, und seine Daten hätten eklatante Differenzen zu ihren eigenen Aufzeichnungen aufgewiesen. Sie zeigte mir eine handschriftlich geführte Liste, in der sie alle Produkte notiert hatte, die sie zu Testzwecken losgeworden war. Ich versprach, mich darum zu kümmern.« Heidfeld trank langsam einen Schluck Saft. »Zu dem Zeitpunkt war mir schon aufgefallen, dass wir für die Anzahl der verschickten Waren erstaunlich wenige Rücksendungen erhielten. Also schnappte ich mir Schwarz und sprach ihn darauf an. Er wiegelte plump ab. Behauptete, Frau Kirsch würde lügen. Mein Misstrauen wuchs, ich wartete, bis er Feierabend machte, und setzte mich an seinen Computer. Danach war ich fassungslos. Mir war klar, dass er den Überblick verloren hatte. Obwohl das seine wichtigste Aufgabe war.«

»Dürfte ich mal Ihre Toilette benutzen?«, fragte Drosten.

»Haben Sie Schwarz am nächsten Tag damit konfrontiert?«, erkundigte sich Sommer.

»Die Tür gegenüber vom Ausgang«, antwortete Heidfeld. »Natürlich hab ich ihn zum Rapport gebeten.«

Drosten stand auf und verließ den Raum. Am liebsten hätte er die Tür hinter sich zugemacht, doch das wäre zu offensichtlich gewesen. Er ging durch den Flur, öffnete die Badezimmertür und schloss sie geräuschvoll von außen.

»Er hat sich in Ausreden geflüchtet«, ertönte Heidfelds Stimme aus der Küche.

Lautlos zog Drosten den Schuhschrank auf und verschaffte sich einen Überblick. Vier Paar Schuhe, daneben ein geschlossener Karton. Er hob die Schuhe einzeln an und entdeckte an einer Sohle tatsächlich Gras. Befanden sie sich in der Wohnung des Täters?

»Mein Misstrauen wuchs. Wir gingen gemeinsam in sein Büro und ...« Mitten im Satz stockte Heidfeld.

Sommer hustete.

Drosten schloss leise den Schrank, huschte ins Bad und betätigte rasch die Klospülung. Als er in die Küche zurückkehrte, nickte ihm Sommer unmerklich zu. Offenbar hatte Heidfeld kontrolliert, ob er wirklich zur Toilette gegangen war. Da er nicht lautstark protestierte, schien er von Drostens wahrer Mission aber nichts mitbekommen zu haben.

»Ich musste ihn entlassen.«

Drostens Handy klingelte und übertrug eine Krefelder Nummer. Er meldete sich, hörte dem Anrufer zu und beendete das Gespräch schließlich mit einem Dank.

»Die Stichwunden passen zu den vorherigen Taten«, erklärte er. »Zeigen Sie uns Ihre Küchenmesser?«

Heidfeld deutete hinter sich. »Ich war es nicht. Ich bin selbst ein Opfer.«

Drosten trat an die Küchenzeile. Er fand Heidfelds unterschiedliche Reaktionen interessant. Warum ließ er ihn die Messer kontrollieren, aber nicht den Schuhschrank?

***

»Konntest du einen Blick in den Schrank werfen?«, erkundigte sich Sommer, als sie zu ihrem Wagen zurückgingen.

»So gerade eben. Unter einer Schuhsohle habe ich Gras entdeckt. Heidfeld hat ziemlich große Füße. Mindestens Schuhgröße fünfundvierzig. Da war auch noch ein geschlossener Schuhkarton, aber in den konnte ich leider nicht mehr reingucken.«

»Bei der dünnen Beweislage kriegen wir niemals einen Durchsuchungsbefehl«, schätzte Sommer. »Es sei denn, die Spurensicherung findet passende Fußabdrücke auf dem Rasen.«

»Bis dahin könnte Heidfeld die Beweisstücke verschwinden lassen«, fürchtete Drosten.

»Beschatten wir ihn heimlich?«

»Keine Ahnung, ob uns die Krefelder Kollegen dabei unterstützen. Müssen wir nachher mit ihnen besprechen.«

»Aber wir sollten einen Streifenwagen herbeordern«, meinte Sommer. »Auch egal, wenn er es merkt.«

Drosten nickte und griff zum Telefon.

17

Vier Jahre früher.

Angelika Kirsch legte frustriert das Headset beiseite. Heute war ein seltsamer Tag. Keiner der Chefs ließ sich blicken, außerdem erreichten sie fast niemanden am Telefon, der Zeit oder Interesse hatte, ihr Warenangebot zu prüfen.

Sie schaute sich in dem Großraumbüro um. Zwei ihrer Kolleginnen telefonierten, eine feilte sich dabei die Fingernägel.

Carola Jung zwinkerte ihr zu. Auch sie hatte das Headset vom Kopf gezogen.

In anderthalb Stunden hatte Angelika Feierabend. Vorher stand ihr noch eine Zigarettenpause zu. Sie führte Zeige- und Mittelfinger der rechten Hand an die Lippen, um Carola zu signalisieren, dass sie eine rauchen gehen wollte. Die Studentin nickte lächelnd. Angelika nahm eine halbvolle Zigarettenpackung aus ihrer Handtasche, in der auch ein dunkelblaues Feuerzeug steckte.

»Hast du eine Kippe für mich?«, fragte Carola. »Ich hatte heute Morgen keine Zeit mehr, mir neuen Tabak zu kaufen.«

»Klar. Komm mit!«

Die beiden Frauen verließen das Großraumbüro und gingen ins Erdgeschoss hinunter. Da es im ganzen Gebäude keinen Raucherbereich gab, mussten sie zum Rauchen vor die Tür. Bei gutem Wetter wie heute kein Problem, doch bei Regen eine Zumutung.

»Komisch, dass uns von den hohen Tieren heute keiner kontrolliert«, meinte Angelika, nachdem sie genüsslich den ersten Zug genommen hatte.

»Die sind alle bei der Bank«, sagte Carola.

Angelika schaute sie überrascht an. »Haben sie dir Bescheid gesagt?«

»Müssen sie nicht. Ich habe auch so meine Quellen.« Sie lächelte verschwörerisch.

»Spann mich nicht auf die Folter«, bat Angelika.

»Das musst du für dich behalten, versprichst du mir das?«

»Großes Indianerehrenwort.«

»Was hältst du von Pascal Renker? Nicht als Vorgesetzter, sondern als ...«

»Mann?«

Carola nickte aufgeregt.

»Den hätte ich vor dreißig Jahren wahrscheinlich nicht von der Bettkante gestoßen. Schnuckliges Kerlchen. Allerdings müsste er sich dringend mal ein

Bügeleisen anschaffen. Der trägt immer knitterige Hemden. Schrecklich! Das hätte es früher nicht gegeben.«

»Ich mag seinen Look«, sagte Carola.

»Seid ihr ein Paar?«

Aufgeregt nickte Carola aufgeregt. »Ist noch ganz frisch.«

Angelika lächelte nur und dachte sich ihren Teil.

»Was ist?«, fragte die Studentin.

»Nichts«, wiegelte Angelika ab.

»Du hast doch was.«

Angelika erinnerte sich an ihre eigene wilde Phase. Jede Frau hatte das Recht, Fehler zu begehen. Sie hatte mitbekommen, wie die beiden Teilhaber Zinsberger und Islacker an der hübschen Studentin Interesse gezeigt hatten; Interesse, das irgendwann schlagartig wieder erloschen war.

»Alles gut, Süße«, sagte sie. »Ich freue mich für dich. Er ist im richtigen Alter. Ich finde, der Mann sollte immer ein paar Jahre älter sein als die Frau. Aber nicht zu alt. Wie bei unserem Geschäftsführer und seiner Ehefrau. Das klappt einfach nicht.«

Carolas Gesicht nahm einen missmutigen Ausdruck an, der kurz darauf von einem strahlenden Lächeln abgelöst wurde.

»Im Bett ist er eine Granate«, flüsterte sie.

»Das ist wichtig, aber nicht das Wichtigste. Glaubst du, er meint es ernst?«

»Wir schmieden bereits Zukunftspläne«, erklärte die Studentin. »Deswegen hat er mir von dem

Banktermin erzählt.« Sie schaute zum Eingang, offenbar, um sich zu vergewissern, dass niemand lauschte. »Das muss unter uns bleiben!«, beschwor sie Angelika erneut.

»Du kannst dich auf mich verlassen.«

»Pascal hat ein interessantes Angebot bekommen. Er muss ein bisschen investieren und wird nächstes Jahr zum zweiten Geschäftsführer ernannt. Vorausgesetzt, es klappt mit dem Bankkredit, den er dafür benötigt.«

»Finde ich gut«, sagte Angelika.

»Das ist so super! Noch ein Jahr, dann fährt er BMW und bekommt das doppelte Gehalt. Er hat mir versprochen, mir dann finanziell unter die Arme zu greifen, damit ich mich auf mein Studium konzentrieren kann.«

Nach so kurzer Zeit?, wunderte sich Angelika. Wie lange waren die beiden zusammen? Maximal zwei Wochen, eher kürzer. Doch sie wollte der Studentin nicht die Laune verderben. Die Zweifel behielt sie deshalb lieber für sich.

»Ich bin mir bloß unsicher, ob das alles richtig ist.«

»Wenn du an seiner Aufrichtigkeit ...«

»Nein!«, widersprach Carola vehement. »Pascal liebt mich! Ich frage mich halt, ob es, na ja, schicklich ist, mich auf einen Vorgesetzten einzulassen.«

In ihren Augen lag ein flehentlicher Ausdruck. Sie erhoffte sich anscheinend Absolution. Wobei Angelika überhaupt kein Problem mit einem Verhältnis zwischen Chef und Angestellter hatte. Wie viele Chefs heirateten ihre Sekretärinnen? Oder Chefärzte

Krankenschwestern? Allerdings gab es auch genügend Fälle, in denen Männer die Naivität von Frauen ausnutzten und sie mit haltlosen Versprechen köderten.

»Du bist bildhübsch«, erklärte sie.

Carola lächelte verlegen.

»Wer so gute Gene hat, darf sein Aussehen ruhig nutzen, um sich einen solventen Mann zu angeln.«

»Ich bin froh, dass du das sagst. Außerdem ist er ja noch gar nicht reich.« Carola zupfte sich ein Haar von der Bluse. »Ich bin so gespannt, was die Bank sagt.«

Angelika drückte ihre Zigarette im Aschenbecher aus. »Sollen wir wieder hochgehen?«

»Das wäre eine Riesenchance für mich, verstehst du? Ich habe ja keine Eltern, die mich unterstützen können.«

»Carola, es wird niemanden geben, der dir das vorwirft.«

»Es soll keiner tratschen.«

»Dann müsstest du im Büro ein bisschen zurückhaltender sein«, empfahl Angelika.

Carola verstand die Anspielung. »Du hast es mitbekommen? Oh nein! Was denkst du jetzt über mich?«

Angelika griff nach Carolas Hand und streichelte sie beruhigend. »Es ist alles gut! Eine wunderschöne Frau zieht Arschlöcher und Schürzenjäger leider magisch an. Schalte einfach deinen Verstand ein. Wenn du bei Pascal ein warmes Gefühl hast, musst du dich nicht schämen. Im Gegenteil! Binde ihn fest an dich!«

»Ich weiß übrigens, weswegen Schwarz gefeuert wurde«, wechselte die Studentin abrupt das Thema. »Er hat für eine andere Firma spioniert.«

»Heftig! Ich dachte, es läge daran, weil er seinem Job nicht gewachsen war.«

***

Eine halbe Stunde vor Feierabend sah Angelika, wie Heidfeld und Renker gemeinsam das Großraumbüro betraten. Sie machten einen zufriedenen Eindruck. Ob sie ihnen nun die Neuigkeit verkünden würden?

Heidfeld wartete, bis alle zu ihm hinübersahen. »Wir sind wieder da. Falls sich in den letzten Stunden Fragen ergeben haben, können wir uns jetzt darum kümmern.«

Niemand reagierte.

»Wunderbar! Denken Sie daran, mir nachher Ihre Bestellzettel zu bringen.«

Heidfeld verließ das Büro. Angelikas Blick huschte zwischen Carola und Pascal Renker hin und her. Doch falls er ihr ein Zeichen gegeben hatte, war das unmerklich geschehen.

Zu Angelikas Überraschung trat Renker kurz darauf an ihren Schreibtisch.

»Hallo, Frau Kirsch«, begrüßte er sie.

»Hallo, Herr Renker.«

»Kommen Sie mit dem neuen Telefonleitfaden zurecht? Ich habe ihn ja im Vergleich zur Vorwoche ein bisschen angepasst.«

Du hast genau zwei Sätze verändert, dachte sie amüsiert. Sie ahnte, worauf das Schauspiel hinauslaufen würde.

»Mit dem Leitfaden komme ich zurecht. Wenn Sie jetzt noch dafür sorgen, dass ich die Kunden ans Telefon kriege, bin ich glücklich.«

»Ich gebe mir Mühe«, versprach er lachend. »Wie ist denn Ihre heutige Quote?«

Angelika hob einen aus fünf Zetteln bestehenden Stapel an. »Nicht so toll.«

Missmutig verzog er den Mund. »Vielleicht haben Sie ja in der letzten halben Stunde mehr Glück.«

Er wandte sich ab und steuerte scheinbar zufällig Carolas Tisch an.

»Frau Jung, wie sind Sie klargekommen?«, fragte er für alle gut hörbar. Dann zog er sich einen Stuhl heran und setzte sich neben sie.

Auch ohne die gemeinsame Zigarettenpause hätte Angelika dieses durchsichtige Spiel durchschaut. Während sie die nächste Firmennummer wählte, schielte sie unauffällig zu den Turteltauben hinüber, die leise miteinander redeten. Carola lächelte glücklich. Offenbar war der Banktermin erfolgreich verlaufen.

Angelika konzentrierte sich auf ihre Aufgabe. Nachdem die Gesprächspartnerin kurz angebunden ihr Desinteresse erklärt und aufgelegt hatte, schaute Angelika wieder zu Carola hinüber. Renker war in der Zwischenzeit verschwunden. Die Studentin bemerkte den Blick der älteren Kollegin und formte mit Daumen und Zeigefinger ein »O«.

18

Der ehemalige Mitarbeiter Bastian Schwarz begrüßte sie mit grimmiger Miene.

»Was wollen Sie denn schon wieder hier? Hat mir die Firma nicht schon genug Pech gebracht?«

»Die Frage ist doch eher, ob Sie der Firma Pech gebracht haben«, sagte Sommer. »Im Zuge neuer Erkenntnisse müssen wir noch einmal mit Ihnen reden.«

Schwarz verschränkte die Arme. »Und wenn ich keine Lust habe?«

»Dann kommen wir mit einem Haftbefehl zurück, inklusive Durchsuchungsbeschluss für Ihre Wohnung«, verkündete Drosten. Er lächelte kühl.

Schwarz stöhnte. »Das sind ja tolle Alternativen.« Er ließ die Arme sinken und trat ein Stück zurück. »Bringen wir es hinter uns.«

Er führte sie ins Wohnzimmer, wo sich auf den ersten Blick seit ihrem ersten Besuch nichts verändert hatte. Drosten fiel auf, dass der Mann keine Schuhe trug. Sonderlich groß wirkten seine Füße nicht.

Schwarz ließ sich in einen Sessel fallen. »Was gibt's?«

»Das wissen Sie genau!«, versuchte es Sommer.

Die Augenbrauen des Verdächtigen zogen sich zusammen, und er runzelte die Stirn. »Würde ich dann fragen?«

War er ein guter Schauspieler? Seine Mimik und sein Tonfall drückten Überraschung und Unkenntnis aus.

»Es hat einen neuen Toten gegeben«, sagte Drosten.

Nun riss er die Augen auf. »Heidfeld?«

»Wie kommen Sie denn auf den?«, wollte Sommer wissen.

»Wäre logisch. Zuerst die beiden Teilhaber, dann der Geschäftsführer. Aber Sie müssen mir aus der Schlussfolgerung keinen Strick drehen. Ich würde eher die Ex von Herrn Heidfeld als Verdächtige ansehen. Oder ...«

»Sparen Sie sich das Schauspiel«, entgegnete Drosten. »Heidfeld lebt.«

»Wer ist es dann?«

»Es hat die Person getroffen, die Ihrem Fehlverhalten zuerst auf die Spur gekommen ist.«

Nun wirkte Schwarz komplett verwirrt. »Das war doch Heidfeld!«, sagte er nach ein paar Sekunden. »Er hat sich Zugriff auf meinen PC verschafft.«

»Sie wissen, dass das nicht stimmt.«

»Wer war es dann?«

»Sie erinnern sich also nicht, wer zuerst in Ihrem Büro stand, um sich über die fehlerhafte Gehaltsabrechnung zu beschweren?«, hakte Sommer nach.

»Eine der Mitarbeiterinnen ist tot?« Schwarz klang ehrlich erschüttert. »Scheiße, kann es etwa jeden treffen?«

Langsam nahm Drosten ihm seine Verwunderung ab. »Angelika Kirsch. Wir haben erfahren, dass sie damals die Höhe ihrer Provision bei Ihnen reklamiert hat.«

»Eine der älteren Mitarbeiterinnen, richtig? Dunkles, gelocktes Haar?«

»Genau.«

»Die ist tot? Oh nein! Sind wir alle gefährdet? Jeder ehemalige Mitarbeiter?«

»Frau Kirsch beschwert sich, aber Sie versuchen, die Sache unter den Teppich zu kehren. Die Mitarbeiterin akzeptiert das nicht und geht zum Geschäftsführer. Der überprüft nach Feierabend Ihren Computer, und das ganze Ausmaß Ihres Versagens wird deutlich.«

»Meiner Sucht, nicht meines Versagens«, wandte Schwarz ein.

»Wie auch immer Sie es nennen wollen.«

»War das so? Ich hatte damals den Zusammenhang nicht erkannt.«

»Das behaupten Sie jetzt!«, sagte Sommer.

»Kapieren Sie's endlich. Ich konnte bloß an das nächste Glücksspiel oder die nächste Sportwette denken. Die Sucht hat alles überlagert. Für mich war es fast eine Erleichterung, als Heidfeld mich entließ.«

»Fällt mir schwer, Ihnen das zu glauben. Für mich sieht es eher nach einer Racheaktion aus«, meinte Drosten.

Schwarz zuckte die Achseln. »Ich werde Ihnen diese Sichtweise kaum ausreden können.«

»Sie könnten uns helfen, die Vorgänge in der Firma zu verstehen. Sofern Sie wirklich unschuldig sind. Wer könnte ein Motiv haben, Zinsberger, Islacker und jetzt Frau Kirsch zu töten?«

Schwarz nickte langsam. »Es muss einen Zusammenhang geben«, flüsterte er. »Mein erster Gedanke wäre Heidfeld. Er fühlt sich um sein Lebensprojekt betrogen. Ist anschließend total verschuldet. Muss Privatinsolvenz anmelden. Haben Sie ihn überprüft?«

»Wir sind keine Anfänger«, sagte Drosten.

»Was ist mit Yvonne? Hat mich nicht überrascht, als ich von der Scheidung erfuhr.«

»Wieso nicht?«, fragte Sommer.

Schwarz lachte spöttisch. »Schauen Sie sich die beiden an. Vom Altersunterschied abgesehen ist es nie gut, wenn zwei so unterschiedlich attraktive Menschen zusammenkommen. Das funktioniert nicht! Sie war zu hübsch, zu jung und zu geldgierig für Andreas.«

»Sie haben die beiden beobachtet?«, mutmaßte Drosten.

»Jeder Mann hat Yvonne beobachtet. Sie war bildhübsch. Selbst Zinsberger und Islacker waren scharf auf sie. Als Trophäe. Das wäre doch ein Mordmotiv, oder? Allerdings passt die Kirsch da nicht rein.«

»Hat Heidfeld das mitgekriegt?«, fragte Drosten.

»Er hätte blind sein müssen, um es nicht zu sehen. Deswegen hat er auch versucht, ihr jeden Wunsch zu erfüllen. Ich meine, welcher Geschäftsführer lässt sich schon bei geschäftlichen Entscheidungen von seiner Ehefrau reinreden? Er hat es getan. Wenn sie etwas vorschlug, wurde das umgesetzt.«

»Haben Sie Beispiele?«, hoffte Sommer.

»Dafür ist es zu lange her. Glauben Sie mir: Ich lüge nicht.«

»Die beiden Teilhaber waren also Schürzenjäger?«, sprach Drosten den nächsten Punkt auf seiner mentalen Liste an.

»Natürlich«, behauptete Schwarz. »Aber auch das kann nichts mit dem Tod von Frau Kirsch zu tun haben. Sie wurde von niemandem angeflirtet.«

»Wieso nicht?«

»Sie war zu alt. Wir hatten insgesamt zehn Callcenter-Mitarbeiterinnen. Davon sieben Studentinnen oder junge Mütter, die etwas dazuverdienen mussten. Ich erinnere mich an mindestens zwei Studentinnen, die keinerlei Erfahrungen in dem Bereich hatten. Sie wurden trotzdem genommen. Weil sie hübsch waren. Ab und zu konnte man Zinsberger und Islacker in ihrer Nähe sehen. Die waren viel öfter in der Firma, als ich es erwartete hätte. Meiner Meinung nach nicht zuletzt ihretwegen. Wie gesagt: Sie waren Trophäenjäger.«

»Hat Heidfeld ebenfalls geflirtet?«

»Quatsch! Der hatte seine Traumfrau. Niemals hätte der eine Studentin angebaggert. Im Gegenteil. Ihm wären mehr erfahrene Mitarbeiterinnen wie die Kirsch deutlich lieber gewesen.«

»Und Renker?«, fragte Drosten.

Nachdenklich schaute Schwarz zu Boden. »Tut mir leid. Bei ihm habe ich nichts mitbekommen. Der hat sich auf den Job konzentriert.«

»Wenigstens einer«, konstatierte Sommer nüchtern.

»Streber gibt es in jeder Firma«, erwiderte Schwarz grinsend.

»Ich würde mir gern Ihre Schuhe ansehen«, wechselte Drosten abrupt das Thema.

»Meine Schuhe?«

Drosten nickte.

»Ich hoffe, Sie haben keinen Fetisch.«

Ohne zu protestieren, stand Schwarz auf und ging in die Diele. Die Polizisten folgten ihm.

»Das sind die beiden Paare, die ich meistens trage.«

Drosten prüfte die Sohlen, ohne auf Gras- oder Lehmspuren zu stoßen. »Sind das alle?«

Bereitwillig öffnete Schwarz einen Wandschrank, in dem auf einem Regal weitere Schuhe standen. »Die hier trage ich momentan nicht.«

Trotzdem hob Drosten jedes Exemplar einzeln an.

»Wonach suchen Sie denn?«, fragte Schwarz.

»Das verrate ich Ihnen, wenn ich's finde.« Doch kein Schuh wies die erhofften Spuren auf. Drosten trat vom Wandschrank zurück und nickte Schwarz zu. »Eine letzte Frage. Wieso wissen Sie über die Scheidung und die Privatinsolvenz von Heidfeld Bescheid?«

»Eine Zeit lang war ich wie besessen von der Firma. Hab versucht, an alle Informationen ranzukommen. Bin sogar zur Firmenanschrift gefahren. Ich musste mir das Zocken abgewöhnen. Das fiel mir mit einer anderen, harmlosen Sucht leichter.«

»Wann haben Sie damit aufgehört?«

»Schon vor über zwei Jahren. Es gab ja keine Neuigkeiten mehr.«

***

Sommer und Drosten rekapitulierten im Auto das Gespräch, als Drostens Handy klingelte.

»Wiesbaden«, erklärte er nach einem Blick aufs Display.

Er nahm das Telefonat entgegen. Ein Experte für Wirtschaftskriminalität gab ihm eine erste Rückmeldung bezüglich der Finanzaktivitäten von Zinsberger und Islacker.

Doch das Fazit gefiel Drosten gar nicht – obwohl er es seit dem Mord an Angelika Kirsch kaum anders erwartet hatte. Die Unterlagen der beiden ermordeten Männer deuteten auf keinerlei unsaubere Geschäfte hin.

Drosten bedankte sich.

»Die beiden waren sauber?«, vergewisserte sich Sommer.

»Ja«, bedauerte Drosten. »Ob ihnen das verlorene Geld eine Warnung war?«

»Dann *hat* es mit der GmbH zu tun«, folgerte Sommer.

»Fahren wir zu Renker«, schlug Drosten vor.

***

Sie kamen bei dem ehemaligen Marketingleiter an, als der gerade eine Sporttasche in seinen Kofferraum packte.

Drosten stieg aus, um ihn abzufangen.

»Herr Renker, können wir kurz miteinander reden?«

Der Angesprochene verdrehte die Augen. »Wie Sie sehen, bin ich auf dem Weg zum Sport.«

»Dauert nicht lange«, behauptete Drosten.

Unauffällig musterte er die Schuhe des Mannes, die jedoch sauber wirkten.

»Was gibt's?«

»Wir gehen besser in Ihre Wohnung.«

»Nein! Sonst dauert das doch ewig. Ich habe in dreißig Minuten eine Trainerstunde gebucht. Bis zum Fitnessstudio brauche ich mindestens zwanzig Minuten. Die schon bezahlte Stunde verfällt, wenn ich zu spät komme.«

»Es gibt einen weiteren Todesfall.«

»Wer?«, fragte Renker.

»Angelika Kirsch.«

»Oh.« Er wirkte ehrlich überrascht. »Derselbe Täter?«

»Darauf deutet alles hin.«

Renker lehnte sich an seinen Kofferraum. »Jetzt wird's mysteriös.«

»Sie erinnern sich also an Frau Kirsch?«

»Ja. Sie gehörte zu den guten Mitarbeiterinnen.«

»Was ist mit Carola Jung?«

Den Namen seiner ehemaligen Freundin zu hören, traf Renker unvorbereitet. »Caro?«, erwiderte er.

»Sie waren ein Paar, richtig?«

»Nur für ein paar Wochen«, bekannte Renker. »Bis mir klar wurde, worum es ihr ging.«

»Und worum ging es ihr?«

Renker setzte zu einer Antwort an, hielt dann jedoch inne und schüttelte den Kopf. »Lange her. Ich muss jetzt wirklich los.«

»Sie kamen sich ausgenutzt vor«, wagte Drosten einen Vorstoß. »Von Zinsberger, von Islacker, von Jung. Wie passt Frau Kirsch ins Bild?«

»Sie irren sich, wenn Sie mich verdächtigen.« Er öffnete die Fahrertür.

»Wo waren Sie heute Mittag?«

»Bei der Arbeit. Wo sonst?«

»Ich überprüfe Ihre Angaben. Sollten Sie mich angelogen haben, sprechen wir auf dem Präsidium weiter.«

»Reine Zeitverschwendung!« Renker stieg ein und startete den Motor. Ohne den Gurt anzulegen, fuhr er los.

Nachdenklich lief Drosten zu Sommer, der im Wagen sitzen geblieben war.

»Ich glaube, was sein Alibi betrifft, lügt er«, stellte Drosten fest. »Er behauptet, die ganze Zeit im Büro gewesen zu sein.«

»Wieso zweifelst du daran?«

»Nur so ein Gefühl. Wir müssen herausfinden, wo er arbeitet.« Drosten schaute auf seine Armbanduhr. Es war schon fast halb sechs. Wahrscheinlich würden sie Renkers Angaben erst morgen überprüfen können. Und danach hätten sie vielleicht einen Hauptverdächtigen.

19

Vier Jahre früher.

»Cool!«, freute sich Carola. »Hier wollte ich schon immer mal essen.«

Sie gingen auf das japanische Restaurant zu, das erst vor einem Jahr geöffnet hatte und zu den besten Adressen der Stadt gehörte.

»Ist das nicht zu teuer?«, fragte sie unsicher.

»Normalerweise ja. Zumindest momentan. Aber wir haben etwas zu feiern.«

Pascal Renker öffnete ihr die Tür, und sie betraten den modern eingerichteten Raum. In der Nähe des Eingangs stand hinter einem Stehpult eine attraktive, asiatische Empfangsdame.

»Guten Abend«, begrüßte sie die Gäste.

»Guten Abend. Renker. Ich habe reserviert.«

Die Frau überprüfte das Reservierungsbuch, hakte mit einem Bleistift seinen Namen ab und griff zu zwei Speisekarten. »Folgen Sie mir bitte.«

Sie führte sie zu einem Zweiertisch in der Nähe eines nicht angezündeten Kamins. Dann wartete sie, bis die beiden Platz genommen hatten. Lächelnd reichte sie ihnen die Karten. »Ihr zuständiger Kellner kommt gleich zu Ihnen. Ich wünsche Ihnen einen angenehmen Abend.«

»Danke. Den werden wir haben.«

Carola schaute Pascal unsicher an.

»Was ist los?«, fragte er.

»Hätte ich ein schöneres Kleid anziehen sollen? Du trägst einen Anzug und ich ...«

»Du siehst hübsch aus«, widersprach er.

Sie befühlte den Stoff ihres weißen Kleids. »Das ist ein billiger H&M-Fummel«, erklärte sie beinahe entschuldigend.

»Mir gefällt dein Anblick.« Er formte seine Lippen zu einem Kussmund.

Fünf Minuten später bestellten sie jeweils ein Fischgericht, dazu eine vom Kellner empfohlene Flasche Wein. Carola griff über den Tisch nach seiner Hand und streichelte sie.

»Jetzt musst du mir alles erzählen«, bat sie. »Ich bin so neugierig.«

»Es war unglaublich«, begann Renker. »Als ich damals meinen Studentenkredit beantragt habe, kam ich mir wie ein Bettler vor, so abschätzig hat mich der

Bankmitarbeiter gemustert. Heute war das komplett anders. Wir waren zu dritt. Heidfeld, Zinsberger und ich. Der Bankmensch hat uns aus dem Wartebereich abgeholt und in sein geräumiges Büro geführt, wo schon Kaffee, Wasser und Kekse bereitstanden. Und zwar keine pappigen Billigkekse. Wir plauderten ein bisschen, bevor er zum geschäftlichen Teil überleitete. Der hat mich so zuvorkommend behandelt, als wäre ich Einkommensmillionär.«

»Wow«, flüsterte Carola beeindruckt.

»Heidfeld erzählte von unseren Expansionsplänen und meiner Beförderung zum zweiten Geschäftsführer. Das ist für ihn in Stein gemeißelt. Der Banker hat mir bereits gratuliert und meinte, das sei eine Wahnsinnschance, so kurz nach dem Studium.«

»Du kannst wirklich stolz auf dich sein.«

Renker lächelte zufrieden. Ihm gefiel es, wie Carola ihn anhimmelte.

»Er hat dann die Zahlen geprüft, die Heidfeld ihm vorgelegt hat, aber das hat höchstens zehn Minuten gedauert. Danach verließ er kurz das Büro, um mit seinem Vorgesetzten zu reden. Ehrlich gesagt hatte ich in dem Moment ein bisschen Angst. Aber als er lächelnd zurückkehrte, wusste ich Bescheid. Sie zahlen mir die fünfzigtausend innerhalb von fünf Werktagen aus, und ich leite die Summe sofort an das Geschäftskonto weiter. Heidfeld gibt mir nächste Woche einen neuen Arbeitsvertrag, in dem fürs nächste Jahr bereits alles skizziert ist.«

»Das ist so toll!«

»Mich stört bloß, dass es jetzt erst mal finanziell knapp wird. Ich muss jeden Monat tausend Euro tilgen. Da darf an meinem Auto oder in meiner Wohnung nichts kaputt gehen.«

»Wir könnten zusammen Geld sparen«, schlug sie vor.

»Was schwebt dir vor?«, fragte er, obwohl er fürchtete, die Antwort zu kennen.

»Ich könnte zu dir ziehen und mich an deiner Miete beteiligen. Da würden wir beide von profitieren.«

Er hoffte, sie merkte ihm seine spontane Abneigung nicht an. »Was zahlst du monatlich?«, erkundigte er sich, um Zeit zu gewinnen.

»Dreihundert warm. Wenn ich mich mit hundertfünfzig ...«

»Ich bin dein Chef«, unterbrach er sie. »Das wäre ungünstig. Und noch können wir es uns nicht leisten, dass du den Job schmeißt.«

»Ich habe jemanden gefragt. Wegen Chef und Angestellte. Das ist kein Problem.«

Überrascht sah er sie an. »Wen hast du gefragt?«

»Angelika Kirsch«, antwortete sie. »Wir sind heute ein bisschen ins Plaudern gekommen. Bei einer Zigarettenpause. Ich wollte wissen, wie sie das einschätzt.«

»Was genau?«, hakte er nach.

»Wenn wir uns zueinander bekennen. Sie fand das völlig normal.«

»Und falls sie dir abgeraten hätte?«

Nun wirkte Carola überrumpelt. »Wie meinst du ...«

»Was, wenn sie dir geraten hätte, es sein zu lassen?«

»Hat sie ja nicht.«

»Ich find's blöd, dass du über uns tratschst.«

In diesem Moment näherte sich der Kellner mit der Weinflasche. Er öffnete sie und legte den Korken auf den Tisch. Dann wartete er kurz, bevor er Renker fragte, ob er kosten wolle. Der nickte. Sorgsam goss der Kellner einen kleinen Schluck ein. Renker probierte.

»Wundervoll«, sagte er und kam sich dabei wie ein Scharlatan vor, da er überhaupt keine Ahnung von Weinen hatte.

Nun füllte der Mann beide Weingläser zur Hälfte und stellte die Flasche in den bereitstehenden Kübel. »Wohl bekomm's.«

Carola nahm das Glas und prostete Pascal zu. »Sei nicht sauer«, bat sie ihn. »Es tut mir leid. Angelika wird das nicht rumerzählen.«

»Das hoffe ich. Wer weiß, was Heidfeld darüber denkt. Ich muss mich bewähren. Das ist eine einmalige Chance.«

»Das heißt, wir müssen bei der Arbeit Abstand wahren?«

»Vorläufig.«

Traurig zog sie die Mundwinkel nach unten. »Schade. Meinetwegen dürfte es jeder wissen.«

»In ein paar Monaten«, versprach er. »Dann reden wir auch neu übers Zusammenziehen.« Der Abend in diesem Restaurant wurde zu teuer, um zu riskieren, dass er vorzeitig endete. Pascal hatte da so seine Erwartungen. Deshalb kam ihm das falsche Versprechen leicht über die Lippen.

Carola lächelte dankbar.

***

Andreas Heidfeld hatte die Unterlagen auf dem Esstisch ausgebreitet. Yvonne und er besprachen ihre Optionen.

»Wann kommen die fünfzigtausend?«, fragte sie.

»Nächste Woche.«

»Früh genug, um diese Rechnungen zu begleichen?« Sie tippte auf einen Stapel links von ihr.

»Ich hoffe es. Zumindest per Blitzüberweisung.«

»Eine Woche später ist der nächste große Betrag fällig«, sagte sie. »Fast siebzigtausend.«

Heidfelds Magen schnürte sich zusammen. »Scheiße«, murmelte er. »Es ist vorbei.«

»Vorbei?«, fragte sie entsetzt.

»Wir packen's nicht. Die fünfzig Riesen helfen, unsere persönliche Haftung zu reduzieren. Aber sie retten uns nicht.«

»Du willst aufgeben?« In ihrer Stimme schwang Abscheu mit.

Ruckartig stand er auf, ging zum Sideboard und öffnete die oberste Schublade.

»Haben wir keine Chips?«

Yvonne warf ihm einen verächtlichen Blick zu. »Ist das dein größtes Problem?«

Wütend drückte er die Schublade zu. »Was soll ich denn machen?«

»Lösungen finden!«

»Hab ich versucht. Oder glaubst du, Renkers Kredit ist vom Himmel gefallen? Soll ich jetzt die Mitarbeiterinnen anpumpen?«

»Wolfgang und Marko müssen dir aus der Patsche helfen.«

»Sie weigern sich. Das hast du doch mitgekriegt.«

»Und das lässt du dir kampflos gefallen?« Yvonne schüttelte den Kopf.

Heidfeld ertrug es nicht, wenn sie ihn für einen Versager hielt. Er hatte nie Interesse an der Firmengründung gehabt, sondern war das Wagnis nur ihr zuliebe eingegangen. Er stellte sich neben sie und kraulte ihren Nacken.

»Schatz«, begann er.

Yvonne drehte sich von ihm weg, sodass seine Hand ins Leere fiel.

»Eine Viertelmillion Schulden«, zischte sie. »Weißt du, was das bedeutet?«

»Ich bin nicht blöd.«

»Trotzdem kämpfst du nicht? Die beiden haben Kohle. Guck dir ihre dicken Schlitten an.«

»Leider kann ich sie nicht zwingen, Geld zuzuschießen. Sie verzichten sicher lieber auf ihre zwanzigtausend, als noch mehr reinzustecken, mit dem Risiko, auch das noch zu verlieren.«

»Natürlich könntest du sie zwingen. Dafür müsstest du bloß Eier in der Hose haben.«

»Sprich nicht so mit mir!«

Yvonne schnaubte genervt. »Das ist also deine größte Sorge?«

»Wie soll ich sie denn zwingen?«

»Du könntest ihnen drohen, ihre Beteiligung publik zu machen.«

Heidfeld schüttelte entschieden den Kopf. »Dadurch werde ich im schlimmsten Fall schadensersatzpflichtig.«

»Spielt das jetzt noch eine Rolle?«

»Hast du keine bessere Idee?«

»Um dir den Arsch zu retten?«

»Uns«, korrigierte er.

Sie kommentierte das nicht. Stattdessen griff sie zu ihrem Handy. »Wenn du mich nicht hättest.«

Nachdem sie ein paar Sekunden gesucht hatte, reichte sie ihm ihr Telefon.

»Was ist das?«

»Der verheiratete Edelmann Zinsberger.«

Heidfeld betrachtete das Foto, das Yvonne im Büro offenbar heimlich aufgenommen hatte.

»Guck mal, wie er das junge Mädchen angeifert. Ob das wohl seiner Frau gefallen würde? Und Islacker ist kein bisschen besser. Und da wäre noch etwas. Sie sind ständig bei uns im Büro. Wahrscheinlich behaupten sie ihren Arbeitgebern gegenüber, Außentermine wahrzunehmen. Auch damit könnte man sie unter Druck setzen.«

Zinsberger lehnte auf dem Schnappschuss am Schreibtisch einer sehr attraktiven Mitarbeiterin und flirtete anscheinend mit ihr.

»Ist ja nicht verboten«, analysierte Heidfeld das Foto. Auf die andere Sache ging er erst gar nicht ein. Er

war froh über ihre regelmäßige Anwesenheit, die ihm half, den Laden im Griff zu behalten.

»Interessante Einstellung.«

»Du weißt, wie ich das meine«, rechtfertigte er sich. »Okay, er hat mit dieser Carola geflirtet. Sollen wir ihm mit einer Anzeige drohen? Sexuelle Ausbeutung einer Untergebenen?« Er schnaubte. War das wirklich Yvonnes Ernst?

»Ich kenne Zinsbergers Frau«, sagte Yvonne. »Schon dieses Foto wird sie fuchsteufelswild machen. Aber das ist ja nicht alles. Ich wette, er war mit der Kleinen im Bett.«

»Schwachsinn! Da kenne ich ihn wohl besser als du.«

»Du bist so naiv! Ich habe im Betrieb Gerüchte gehört. Zwei von den Callcenter-Tussis haben über diese Carola gelästert, weil sie Zinsberger rangelassen hat.«

Langsam dämmerte ihm, was Yvonne plante. »Du willst ihn erpressen?«

»Eine Scheidung wäre teurer, als noch ein bisschen Geld nachzuschießen«, erwiderte sie kühl. »Zumal wir ja Gewinne schreiben werden, sobald wir die üble Phase überstanden haben.«

»Wie kann man so abgebrüht sein? Marko ist unser Freund.«

Yvonnes verächtlicher Gesichtsausdruck verunsicherte ihn.

»Freund? Tun sich Freunde das an?«

»Was meinst du?«

»Ich ...« Sie winkte ab.

»Sag!«

»Er hat dich geködert mit der Aussicht auf fette Gewinne. Dann gibt es Schwierigkeiten, und er ist nicht bereit, dir zu helfen? Der Arsch hat es verdient, dass wir ihn unter Druck setzen. Ist nicht unsere Schuld, wenn er seinen Schwanz überall reinsteckt.«

»Das sind Gerüchte!«

»Ich bin überzeugt vom Wahrheitsgehalt.«

Heidfeld betrachtete die Papiere. Er wusste, was ihnen in wenigen Wochen unweigerlich bevorstand. Trotzdem gab es Grenzen. Er konnte einen Freund nicht erpressen. Ausgeschlossen. Marko hatte ihm nichts getan. Wahrscheinlich war er wirklich nicht in der Lage, weiteres Geld zuzuschießen. Sollte er deshalb Gerüchte verbreiten?

»Nein«, sagte er entschlossen. »Das machen wir nicht.«

»Dann ist dir leider nicht zu helfen.« Yvonne stand auf. »Ich gehe ins Bett. Schlaf du heute im Gästezimmer.«

»Yvonne!«

Wortlos verließ sie den Raum.

20

Manchmal erinnerten Yvonne diese Treffen an eine ihrer früheren Lieblingsserien im Fernsehen. *Sex and the City.* Vier Freundinnen, die sich in schicken Restaurants trafen oder gemeinsam shoppen gingen. Okay, Krefeld war nicht New York, aber ein paar brauchbare Läden und Restaurants gab es sogar in dieser Stadt am Niederrhein.

Außerdem waren Lucy, Nicola und sie bloß eine eingeschworene Dreierbande. Sie kannten sich schon ewig, und seit Nicolas Scheidung letztes Jahr verband sie auch der Umstand, dass jede von ihnen eine gescheiterte Ehe hinter sich hatte.

Yvonne stellte die beiden Einkaufstüten neben ihrem Stuhl ab. Sie hatte in einem Einrichtungshaus einen schweren Messingkerzenständer gekauft. Außerdem noch ein leichtes Sommerkleid. Der Ausflug in die Stadt hatte sich gelohnt.

Eine junge Kellnerin trat zu ihnen an den Tisch und notierte ihre ersten Getränkewünsche. Normalerweise dauerten ihre Zusammenkünfte zwei bis drei Stunden, weshalb sie alle mit leichten alkoholischen Getränken begannen.

»Ich hab kürzlich einen süßen Typen kennengelernt«, sagte Lucy. »Zahnarzt.«

»Wow! Erzähl mehr«, bat Yvonne. Es gab doch nichts Besseres, als nach einem Einkaufsbummel über Kerle zu tratschen. Vor allem, wenn es sich um Neueroberungen handelte, die man auf Herz und Nieren prüfen musste.

***

Heute bist du fällig, dachte Andreas Heidfeld.

Er kannte Yvonnes Gewohnheiten nur zu gut. Jeden Donnerstag traf sie sich mit zwei Freundinnen und nutzte dabei immer dasselbe Parkhaus. Er hatte ihren Wagen in der obersten Ebene entdeckt. Der ideale Ort, um die Tat auszuführen. Es gab zwar einige wenige Videokameras, aber keine Komplettüberwachung. Da, wo sie geparkt hatte, würde er zuschlagen können, ohne dass hinterher Tatvideos existierten.

In seiner rechten Jackentasche steckte eine Maske, in der linken das Messer. Sobald sich Yvonne ihrem Auto näherte, würde er die Maske aufsetzen, zu ihr rennen und sie erledigen. Danach durch das Treppenhaus, in dem es ebenfalls keine Kameras gab, verschwinden.

Ein einfacher Plan.

Sollte sie nicht zufällig das Glück haben, dass jemand gemeinsam mit ihr die Tiefgarage betrat, wäre Yvonne in wenigen Stunden Geschichte. Er hätte endlich Rache genommen.

Durch den Ausgang, den er auch nach der Tat nutzen würde, verließ er das Parkhaus. Er wollte sich in sicherer Entfernung zu dem Restaurant postieren, um mitzubekommen, wenn sie von dort aufbrach. Zwischendurch würde er immer mal wieder seinen Beobachtungsposten wechseln, damit sich später niemand an ihn erinnerte.

***

Yvonne schaute auf die Handyuhr. Mittlerweile war es neunzehn Uhr. Zeit, nach Hause zu fahren. Sie trank den letzten Schluck Weißweinschorle. Noch dürfte sie unter der erlaubten Promillegrenze liegen – allerdings knapp.

»Das war wieder sehr schön mit euch«, sagte sie gut gelaunt. »Aber jetzt muss ich heim zu meinem treusorgenden Ehemann.« Sie kicherte. In der letzten halben Stunde hatte sie ausführlich von Kevins miesem Verhalten berichtet. Es war eindeutig, dass ihr zweiter Mann seiner attraktiven Sekretärin den Hof machte. Die Frage war allerdings, ob er sich traute, mit ihr etwas anzufangen. Dank eines in Yvonnes Sinne verfassten Ehevertrags würde ihn eine Scheidung viel Geld kosten. War es ihm das wert?

»Tritt ihm von uns in die Eier«, bat Lucy.

»Wird erledigt.«

Die drei Frauen standen auf und verabschiedeten sich mit Wangenküsschen voneinander. Lucy und Nicola würden noch länger bleiben – so war es meistens.

Yvonne griff zu ihren Einkaufstüten, lächelte den Freundinnen zu und verließ die Terrasse des Restaurants. Bis zum Parkhaus waren es nur wenige hundert Meter.

Schnell erreichte sie das Gebäude. Ihr Wagen stand in der obersten Etage, doch bezahlen musste sie im Erdgeschoss. Sie steckte das Ticket in den Automaten und entrichtete die fällige Gebühr. Gedanklich war sie bei dem Gespräch über Kevin. Für sein Interesse an der Sekretärin gab es eindeutige Anzeichen. Fotos, die er als Start-up-Gründer von verschiedenen Messen postete. Nachrichten, die sie beim heimlichen Ausspionieren seines Handys gefunden hatte. Genau diese Nachrichten deuteten allerdings darauf hin, dass er bislang nicht zu weit gegangen war.

Würde er es wagen?

Sie führte eine gute Ehe – hatte sie zumindest bis vor Kurzem geglaubt. Er kam mindestens dreimal die Woche in den Genuss von ehelichem Sex. Sie machten schöne Reisen und hatten gemeinsame Interessen.

Umso unverständlicher fand sie es, dass er mit der Sekretärin flirtete.

Waren alle Männer triebgesteuerte Schweine, wie es Lucy formuliert hatte? Es schien fast so.

Yvonne öffnete die Tür zur Parkebene.

***

Perfekt! Sie war allein!

Heidfeld kauerte hinter einem Wagen und setzte die Maske auf. Yvonne hatte zwei Einkaufstüten dabei, die sie vermutlich in den Kofferraum legen würde.

Diesen Moment wollte er nutzen.

Das klackernde Geräusch ihrer Schritte hallte zu ihm herüber. Dann ertönte ein kurzes Piepen, als sie den Wagen elektronisch entriegelte. Heidfeld sah seine Vermutung bestätigt. Sie orientierte sich eindeutig in Richtung Kofferraum.

Er hielt sich bereit. Keine zwanzig Meter trennten ihn von ihr, und sie kehrte ihm den Rücken zu. Bis sie die Gefahr erkannt hätte, wäre es zu spät.

Er umklammerte den Messergriff in der Jackentasche.

***

Yvonne öffnete den Kofferraum. In diesem Moment registrierte sie Schritte, die sich ihr leise von hinten näherten. Instinktiv schaute sie über die Schulter und erschrak.

Jemand Maskiertes stürmte mit einem Messer in der Hand auf sie zu. Ohne die gestrige Warnung der Kommissare wäre sie wohl zur Salzsäule erstarrt. Doch nun reagierte sie blitzschnell.

Sie umklammerte noch immer die Tüte, in der sich der schwere Kerzenständer befand. Als der Maskierte fast in Reichweite war, holte sie aus.

***

Zu früh!

Sie drehte sich zu früh um. Trotzdem musste er es zu Ende bringen. Ihr das Messer in den Bauch rammen. Da bemerkte er, dass sie mit ihrer Tragetasche ausholte, um ihn abzuwehren.

Noch im Laufen wich er einen Schritt zur Seite aus. Gleich würde er sie erwischen.

***

Sein unvermittelter Schlenker irritierte Yvonne kurz. Sie bemerkte, wie er ihren Bauch anvisierte, drehte sich ein Stück zu ihm hin und schlug zu. Der Kerzenständer traf seinen Arm. Das Messer fiel ihm aus der Hand, er stöhnte vor Schmerz auf.

»Hilfe!«, schrie sie und rannte los. Weg von ihm. Aber nicht in Richtung Treppenhaus, sondern zur Ausfahrt. »Hilfe!«

***

Ein schwerer Gegenstand traf ihn mit voller Wucht. Das Messer landete auf dem Boden und rutschte unter Yvonnes Wagen.

Für einen Moment fürchtete und hoffte er zugleich, dass sie den Kampf suchen würde. Doch seine Ex-Frau rannte schreiend von ihm weg.

Sollte er sie verfolgen? Oder flüchten? Er trug Handschuhe, hinterließ keine Fingerabdrücke. Und wegen der Maske könnte sie ihn nicht identifizieren.

Vorausgesetzt, er kam rechtzeitig aus dem Gebäude heraus.

Heidfeld lief zum Treppenhaus.

***

Yvonne rannte die Rampe hinunter. Immer wieder schaute sie nach hinten, doch der Angreifer schien sie nicht zu verfolgen. Lauerte er ihr irgendwo auf? Sie näherte sich einem kleinen, gläsernen Raum, in dem ein gelangweilt wirkender Parkhauswächter auf einen Monitor starrte. Hektisch wedelte sie mit den Armen.

»Hilfe!«

Verwundert schaute der Mann hoch. Als er erkannte, dass jemand in Not war, sprang er auf und lief auf sie zu.

»Was ist passiert?«, rief er.

»Ein maskierter Mann wollte mich überfallen!« Nach Atem ringend, blieb sie neben ihm stehen und starrte in Richtung Auffahrt.

Schützend stellte er sich vor sie. »Aber es ist nichts passiert?«

»Nein!«

»In welcher Ebene?«

»In der zweiten.«

»Kommen Sie hier rein. Ich überprüfe die Monitore, ob wir den Mistkerl irgendwo entdecken. Danach rufen wir die Polizei.«

***

Hektisch rannte Heidfeld die Treppen hinunter. Er trug noch immer die Maske. Gerade als er die schwere Tür am Ausgang zur Straße aufdrücken wollte, wurde sie geöffnet. Ein junger Mann kam herein, bemerkte ihn und blieb abrupt stehen.

Heidfeld versetzte dem Jüngling einen Stoß gegen die Brust.

»Hey!«, schrie der überrascht. Er taumelte nach hinten, verlor das Gleichgewicht und stürzte.

Heidfeld wollte über ihn hinwegspringen, doch da griff der Mann nach seinem Fuß. Nur mit Mühe konnte er einen Sturz vermeiden. Er zappelte, trat nach seinem Gegner und befreite schließlich sein Fußgelenk aus der Umklammerung. Dann rannte er um sein Leben.

»Stehen bleiben!«, schrie der Zeuge.

Heidfeld schaute über die Schulter. Zum Glück hatte sich der Mann noch nicht aufgerappelt und verfolgte ihn.

Unbehelligt bog er in eine kleine Straße ein, wo er die Maske vom Kopf zog und in die Jackentasche stopfte. Je schneller er das Viertel verließ und zu seinem Unterschlupf kam, desto besser. Sein Wagen stand nicht weit entfernt.

21

Da sich Yvonne noch an die Namen der Kommissare erinnern konnte, erhielten Sommer und Drosten frühzeitig von den Krefelder Kollegen Bescheid. Bereits um zwanzig vor acht trafen sie die Ex-Frau des verdächtigen Geschäftsführers.

Im Glashaus des Parkwächters ließen sie sich ausführlich von dem versuchten Überfall berichten.

»Findet das Treffen mit Ihren Freundinnen regelmäßig statt?«, fragte Sommer.

»Quasi wöchentlich. Manchmal sagt man kurzfristig ab, doch ansonsten ...«

»Immer im selben Restaurant?«

Yvonne Reitkamp nickte.

»Parken Sie stets hier und fahren immer etwa zur selben Zeit nach Hause?«, fuhr Sommer mit der Befragung fort.

»Ja.«

Drosten und Sommer wechselten einen Blick. Heidfelds Ex-Frau war ein leichtes Opfer gewesen – ohne sich dessen bewusst zu sein.

»Er hatte ein Messer?«, fragte Drosten.

»Die Gestalt ist auf mich losgestürmt und hatte definitiv vor, zuzustechen«, bestätigte sie. »Hätte ich nicht die Tüte mit dem Kerzenständer in der Hand gehabt, wäre es um mich geschehen.«

»Sie haben fantastisch reagiert«, lobte Sommer und entlockte Yvonne Reitkamp ein stolzes Lächeln.

»Kommen wir zum wichtigsten Punkt«, meinte Drosten. »Können Sie ihn identifizieren?«

»Nein. Er trug Maske und Handschuhe. Keine Ahnung, wer das war.«

»Vielleicht Ihr Ex-Mann?«, fragte Sommer.

»Habe ich auch schon dran gedacht. Von der Statur her würde es passen. Aber ich bin mir nicht sicher. Gilt er in den Mordfällen wirklich als verdächtig?«

»Wir sind nach wie vor überzeugt, dass die Taten mit der Firmengründung beziehungsweise deren Insolvenz zu tun haben«, erklärte Drosten. »Insofern sind alle ehemals dort Beschäftigten, die kein vernünftiges Alibi haben, verdächtig.«

»Und mein Ex hat keins?«

»Nein.«

»Scheiße! Ich würde es ihm zwar nicht zutrauen, aber ...« Sie ließ den Rest unausgesprochen.

»Wir fahren zu seiner Wohnung«, beschloss Drosten. Er deutete in Richtung der örtlichen Kommissarin Lichtensteiner, die den Zeugen befragte, der von dem

Maskierten attackiert worden war. »Wir nehmen die Kollegin mit. Sie soll uns Zutritt zu seiner Wohnung verschaffen.«

Sommer nickte grimmig entschlossen.

***

Die Krefelder Kommissarin hatte vom Parkhaus aus einen Schlüsseldienst organisiert, mit dem sie in solchen Fällen zusammenarbeiteten.

Der Mann wartete bereits vor der Haustür, als Sommer und Drosten in Begleitung Lichtensteiners und eines weiteren Kommissars vor Heidfelds Haus eintrafen.

»Ich hab vorhin eine günstige Gelegenheit genutzt«, erklärte er ihnen sogleich ungefragt. »Eine ältere Dame hat die Tür aufgeschlossen und das Haus betreten. Ich bin nach ihr in den Flur geschlüpft und habe den Hebel der Verriegelung umgelegt. Wo wohnt der Verdächtige?«

»Zweite Etage«, antwortete Sommer.

Gemeinsam gingen sie hoch. Drosten klopfte energisch an die Tür.

»Polizei! Herr Heidfeld, machen Sie auf!«

Sie warteten zehn Sekunden, doch nichts passierte. Drosten trat zur Seite und gab dem Mitarbeiter des Schlüsseldienstes das Startsignal. Der kniete sich vor die Tür, holte sein Werkzeug aus der Tasche und entriegelte innerhalb kürzester Zeit das Schloss.

»Ich warte unten«, sagte er. »Sobald Sie fertig sind, baue ich einen neuen Zylinder ein.«

Die Polizisten warteten, bis im Erdgeschoss die Haustür zufiel. Dann zogen sie ihre Waffen aus den Holstern.

Drosten übernahm das Kommando und stieß die Wohnungstür auf.

»Herr Heidfeld, wir kommen jetzt rein. Heben Sie die Hände, damit wir sehen, dass Sie unbewaffnet sind.«

Es kam keine Antwort.

Sie betraten die kleine Wohnung und überprüften schnell alle Räume. Von dem Verdächtigen fehlte jede Spur.

»Ist der Mann ein Messie?«, wunderte sich Lichtensteiner beim Anblick der vielen Kartons.

Drosten zuckte mit den Schultern. »Sehen wir uns trotzdem um, ob irgendetwas auf eine übereilte Flucht hindeutet.«

Er ging zuerst in die Küche. Sie hatten das Messer unter Yvonne Reitkamps Auto sichergestellt und schnell erkannt, dass es vermutlich nicht zu den Wunden der drei bisherigen Mordopfer passte. Genaueres würde die Rechtsmedizin herausfinden. Drosten schaute in alle Schubladen, um zu überprüfen, ob das gefundene Messer zu anderen Exemplaren in Heidfelds Besitz passte. Doch er konnte keine einheitliche Serie finden.

»Robert?«, erklang Sommers Stimme aus einem anderen Raum.

»Wo bist du?«, rief Drosten.

»Im Schlafzimmer.«

Er ging in das Zimmer. Als Drosten den Raum betrat, stand Sommer vor einem geöffneten Kleiderschrank.

»Hast du den so vorgefunden?«, fragte Drosten.

»Nein, er war zu, aber siehst du die Lücke?« Sommer deutete in den Schrank.

Tatsächlich war hier wie in der gesamten Wohnung jeder noch so kleine Stauraum genutzt. Mit einer Ausnahme: Ein Regalbrett im Kleiderschrank war leer.

»Ob er dort eine Tasche deponiert hatte?«, mutmaßte Sommer.

Bevor Drosten etwas erwidern konnte, betrat der Krefelder Kommissar das Schlafzimmer.

»Ich habe die Kollegen im Streifenwagen unten befragt. Sie haben um sechzehn Uhr Stellung bezogen. Seitdem hat Heidfeld das Haus nicht verlassen. Zumindest nicht durch die Eingangstür.«

»Fragen Sie die Nachbarn, ob es einen Hinterausgang gibt«, bat Drosten.

Das Gebäude verfügte über einen Kellerausgang, von dem aus man in eine Parallelstraße gelangte. Ob Heidfeld dort seinen Wagen abgestellt hatte?

»Wieso hat der Verdächtige überhaupt ein Auto?«, fragte Lichtensteiner. »Hätte es nicht in der Insolvenzmasse aufgehen müssen?«

»Ich glaube, da gibt es Ausnahmeregelungen«, erklärte Drosten. »Herauszufinden, welche er davon in Anspruch genommen hat, ist wohl müßig. Fakt ist:

Heidfeld besitzt einen Pkw und ist anscheinend auf der Flucht. Wir müssen ihn zur Fahndung ausschreiben.« Insgeheim ärgerte er sich darüber, dass die Krefelder Kollegen nach ihrem Telefonat am frühen Nachmittag nur einen Streifenwagen hierher geschickt hatten. Doch ändern konnte er daran nichts mehr.

***

Um ihre Ermittlungen nicht voreilig auf Andreas Heidfeld zu beschränken, fuhren die Polizisten als Nächstes zu Bastian Schwarz.

Der ehemalige Teamleiter öffnete ihnen unmittelbar, nachdem sie geklingelt hatten.

»Sie?«, fragte er überrascht, als Sommer und Drosten die Treppe hochliefen.

»Haben Sie ein Alibi für neunzehn Uhr?«, erkundigte sich Sommer ohne Vorgeplänkel. Ihm fiel sofort auf, dass sein Gegenüber trotz der späten Stunde noch Straßenschuhe und Jeans trug.

»Halleluja«, erwiderte Schwarz erleichtert. »Endlich habe ich mal Glück.«

»Das heißt?«

Schwarz zog den Schlüssel aus dem Schloss. »Kommen Sie mit. Ich bin gerade erst zur Tür rein.«

»Wo waren Sie denn?«, fragte Drosten.

Mit einem Finger deutete Schwarz nach oben. »Bei einem Nachbarn, der heute Geburtstag hat. Seit achtzehn Uhr. Er wird das bestätigen. Ist mir zwar ein bisschen peinlich, aber wenn Sie danach endlich Ruhe geben.« Er zog die Wohnungstür zu. »Wer ist diesmal gestorben?«, fragte er.

»Niemand«, antwortete Sommer. »Heidfelds Ex-Frau wäre in einem Parkhaus beinahe niedergestochen worden.«

»Das ist krass. Langsam kriege ich wirklich Angst.«

Sie gingen ein Stockwerk höher, und Schwarz klingelte an der Wohnung des Nachbarn. Es dauerte nur Sekunden, bis geöffnet wurde.

»Bastian?«

»Hi, Rolf. Peinliche Sache, aber ...«

»War Herr Schwarz die letzten Stunden ununterbrochen bei Ihnen?«, unterbrach Drosten.

»Natürlich. Wir haben meinen Geburtstag gefeiert.«

»Seit wann?«

»Ungefähr seit sechs.«

»Danke.«

Der Nachbar betrachtete Schwarz neugierig. »Was ist passiert?«

»Darf ich es ihm erzählen?«, vergewisserte sich Schwarz bei den Polizisten.

»Meinetwegen«, sagte Sommer. »Schönen Abend noch. Passen Sie auf sich auf.«

***

Bastian Renker öffnete ebenfalls zügig die Tür.

»Wollen Sie jetzt das auf der Straße unterbrochene Gespräch fortführen? Nach einundzwanzig Uhr? Gelten für Sie überhaupt keine Regeln?«, maulte er. »Ich war arbeiten. Und warum sollte ich Angelika Kirsch umbringen? Die hat mir nichts getan.«

»Wo waren Sie um neunzehn Uhr?«, fragte Drosten.

»Beim Sport. Genauer gesagt: in der Sauna, um nach der privaten Trainerstunde zu entspannen.«

»Gibt es dafür Zeugen?«, ließ Drosten nicht locker. »Am besten geben Sie uns die Kontaktdaten Ihres Trainers und Ihres Arbeitgebers. Dann belästigen wir Sie nicht weiter.«

Renker schüttelte den Kopf. »Sehe ich nicht ein. Ich habe nichts verbrochen. Seit wann muss ich meine Unschuld beweisen?«

»Ihr Verhalten ist äußerst verdächtig«, brummte Sommer.

»Ehrlich gesagt kann ich Polizisten einfach nicht leiden«, meinte Renker lächelnd. »Ist nichts Persönliches. Mir hat damals niemand geholfen. Und Polizisten gehören zu dem System, das mich betrogen hat. Heidfeld und die anderen Teilhaber haben mich mit gefälschten Zahlen über den Tisch gezogen. Vor Gericht erfahre ich, dass der Kreditvertrag trotzdem rechtmäßig zustande ...« Plötzlich hielt er inne. »Hat es um neunzehn Uhr einen weiteren Mord gegeben?«

»Einen gescheiterten Mordversuch«, meinte Sommer.

»Auf wen?«

»Wie heißt Ihr Privattrainer?«, umging Sommer eine konkrete Antwort ohne Gegenleistung.

Renker verdrehte die Augen, griff jedoch in seine Gesäßtasche. Er zog sein Portemonnaie heraus, entnahm ihm eine Visitenkarte und reichte sie Sommer.

»Fragen Sie bitte diskret nach?«, bat er. »Die Targeting GmbH hat schon genug Unheil in meinem Leben angerichtet.«

Sommer betrachtete die Visitenkarte eines auf Personal Training spezialisierten Mannes. »Ich werde mein Bestes geben.«

»Wer war das Opfer?«, fragte Renker.

»Yvonne Reitkamp, ehemals Heidfeld.«

Renker stieß einen Pfiff aus.

»Wenn Sie uns jetzt noch die Kontaktdaten eines Vorgesetzten nennen, sind Sie uns los«, versprach Drosten.

Der Renker kratzte sich am Hinterkopf. Dann seufzte er resigniert. »Mein Abteilungsleiter heißt Walter Stich. Er hat die Durchwahl sieben eins vier.«

»Wie lautet die ganze Nummer?«, fragte Sommer.

***

»Fahren wir noch zu Carola Jung?«, überlegte Sommer laut, als sie den Hausflur verließen.

»Wir wären nicht vor zehn Uhr bei ihr«, meinte Drosten. »Außerdem hat Yvonne Heidfeld eindeutig von einem maskierten *Mann* gesprochen.«

Auf dem Bürgersteig verabschiedeten sie sich von den Krefelder Kollegen und verabredeten sich für den nächsten Morgen um neun Uhr zu einer Besprechung.

***

Hinter einem Vorhang versteckt beobachtete Renker, wie die Bullen auf zwei Autos zu gingen und getrennt davonfuhren. Es sah nicht so aus, als würden sie ihn überwachen. Noch hatte er also Spielraum.

Die Nummer seines Vorgesetzten preiszugeben, war ein notwendiges Übel gewesen. Andererseits hätten sie auch ohne seine Hilfe rausgekriegt, wer sein Arbeitgeber war.

Ihm fiel nichts Verdächtiges auf. Sein Kooperationswille hatte sich vorläufig ausgezahlt. Morgen früh allerdings müsste er sich etwas Neues ausdenken.

Doch bis dahin ...

Er griff zu seinem Handy und wählte eine Rufnummer. Als er schon fürchtete, dass sich der Angerufene tot stellte, nahm der das Gespräch endlich entgegen.

»Ja?«, fragte er.

»Was ist passiert?«, wollte Renker wissen.

»Die Alte hat mich zu früh bemerkt. Sie hat mit einem harten Gegenstand nach mir geschlagen.«

»Aber du konntest fliehen?«

»Würden wir sonst miteinander reden?«

»Ich bin in ungefähr einer halben Stunde bei dir.«

22

Das einzige hochkarätige Hotel im Krefelder Stadtgebiet hatte erst vor wenigen Monaten eröffnet und richtete sich nicht zuletzt an Messebesucher aus den nahegelegenen Städten Düsseldorf, Köln und Essen. Es verfügte über sieben Etagen. Die weiter oben gelegenen Suiten hatten Balkone, was für Pascal Renkers Plan existenziell war.

Er stellte seinen Wagen in gut zweihundert Metern Entfernung ab. Es war schwierig gewesen, Andreas Heidfeld davon zu überzeugen, dass eine Suite genau der richtige Unterschlupf für ihn wäre. Weil ihn dort nämlich niemand vermuten würde. Heidfeld hatte mit den Kosten argumentiert, worauf Renker ihm irgendwann versichern musste, gegebenenfalls die Hotelrechnung zu übernehmen. Erst danach war der ehemalige Geschäftsführer einverstanden gewesen. Dass er Jahre zuvor mit falschen Versprechungen fünfzigtausend Euro von Renker kassiert hatte, erwähnte in diesem Zusammenhang niemand.

Doch letztlich war das Geschichte. Etwas aus seiner Vergangenheit, das Renker heute zum größten Teil ausbügeln würde.

Noch im Wagen sitzend, griff er zu seinem Handy.

Ich brauche deine Zimmernummer.

Heidfelds Antwort ließ nicht lange auf sich warten.

712

Also hatte er sich tatsächlich in der obersten Etage einquartiert. Perfekt.

Wenn es gleich bei dir klopft, bin ich es.

Renker schickte die Nachricht ab und stieg aus. Er hatte die Örtlichkeiten vorab ausgekundschaftet und wusste, dass es an der Zufahrt zur Tiefgarage kein Gitter gab. Man konnte sie also auch als Fußgänger betreten. Außerdem hatte er bloß drei Kameras entdeckt. Zwei hingen an der Ein- beziehungsweise Ausfahrt und eine am Kassenautomaten. Im Aufzugbereich hatte der Hotelbesitzer auf eine Überwachung verzichtet – was Renker an diesem Abend sehr gelegen kam.

Er hielt sich nah an der Wand und senkte den Kopf. Die Kamera, die die Einfahrt überwachte, würde ihn so nicht erfassen. Zumindest hoffte er das. Für den Fall, dass er sich irrte, hatte er eine Kapuze über den Kopf gezogen, die eine einwandfreie Identifizierung unmöglich machen würde.

Renker passierte den kritischen Bereich und lief zügig weiter zum Aufzug. Mit dem Ellenbogen betätigte er den Knopf. Auf einem Display über der Tür beobachtete er, wie der Fahrstuhl von der dritten Etage losfuhr, zwischendurch nirgendwo anhielt und das Untergeschoss erreichte.

Renker hielt den Atem an. Zufällige Zeugen würden seinen Plan gefährden.

Doch vorläufig hatte er Glück. Niemand wollte um diese Uhrzeit in die Tiefgarage.

Er betrat die Kabine und drückte mit dem Ellenbogen auf die »7«. Die Tür schloss sich zügig, und der Aufzug setzte sich in Bewegung.

Das Erdgeschoss mit der Rezeption glitt an ihm vorbei. Je höher er kam, desto erleichterter war er. Bis jetzt lief alles reibungslos. Als die Tür im siebten Stock aufging, fiel sein Blick direkt auf das Orientierungsschild. Zimmer 712 lag zu seiner Linken.

Vor der Zimmertür angekommen, klopfte er dreimal. Es dauerte bloß wenige Sekunden, bis ihm Heidfeld öffnete.

Zum ersten Mal seit fast vier Jahren standen sie sich persönlich gegenüber. Es fiel Renker schwer, dem ehemaligen Geschäftsführer nicht direkt die Faust ins Gesicht zu schlagen. Stattdessen lächelte er.

»Auf der Straße hätte ich dich sofort wiedererkannt«, sagte er.

Heidfeld reichte ihm die Hand. Sie war schweißnass. »Komm schnell rein!«

Er zog Renker förmlich ins Zimmer und schloss die Tür. Dabei drehte er ihm den Rücken zu. Welch herrliche Gelegenheit. Renker ließ sie verstreichen.

»Ich hab's versaut«, brummte Heidfeld. »Willst du was aus der Minibar?«

»Nein«, antwortete Renker. »Erzähl mal. Was war denn los?«

Heidfeld öffnete die Minibar und holte eine kleine Flasche Gin heraus. Er schraubte den Verschluss ab und trank sie in einem Zug leer. Dann setzte er sich auf die Couch der geräumigen Suite. Stockend begann er, von seiner Begegnung mit Yvonne wenige Stunden zuvor zu berichten.

»Was soll ich jetzt tun?«, fragte er schließlich verzweifelt. »Sie werden mich verdächtigen.«

Genau das war meine Absicht, dachte Renker. Oder glaubst du, ich hätte dich sonst kontaktiert?

***

Zwei Tage früher.

»Hallo?«, meldete sich Heidfeld.

»Ich bin's. Renker.«

Am anderen Ende der Leitung herrschte sekundenlanges Schweigen. Renker wartete ab, bis Heidfeld die Überraschung verdaut hatte.

»Pascal?«, fragte er unsicher.

»Genau der.«

»Was willst du?«

»Waren die Bullen wegen Marko und Wolfgang schon bei dir?«

»Ja«, antwortete Heidfeld. »Bei dir anscheinend auch.«

»Hast du sie umgebracht?«, fragte Renker.

»Was soll das denn?«, echauffierte sich Heidfeld. »Hören die Bullen gerade zu?«

»Antworte mir!«

»Nein! Natürlich nicht! Warst du's?«

»Ebenfalls nein.«

»Weswegen rufst du an?«

»Ich hab von deiner Scheidung gehört«, sagte Renker. »Hat dich das Miststück also verlassen.«

»Tja, so sind manche Weiber. Sobald man nicht mehr flüssig ist, lassen sie einen sitzen.«

»Du hast mich damals ganz schön verarscht«, wechselte Renker abrupt das Thema.

»Was?«, stieß Heidfeld hervor. »Rufst du deshalb ...«

»Nein«, beruhigte ihn Renker. »Inzwischen bin ich nämlich überzeugt, dass du gar nicht die treibende Kraft dahinter warst. Hat Yvonne dich angestiftet, mich auszunehmen?«

»Hör zu ...«

»Hast du Angst, dass ich dich auf Schadensersatz verklage? Du bist doch eh pleite. Bei dir gibt es nichts zu holen. Warum sollte ich mir die Mühe machen? Rück einfach mit der Wahrheit raus!«

»Yvonne fand den Vorschlag gut«, erklärte Heidfeld zögerlich. »Sie meinte, ich müsste etwas unternehmen, um die Firma zu retten.«

»Ich wusste es! Liebst du sie noch immer?«

Schon wieder ein abrupter Richtungswechsel, der Heidfeld aus dem Konzept brachte.

»Hä?« Er lachte hämisch. »Ich wünsche ihr die Pest an den Hals.«

»Das hatte ich gehofft. Hast du einen Computer? Ich würde gern mit dir skypen. Um dein Gesicht zu sehen.«

»Mein Gesicht?«

»Diese Mordserie gibt uns allen die Möglichkeit, uns zu rächen. Wir brauchen nur einen guten Plan. Den ich mit dir besprechen würde, wenn wir uns sehen könnten. Bloß in der Öffentlichkeit sollten wir uns nicht zusammen blicken lassen.«

***

Den Plan hatten sie im Lauf eines einzigen, sehr langen Videotelefonats ausgeheckt.

Leider hatte sich Heidfeld als unfähig erwiesen. Wobei das nur ein kleiner Rückschlag war, denn Yvonnes Schicksal hatte Renker nicht wirklich interessiert. Ihren Tod hätte er lediglich als Bonus empfunden.

Wichtiger war ihm Heidfeld selbst.

»Bist du sicher, dass du nichts trinken willst?«, fragte der ehemalige Geschäftsführer.

»Hast du Whiskey?«

»Bestimmt.«

Heidfeld erhob sich, ging zur Minibar und holte zwei kleine Flaschen heraus. Während er sofort anfing, den Wodka in sich hineinzuschütten, machte Renker sich gemächlich am Verschluss des Whiskeys zu schaffen.

»Wohl bekomm's«, sagte er und setzte das Fläschchen an die Lippen. Später musste er unbedingt daran denken, es einzustecken.

»Was machen wir jetzt?«, fragte Heidfeld kleinlaut. »Soll ich mich stellen?«

»Sie werden dich für den Mörder von Marko, Wolfgang und dieser Kirsch halten«, warnte Renker.

»Damit habe ich nichts zu tun«, widersprach Heidfeld.

»Hast du Alibis?«

Der ehemalige Geschäftsführer schüttelte den Kopf.

»Dann kannst du deine Unschuld nicht beweisen. Den Bullen ist eine einfache falsche Lösung lieber als eine komplizierte, aber richtige Variante. Die verhaften dich und schmeißen den Schlüssel zu deiner Zelle weg.«

»Scheiße!«, jammerte Heidfeld.

Renker öffnete den kleinen Kühlschrank und betrachtete den Inhalt. Er fand eine Flasche Rum, die er in die Höhe hielt. »Willst du Cola dazu?«

»Pur!«

Heidfeld bekam gar nicht mit, dass Renker auf ein weiteres Getränk verzichtete. Er nahm die Miniflasche entgegen und schraubte sie auf, wobei er sie mit beiden Händen berührte. Renkers eigene Fingerabdrücke wurden dadurch hoffentlich verwischt.

»Ich gehe auf den Balkon. Rauchen hilft mir beim Nachdenken«, sagte Renker.

»Alles klar.«

Beim Öffnen der Balkontür stellte er sich so, dass Heidfeld nicht sehen konnte, wie er den Ärmel seines Pullovers über die Finger zog. Vorsichtig trat er hinaus. Hinter den anderen Fenstern auf dieser Etage war es dunkel, niemand schien den lauen Abend zu nutzen, um draußen zu sitzen.

Die Brüstung war knapp anderthalb Meter hoch. Würde es ihm gelingen, den angetrunkenen Mann darüber zu hieven? Er wartete eine Weile, ob Heidfeld sich zu ihm gesellte. Doch nichts passierte. Also musste er ihn locken.

»Scheiße!«, fluchte er halblaut.

»Was ist los?«, fragte Heidfeld.

»Komm mal her! Schnell! Sind das Bullen?«

Das genügte. Heidfeld erhob sich und kam leicht schwankend auf den Balkon. »Wo?«

Renker deutete in eine ungefähre Richtung. »Siehst du den Wagen da unten? Sitzt da jemand drin und beobachtet uns?«

Heidfeld trat dicht an die Brüstung, beugte sich sogar leicht darüber. Unauffällig machte Renker einen Schritt nach hinten.

»Ich kann nix erkennen«, sagte Heidfeld mit schwerer Zunge. »Hast du wirklich ...«

Renker trat hinter ihn, packte ihn an den Hüften und hob ihn ein Stück in die Höhe.

»Ey«, protestierte der angetrunkene Mann.

Renker nahm alle Kraft zusammen und warf ihn vom Balkon. Laut schreiend stürzte Heidfeld in die Tiefe.

Renker lief zurück in die Suite und steckte die kleine Whiskeyflasche in seine Hosentasche. Danach verließ er das Hotelzimmer. Wie rasch würde das Personal auf den Schrei reagieren? Hatte ihn überhaupt jemand mitbekommen?

Renker nahm den Fahrstuhl, der in der sechsten Etage wartete, und schnell da war. Wieder nutzte er seinen Ellenbogen, um die mit *TG* beschriftete Taste zu drücken. Der Aufzug setzte sich in Bewegung. Ohne unterwegs zu stoppen, fuhr er bis ganz nach unten, und Renker trat hinaus. Vorsichtig bewegte er sich durch die Tiefgarage in Richtung Ausfahrt, wobei er wieder darauf achtete, nicht von der Kamera erfasst zu werden.

Heidfeld war auf der anderen Hotelseite auf dem Boden zerschmettert. Deswegen wunderte es Renker nicht, dass auf dieser Seite nichts los war. Er rannte zu seinem Wagen. Hektisch riss er die Fahrertür auf und sprang hinein. Er musste die Gegend verlassen, bevor die Polizei eintraf. Mit zittrigen Fingern steckte er den Zündschlüssel ins Schloss und startete den Motor. Seitdem er seine Flucht plante, hatte er diverse Vorkehrungen getroffen. So hatte er sich einen Unterschlupf organisiert, in dem er unerkannt eine Nacht oder sogar mehrere Nächte verbringen könnte. Genau dahin würde er nun fahren.

23

Wie so oft bei schwierigen Ermittlungen wälzte sich Robert Drosten im Bett herum und konnte nicht einschlafen. Zwei Angriffe an einem Tag deuteten auf eine Eskalation hin – vorausgesetzt, sie waren vom selben Täter ausgeführt worden.

Bislang hatte sich der Mörder Zugang zum Zuhause der Opfer verschafft. Wieso sollte er – oder sie – beim vierten Mal davon abweichen? Das wäre für einen Serientäter mit zuvor klar definierter Handschrift ungewöhnlich. Trotzdem konnten sie nicht zwangsläufig von zwei verschiedenen Tätern ausgehen. Obwohl es ein weiteres Indiz gab, das diese Theorie stützte. Das Messer, das der Maskierte im Parkhaus verloren hatte, passte nicht zu den Stichwunden bei den drei Mordopfern.

Drosten drehte sich auf die Seite und schaute zum Fenster. Ein schmaler Streifen Licht von einer Straßenlaterne fiel ins Zimmer. Anscheinend hatte er den

Vorhang nicht richtig zugezogen. Ob er deswegen nicht einschlafen konnte?

Seufzend schwang er die Beine aus dem Bett und griff zuerst zu seinem Handy, um nachzusehen, ob neue Nachrichten eingetroffen waren. Als hätte er das Gerät dadurch aktiviert, klingelte es. Er zuckte zusammen. Die Krefelder Nummer im Display weckte schlimme Befürchtungen.

»Robert Drosten!«

»Lichtensteiner! Andreas Heidfeld ist tot. Sieht nach Selbstmord aus.«

***

»Ein Schuldeingeständnis?«, fragte Lukas Sommer, nachdem sie das Zimmer in Augenschein genommen hatten.

Drosten verstand, was der Kollege meinte, teilte diese Ansicht allerdings vorläufig nicht. Ihm erschien die Ausgangslage zu unklar.

»Warum hinterlässt er keinen Abschiedsbrief?«, nannte er einen Punkt, der ihn massiv störte. »Er rächt sich nach vier Jahren an den vermeintlich Schuldigen der Insolvenz. Wie Kirsch in dieses Schema passt, müsste man ohnehin noch herausfinden. Zuletzt versucht er, seine Ex-Frau zu töten, und scheitert. Also beschließt er, seinem Leben ein Ende zu setzen.« Ratlos hob er die Arme. »Klingt das plausibel? Fall gelöst?«

»Nicht unbedingt«, gestand Sommer.

»Außerdem: Sieh dich um! Wieso hier?«

»In diesem Hotel?«

»Nichts aus seiner Vergangenheit steht hiermit in irgendeiner Verbindung. Er ist pleite. Klar, vielleicht will er ein letztes Mal Luxus genießen. Aber außer ein paar Fläschchen aus der Minibar hat er sich nichts gegönnt. Keine letzte Mahlzeit, keinen Champagner, nichts. Wenn er doch weiß, dass die Rechnung keine Rolle spielt, hätte er die Puppen tanzen lassen können.«

»Vielleicht war sein Magen wie zugeschnürt«, überlegte Sommer.

Drosten trat an den Papierkorb, in dem die leeren Miniflaschen lagen. Die Kollegen von der Spurensicherung, die derzeit auf der Straße beschäftigt waren, hatten sie noch nicht eingetütet.

»Lass uns den Inhalt der Minibar mit der Auflistung daneben vergleichen«, schlug er, einer plötzlichen Eingebung folgend, vor.

Sommer öffnete den kleinen Kühlschrank und verschaffte sich einen Überblick. »Es fehlen zweimal Gin, dreimal Wodka, einmal Rum, einmal Whiskey. Alles andere ist vorhanden.«

Drosten nahm sich den Papierkorb vor und zählte die auf dem Tisch stehenden Fläschchen dazu.

»Wir haben eine Differenz«, stellte er zufrieden fest. »Der Whiskey fehlt.«

»Ob er Besuch hatte?«, fragte Sommer.

»Oder ist er mit dem Whiskey in der Hand runtergesprungen?«

»Wir müssen seinen Tagesablauf rekonstruieren. Wann er eingecheckt hat, ob er zuvor reserviert hatte. Ob es Hinweise auf eine weitere Person gibt.«

***

Der übermüdet wirkende Hoteldirektor empfing die Kommissare in seinem Büro.

»Was für eine Tragödie«, seufzte er. »Ich bin seit zweiunddreißig Jahren im Hotelgewerbe, aber das ist mein erster Selbstmord.«

»Wir untersuchen derzeit, ob es überhaupt Selbstmord war«, bekannte Drosten.

»Was?«, entfuhr es dem Direktor. »Sie befürchten einen Mord? Oder einen Unfall?«, fügte er fast schon hoffnungsvoll hinzu.

»Den Toten, Andreas Heidfeld, haben wir im Zusammenhang mit einer Mordermittlung auf dem Radar.«

»Als Verdächtigen?«, fragte der Direktor.

»Oder als gefährdete Person«, erwiderte Sommer. »Die Ausgangslage ist so unklar, dass wir beides nicht ausschließen können.«

»Herrje!«

»Deshalb benötigen wir einige Angaben von Ihnen.«

Der Mann nickte. »Wie kann ich helfen?«

»Hat Heidfeld das Zimmer vorab reserviert oder erst heute spontan gebucht?«

Der Direktor wandte sich seinem Computer zu, tippte auf der Tastatur herum und lieferte ihnen ein schnelles Ergebnis.

»Mittwochmorgen über unsere Homepage reserviert.«

»Ausdrücklich die Suite?«

»Ja. Er hat sogar angegeben, dass er eine in der obersten Etage möchte.«

»Musste er vorab bezahlen?«

»Nein. Man kann außerhalb von Messezeiten jederzeit kostenfrei stornieren. Insofern ist das nicht nötig. Er hat im Bemerkungsfeld mitgeteilt, dass wir das Zimmer bis zum Abend freihalten sollen, da er möglicherweise erst gegen zwanzig Uhr eintrifft.« Er wandte sich noch einmal dem PC zu. »Das hier ist allerdings interessant. Normalerweise erbitten wir von unseren Gästen beim Check-in eine Kreditkarte. Bezahlen müssen sie selbstverständlich erst beim Auschecken. Herr Heidfeld hat angegeben, dass er lediglich eine Prepaid-Kreditkarte besitzt. Meine Mitarbeiterin am Empfang hat das akzeptiert, weil sie bei Eingabe der Kreditkartennummer erkennen konnte, dass die Karte über ausreichend Guthaben verfügte.«

»Für wie lange hat er die Suite gebucht?«, fragte Drosten.

»Für zwei Nächte.«

Drosten überlegte. Für ihn klang das nicht nach einem geplanten Suizid. Doch natürlich konnte man nicht ausschließen, dass er die Tat unter Alkoholeinfluss spontan begangen hatte. Weshalb auch kein Abschiedsbrief existierte.

»Welche Bereiche des Hotels werden videoüberwacht?«, erkundigte er sich.

»Die Lobby, ein Teil der Tiefgarage, außerdem die Bereiche um die Notausgänge herum, damit wir jederzeit sehen können, ob die Rettungswege frei sind«, erklärte der Mann.

»Wann hat Herr Heidfeld eingecheckt?«

»Neunzehn Uhr zweiundvierzig.«

Für den versuchten Überfall im Parkhaus kam er also infrage.

»Ich muss die Videoaufzeichnungen aus der Zeit sehen«, bat Drosten.

Der Hoteldirektor erhob sich. »Das geht nur in unserem Technikraum. Ich hoffe, ich kann die Videos aufrufen und muss dafür keinen meiner Mitarbeiter aus dem Schlaf klingeln.« Er seufzte.

***

Die Videobilder zeigten, wie Heidfeld in die Tiefgarage fuhr. Drosten wollte nicht zu viel in die Erscheinung des Mannes hineininterpretieren, doch tatsächlich wirkte er gehetzt. An der Rezeption musste er warten, weil sich die einzige Mitarbeiterin gerade um einen anderen Gast kümmerte. Immer wieder blickte er auf seine Armbanduhr und trat von einem Fuß auf den anderen. Danach verlor sich seine Spur, da sein Weg ihn nicht an den Notausgängen vorbeiführte.

Im Schnelldurchlauf überprüften die Polizisten das Videomaterial bis zum Zeitpunkt des Selbstmords. Insgesamt hatten im fraglichen Zeitraum nur vier Personen die Zufahrt zur Garage benutzt. Zwei allein reisende Frauen sowie ein Pärchen. Keines der Gesichter kam Drosten oder Sommer bekannt vor. Das Paar erschien im Gegensatz zu den beiden Frauen nicht in der Lobby, wodurch die Kommissare erfuhren, dass man auch direkt von der Tiefgarage in die einzelnen Etagen gelangte.

»Jedes Auto, das die Zufahrt benutzt, wird gefilmt«, resümierte Sommer.

»Genau«, bestätigte der Hoteldirektor.

»Gibt es eine Möglichkeit, ohne Auto von außen in die Garage zu gelangen und von der Videokamera nicht erfasst zu werden?« Der Bildausschnitt, den er in den letzten Minuten begutachtet hatte, ließ diese Vermutung zu.

»Ehrlich gesagt weiß ich das nicht.«

»Schalten Sie bitte auf das Livebild. Ich probier's aus.«

Sommer erhob sich und verließ den Videoraum. Rasch durchquerte er die Lobby. Anstatt den Aufzug ins Untergeschoss zu nehmen, verließ er das Gebäude durch den Haupteingang, lief um einen Kreisel herum und erreichte schließlich die Tiefgarage, die nur durch eine Schranke gesichert war. Er bemerkte die Kamera, die den Einfahrtbereich überwachte, und stellte sich zunächst so hin, dass sie ihn erfasste. Er winkte einmal kurz, dann ging er ein paar Schritte zurück und prüfte, welche Möglichkeiten sich ihm boten. Am logischsten schien es, sich dicht an die Betonwand zu drücken, um so dem Kameraauge zu entgehen.

Keine fünf Minuten später kehrte Sommer in den Videoraum zurück.

»Hat mich die Kamera die ganze Zeit erfasst?«

»Nein«, antwortete Drosten.

»Man kann also durch die Tiefgarage ungesehen ins Hotel gelangen.«

Der Hoteldirektor zuckte entschuldigend die Achseln. »Unsere Gäste wissen diese Art der Diskretion bestimmt zu schätzen. Gerade während der Messen ist das vielen von ihnen ganz recht – je nachdem, in wessen Begleitung sie sind.« Genauer musste er es nicht erklären.

***

Es war bereits vier Uhr früh, als Sommer und Drosten zu ihrem Wagen zurückkehrten.

»War es Selbstmord?«, fragte Drosten.

»Würde ich nicht ausschließen.«

»Aber ich höre an deiner Stimme, dass du es unwahrscheinlich findest.«

»Gehen wir mal davon aus, dass er es war, der seine Ex-Frau überfallen hat«, begann Sommer. »Da er von ihrem regelmäßigen Freundinnentreffen weiß, bucht er das Zimmer vorab. Er ahnt, dadurch in den Fokus der Ermittlungen zu geraten. Also braucht er ein Versteck. Zwei Tage in einem Hotel, wo man ihn wegen seiner desolaten finanziellen Situation niemals vermuten würde. Möglicherweise will er über seine nächsten Schritte in Ruhe nachdenken. So weit, so nachvollziehbar. Der Überfall geht schief, er taucht ab, betrinkt sich. Was könnte ihn veranlassen, zu springen? Alkohol, gepaart mit Verzweiflung? Denkbar.«

»Oder er hat sich mit jemandem verschworen. Dieser Jemand weiß, wo sich Heidfeld versteckt, und es gelingt ihm, unerkannt in die siebte Etage zu gelangen. Er betrinkt sich mit Heidfeld ...«

»... ein Szenario, zu dem das verschwundene Whiskeyfläschchen passt ...«

»... lockt ihn auf den Balkon und befördert ihn über die Brüstung.«

»Wem trauen wir das eher zu?«, fragte Sommer. »Dem schlapp wirkenden Bastian Schwarz oder dem durchtrainierten Pascal Renker?«

»Fahren wir sofort zu ihm?«

24

Vier Jahre früher.

Pascal Renker war der Letzte, der das Büro des Geschäftsführers betrat. Heidfeld, dessen Frau Yvonne, Zinsberger und Islacker hatten sich bereits eingefunden. Renker bemerkte sofort, wie gedrückt die Stimmung war.

»Machst du bitte die Tür zu«, sagte Heidfeld. Seine Stimme zitterte.

»Was ist los?«, fragte Renker.

Er schloss die Tür von innen, blieb aber in ihrer Nähe stehen.

»Was ist los?«, wiederholte er verwirrt.

Heidfeld schaute ihn kurz an, senkte dann den Blick und verschränkte die Arme.

»Als Geschäftsführer mache ich mich strafbar, wenn ich die Eröffnung eines Insolvenzverfahrens verschleppe«, erklärte er kaum hörbar. »Unsere

wirtschaftliche Lage ist aussichtslos. Ich sehe keine Chance, ohne fette Finanzspritze aus diesem Tal wieder herauszukommen. Deswegen werde ich Insolvenz anmelden.« Er räusperte sich.

Renker traute seinen Ohren nicht.

»Ohne Finanzspritze?«, fragte er irritiert. »Ich hab vor wenigen Wochen fünfzigtausend zugeschossen. Hab mich massiv verschuldet! Das muss doch reichen.«

Heidfeld schüttelte den Kopf. »Leider nicht. Aktuell ist eine Rechnung über siebzigtausend fällig. Die Summe kann ich nicht aufbringen.«

»Und ihr?«, flehte Renker. »Marko? Wolfgang?«

»Glaubst du, wir haben eine Gelddruckmaschine im Keller stehen?«, erwiderte Zinsberger scharf. »Sei nicht so naiv!«

»Wenn ich schon einen Kredit bekomme, kriegt ihr doch erst recht einen.«

»Du kennst meine finanzielle Situation überhaupt nicht«, entgegnete Islacker. »Mir gibt keine Bank Geld. Auf meinen Namen laufen drei Hypotheken.«

»Mir geht es ähnlich«, brummte Zinsberger.

Renker glaubte ihnen kein Wort. Dann wurde ihm etwas anderes bewusst. Er hatte die Geschäftszahlen geprüft. Ihm waren keine so hohen Außenstände aufgefallen.

»Ihr habt mir Material zu prüfen gegeben, aus dem nicht hervorging, wie es um die Schulden bestellt ist.«

»Glaubst du, ich hätte das gewusst? Schwarz hat uns in die Scheiße geritten. Ich habe auch erst seit gestern

Abend einen kompletten Überblick. Sonst hätte ich doch längst was gesagt.«

Heidfeld schaute ihn nicht an. Im Gegenteil. Er suchte den Blick seiner Frau, die ihn jedoch ignorierte.

»Du lügst!«

»Nein!«

»Das ist ein abgekartetes Spiel. Ihr habt mich alle zusammen verarscht.« Mit jedem Wort wurde Renker lauter.

»Beruhige dich«, sagte Zinsberger. »Mal gewinnt man, mal verliert man.«

»Ist das dein Ernst?«, schrie Renker. Er machte einen Schritt auf Zinsberger zu.

Der sprang auf. »Ruhig, Kleiner!«

»Arschloch!«

Nun erhob sich auch Islacker. Sie bildeten fast eine Art Barrikade. Renker ahnte, dass er in einer körperlichen Auseinandersetzung unterlegen wäre. Trotzdem spürte er den unbändigen Wunsch, eine Schlägerei zu beginnen. Die Aggression suchte wie Lava in einem aktiven Vulkan einen Weg nach draußen.

»Ihr habt mich reingelegt! Dafür werdet ihr büßen! Ich lass mir das nicht gefallen!«

»Bist du geschäftsfähig?«, fragte Zinsberger provokant. »Ansonsten hättest du besser keinen Kreditvertrag unterschrieben.«

Nun reichte es Renker. Er stürmte auf den Teilhaber zu. Doch Islacker trat ihm in den Weg.

»Lass gut sein!«, zischte er. »Sonst rufen wir die Bullen!«

Brust an Brust standen sich die beiden Männer gegenüber. Ein einziger Funke in Form einer weiteren Provokation, und Renker wäre durchgedreht.

»Pascal«, sagte Heidfeld ruhig. »Das alles ändert nichts an den Tatsachen. Schwarz ist schuld, dass wir den Laden dichtmachen müssen. Es tut mir leid. Bei dir sind es fünfzigtausend. Ich habe eine Viertelmillion in den Sand gesetzt.«

»Das macht es für mich nicht besser!«, erwiderte Renker. Doch seine Wut fiel in sich zusammen. Verzweiflung übermannte ihn. Damit die Mistkerle nicht mitbekamen, wie ihm Tränen in die Augen stiegen, wandte er sich ab und stürmte aus dem Raum.

Die lederne Umhängetasche, die er sich nach dem erfolgreichen Uniabschluss gegönnt hatte, lag noch in seinem Büro. Nur deshalb betrat er überhaupt die erste Etage. Auf dem Weg dorthin kam er an dem Großraumbüro vorbei. Sechs Telefonistinnen waren anwesend, Carola gehörte nicht dazu. Sie hatte heute eine wichtige Univeranstaltung und würde erst abends von dem Desaster erfahren.

Ihn juckte es in den Fingern, den Frauen die Illusion zu nehmen, dass sie einen lukrativen Nebenjob gefunden hatten. Doch für sie war das alles nicht existenziell, sie verlören lediglich ein paar hundert Euro.

Er öffnete die Tür zu seinem Büro. Auf dem Schreibtisch stand der Laptop, den ihm die Firma zur Verfügung gestellt hatte. Sollte er ihn mitnehmen? Oder könnten sie ihn dann wegen Diebstahls anzeigen? Die Versuchung war groß, das Gerät in die Tasche zu stecken. Andererseits hatte er zu Hause eh ein besseres Modell.

Renker packte seine Sachen zusammen, schaute sich ein letztes Mal in dem Raum um und ging hinaus. Wenn er sich schon bezüglich des Laptops so korrekt verhielt, wollte er Heidfeld wenigstens in anderer Hinsicht schaden. Er blieb an der Tür des Großraumbüros stehen.

»Hey, Leute!«, rief er hinein. »Ihr müsst nicht weiter telefonieren.«

Bis auf eine, die gerade ein Gespräch führte, schauten ihn alle Frauen fragend an.

»Ihr sollt bitte in Heidfelds Büro kommen. Er hat keine guten Nachrichten für euch. War schön, mit euch gearbeitet zu haben.«

Renker drehte sich um, rannte die Treppe hinunter und stürmte aus dem Gebäude.

***

»Warum bist du nicht ans Telefon gegangen?«, fragte Carola, kaum dass sie seine Wohnung betreten hatte.

»Ich war nicht in Stimmung.«

Renker trottete zurück ins Wohnzimmer. Während der letzten Stunden hatte er auf der Couch gesessen und dumpf vor sich hingebrütet. Er ließ sich auf seinem angestammten Platz nieder.

»Stimmt das mit der Insolvenz?«

»Von wem weißt du das?«

»Angelika hat mir eine Nachricht geschickt.«

»Klar. Angelika. Wieso frage ich überhaupt.«

»Hast du was gegen sie?«

Er schüttelte müde den Kopf. »Die ist mir völlig egal. Ich sehe sie eh nie wieder.«

Carola setzte sich zu ihm auf die Couch und legte ihre Hand auf seinen Oberschenkel. »Ist es so schlimm?«

Die Naivität ihrer Frage erschütterte ihn. War das ihr Ernst? Oder lediglich ein schlechter Versuch, ihn zu trösten? Renker antwortete nicht. Doch leider hielt sein Schweigen Carola nicht davon ab, weitere Fragen zu stellen.

»Sind wir jetzt alle entlassen? Oder betrifft das nur einen Teil der Leute?«

»Kapierst du's nicht?«

»Erklär's mir.«

»Die Firma ist pleite. Da arbeitet niemand mehr. Nie wieder!«

»Und dein Geld?«

»Weg! Als hätte ich es in den Müll geschmissen.«

»Das können die nicht machen! Du wirst doch Geschäftsführer.«

Renker hielt ihre Nähe nicht mehr aus. Er sprang auf und trat ans Fenster.

»Der Traum ist geplatzt. Stattdessen habe ich Schulden ohne Ende. Und keinen Job mehr. Scheiße!«

»Vielleicht renkt es sich wieder ein«, sagte sie hoffnungsvoll.

»Da kann sich nichts mehr einrenken. Wahrscheinlich war Heidfeld schon bei Gericht, um das Insolvenzverfahren zu starten.«

»Aber wir haben uns das doch so schön ausgemalt. Du verdienst achttausend im Monat, und ich bringe in Ruhe mein Studium zu Ende.«

»Tja! Ausgeträumt.«

»Nein!«, widersprach Carola. »Ich glaube das nicht. Marko und Wolfgang haben auch in die Firma investiert. Das hätten die ...«

»Marko und Wolfgang?«, wiederholte er alarmiert. Die Selbstverständlichkeit, mit der sie die Vornamen der beiden Teilhaber aussprach, irritierte ihn.

Carola errötete und wich seinem Blick aus.

»Hast du mir etwas zu sagen?«, fragte er.

»Nein. Es ist nicht so, wie du denkst.«

»Was denke ich denn?«

Plötzlich bebten ihre Schultern. Sie ließ den Kopf sinken und wischte sich Tränen weg.

»Carola?«

»Das war vor dir. Bevor ich mich in dich verliebt habe.«

»Du warst mit den alten Säcken im Bett?«, flüsterte er.

»Nur einmal.«

Nun ging seine Fantasie mit ihm durch. »Ein Dreier?«

Sie sah ihn mit verheulten Augen an. »Quatsch. Mit jedem einmal. Die haben mich ausgenutzt.«

»Du hast sie wirklich gefickt! Wen zuerst? Zinsberger oder Islacker?«

»Das ist doch egal!«

»Mir nicht!«

»Zinsberger«, sagte sie.

»Also war ich bloß die Nummer drei, nachdem die beiden anderen verheirateten Mistkerle dich fallen gelassen haben. Oh Gott, ich bin so doof. Die haben sich bestimmt tierisch über mich amüsiert.«

»Nein, die wissen das doch gar nicht.«

»Wieso? Selbst die Kirsch weiß es.«

Carola stand auf und machte einen Schritt auf ihn zu. Renker hob abwehrend die Hände.

»Bleib weg von mir.«

Unschlüssig blieb sie stehen. »Pascal, ich liebe dich!«

»Hast du das den anderen auch ins Ohr geflüstert?«

»Niemals!«, schwor sie. »Ich hab mich in die doch nicht verliebt.«

»Du bist eine verlogene Schlampe!«, brüllte er. Die Ereignisse des Tages überforderten ihn. Er war zu keinem klaren Gedanken mehr fähig. Aber eins wusste er: Er würde sich nie wieder ausnutzen lassen. »Du suchst bloß einen Typen, der dich aushält«, schimpfte er. »Deswegen hast du es zuerst bei Zinsberger und danach bei Islacker probiert.«

»Nein«, wimmerte sie.

»Dann kapierst du, dass sie dich nur verarschen, und versuchst es bei mir.«

»Pascal!« Ihr Augen-Make-up zerlief in schwarzen Schlieren auf ihrem Gesicht. Sie heulte wie ein kleines Kind.

»Verpiss dich!«

»Bitte!«

»Verschwinde!«, brüllte er. »Ich will dich nie wieder sehen.«

Um seinen Worten Nachdruck zu verleihen, packte er sie am Arm und schubste sie in Richtung Tür. Sie stolperte beinahe über ihre eigenen Füße.

»Mach das nicht!«, flehte sie.

Das Bedürfnis, ihr wehzutun, wurde übermächtig. Nur deshalb ließ er sie los, denn sonst hätte er für nichts mehr garantieren können.

»Hau endlich ab!«

25

Die Krefelder Kommissarin Lichtensteiner hatte einen Staatsanwalt davon überzeugt, dass sie einen Durchsuchungsbeschluss für Renkers Wohnung brauchten. Dem wiederum war es gelungen, einen Richter aufzutreiben, der den Beschluss unterschrieben hatte. Das alles innerhalb weniger Stunden. Um sechs Uhr morgens stand Lichtensteiner mit den Kollegen vor dem Gebäude und klingelte bei Renker. Keine Reaktion.

Als sie gerade überlegten, das Türschloss aufzubrechen, trat eine Frau hinaus und verschaffte ihnen Zugang zum Treppenhaus. Insgesamt fünf Polizisten postierten sich vor Renkers Wohnung. Einer klopfte energisch gegen die Tür.

Nichts passierte.

Die Krefelder Hauptkommissarin gab Zeichen, die Ramme einzusetzen. Der Polizist, der das Werkzeug in der Hand hielt, visierte das Schloss an und holte aus. Beim zweiten Schlag flog die Holztür auf.

»Polizei!«, rief Lichtensteiner.

Aus der Wohnung drangen keinerlei Geräusche. Offenbar war Renker ausgeflogen.

»Wir suchen nach Hinweisen, die ihn mit den Morden in Verbindung bringen«, erklärte Drosten. »Außerdem müssen wir in Erfahrung bringen, wo er sich aufhält. Falls er unser Täter ist, steht zu befürchten, dass seine Mission noch nicht beendet ist.«

Er schaute sich in der aufgeräumten Wohnung um. Gemeinsam mit Sommer ging er zuerst ins Schlafzimmer. Wenn Verdächtige ihre Flucht planten, fand man dafür oft Anhaltspunkte im Kleiderschrank. Hektisch herausgerissene Klamotten, das eine oder andere Teil, das auf dem Boden gelandet war.

Sommer öffnete den Schrank.

»Erstaunlich leer«, murmelte Drosten.

Zwar hingen an einer Kleiderstange zahlreiche Sakkos und Hemden, doch entweder besaß der junge Mann nur wenige T-Shirts und Freizeithosen. Oder er hatte tatsächlich für seine Flucht gepackt.

»Lass uns nachsehen, ob wir irgendwo einen Koffer finden«, schlug Sommer vor. »Danach überprüfen wir seinen Computer.«

***

Carola Jung und Jasper Berghold saßen gemeinsam am Frühstückstisch. Es war acht Uhr, Jasper hatte heute kein Seminar, wollte sich aber am Vormittag mit seinem Bankberater treffen. Ein Investment war erfolgreich ausgelaufen und musste neu angelegt werden.

»Gibst du mir die Himbeermarmelade?«, bat sie.

Er reichte ihr das bauchige Glas. »Gehst du nachher zum Sport?«, fragte er.

»Weiß nicht«, antwortete sie. »Wann bist du von deinem Termin zurück?«

»Das kann dauern«, schätzte Jasper. »Immerhin sind achtzigtausend Euro frei geworden. Die muss ich vernünftig anlegen, und der Kapitalmarkt ist derzeit schwierig.« Er stieß hörbar Luft aus. »Ich hoffe, Winfried hat lukrative Ideen.«

»Dann gehe ich vielleicht«, meinte sie.

Er lächelte ihr aufmunternd zu. »Mach das. Du weißt, Sport tut dir immer gut.«

Aus der Küche drang ein Handyklingeln.

»Das ist deins«, sagte Jasper.

Carola runzelte die Stirn. »Wer kann das sein?«

»Steh auf und sieh nach«, antwortete er schmunzelnd.

***

Mit dem Telefon am Ohr tigerte Pascal Renker in dem kleinen Ferienappartement umher, das er für zehn Tage angemietet hatte. Die Bullen würden keinen Anhaltspunkt finden, wo er sich versteckt hielt, denn die Wohnung war auf einen falschen Namen gebucht.

Warum ging sie nicht ans Telefon? Das Freizeichen ertönte inzwischen seit zwanzig Sekunden. Wo war sie?

***

Im Display stand »Unbekannt«.

Für einen Moment überlegte Carola, das Gespräch nicht entgegenzunehmen. Normalerweise erhielt sie Anrufe bloß von Kontakten, die in ihrem Telefon gespeichert waren. Wer konnte das sein?

Doch Jasper würde sich wundern, wenn sie sich nicht meldete. Er sollte nicht glauben, dass sie Geheimnisse vor ihm hatte.

»Hallo?«

»Hallo, Carola. Ich bin's. Pascal.«

Ihr Herzschlag setzte aus, und sie war außerstande, zu reagieren. Was wollte er von ihr?

»Wir müssen miteinander reden«, fuhr er fort.

»Nein«, krächzte sie, dann versagte ihre Stimme. Sie räusperte sich. »Nein, danke. Kein Interesse. Auf Wiederhören.«

Rasch beendete sie das Gespräch und legte das Telefon auf die Arbeitsfläche.

Würde er es erneut probieren? Mit zittrigen Fingern schaltete sie das Gerät aus. Dann trat sie an den Kühlschrank und holte einen Joghurt heraus. Nun kam es darauf an, für Jasper ein überzeugendes Schauspiel aufzuführen. Er durfte ihr nichts anmerken.

Auf wackeligen Beinen ging sie zurück ins Esszimmer. Neugierig schaute er sie an.

»Wer war das?«, fragte er.

Bevor sie antwortete, riss sie den Joghurtdeckel ab. »Ein Callcenter«, erwiderte sie genervt. »Ob ich Interesse an einer Tarifoptimierung hätte.«

»Für dein Handy?«

Carola nickte.

»Komisch, dass die bei dir anrufen. Ich bin bei beiden Verträgen als Kontaktperson eingetragen. Außerdem ist der Tarif für deine Bedürfnisse perfekt.«

»Wundert dich das wirklich?«, fragte sie. »Ist doch typisch für diese Halsabschneider.«

»Falls sie noch einmal anrufen, verweis sie an mich.«

***

Sie hatte ihn einfach abgewürgt. Ihre Wortwahl deutete allerdings darauf hin, dass ihr Partner in Hörweite war. Trotzdem konnte Pascal sie nicht so leicht davonkommen lassen.

Er wählte erneut ihre Nummer an. Diesmal landete er direkt auf der Mailbox.

Frustriert legte er das Handy beiseite. Doch er schwor sich, sie an diesem Tag irgendwie ans Telefon zu bekommen. Carola war ein wichtiger Teil seines hastig zusammengeschusterten Plans. Ohne sie konnte er alle weiteren Schritte vergessen.

***

Drosten schaute auf seine Armbanduhr. Es war halb acht. »Er ist eindeutig abgehauen«, sagte er. »Bei der Arbeit brauchen wir es wohl gar nicht erst zu versuchen.«

Sommer nickte. »Genau. So leicht macht er es uns nicht.«

Vor allem das Fehlen jeglicher elektronischer Geräte sprach für die Fluchtvariante. Sie hatten keinen PC, keinen Laptop und kein Tablet gefunden. Im Wohnzimmer gab es allerdings einen Internetanschluss samt WLAN-Router. Im Präsidium würden die Krefelder Kollegen versuchen, Daten aus dem Gerät zu ziehen. Aber auf das Ergebnis müssten sie noch ein paar Stunden warten.

Drosten griff zu seinem Telefon und suchte die Nummer von Renkers Vorgesetztem heraus. Nach mehreren Sekunden Freizeichen sprang eine Mailbox an. Anstatt um Rückruf zu bitten, beendete er das Gespräch.

»Befragen wir die Nachbarn«, schlug er vor. »Vielleicht haben die in letzter Zeit interessante Beobachtungen gemacht.«

Sie probierten es zuerst bei der Wohnung gegenüber. Sommer klingelte, und im nächsten Moment öffnete ein rüstig wirkender Rentner die Tür.

»Was ist bei meinem Nachbarn los?«, fragte er ohne Umschweife. »Ist er in irgendwas Illegales verstrickt?«

Drosten präsentierte seinen Dienstausweis. »Können wir uns in Ihrer Wohnung unterhalten, Herr ...«

»Mayer mit ay«, erklärte der Mann. »Kommen Sie rein. Und sprechen Sie bitte etwas lauter. Mein Hörgerät ist in Reparatur.«

Er führte die Polizisten in sein Wohnzimmer. Allem Anschein nach lebte er allein.

»Herr Mayer, haben Sie in letzter Zeit bei Ihrem Nachbarn irgendetwas Ungewöhnliches bemerkt?«, erkundigte sich Sommer. »Zum Beispiel laute Gespräche oder Streitereien?«

»Nein. Herr Renker ist ein absolut ruhiger Nachbar. Sehr angenehmer Mensch. Deswegen hat mich der Krach vor der Wohnungstür heute Morgen so gewundert. Was hat er denn verbrochen?«

»Wir prüfen gerade verschiedene Ermittlungsansätze. Eventuell schwebt Herr Renker auch in Gefahr«, wich Drosten aus.

»Oje. Ausgerechnet im Urlaub. Vielleicht ist er ja weggefahren. Weiß er von dieser Gefahr?«

»Wie kommen Sie darauf, dass er Urlaub hat?«, fragte Drosten.

»Ich bin ihm am Mittwoch zur Mittagszeit im Hausflur begegnet und habe ihn gefragt, ob er frei hat. Was er bestätigte.«

Beunruhigt wechselten Drosten und Sommer einen Blick. Für den Überfall auf Angelika Kirsch hatte Renker als Alibi angegeben, gearbeitet zu haben.

»Haben Sie zufällig gesehen, ob er gestern mit einem Koffer seine Wohnung verlassen hat?«

»Nein«, sagte der Rentner bedauernd. »Wobei ich gestern auch die meiste Zeit auf dem Friedhof bei meiner Frau war.«

Drosten erhob sich. Von Herrn Mayer würden sie nicht mehr erfahren. Umso wichtiger war es, dass sie endlich Renkers Vorgesetzten erreichten. Die beiden Kommissare verabschiedeten sich. Anschließend kehrten sie in Renkers Wohnung zurück, die mittlerweile mit einem polizeilichen Absperrband gesichert war.

»Was meinst du, lohnt es sich, bei weiteren Nachbarn zu klingeln?«, fragte Sommer.

»Wichtiger erscheint mir der Arbeitgeber. Warum hat Renker gelogen?«

Drosten holte sein Telefon aus der Tasche und wählte erneut die Nummer von Renkers Vorgesetztem. Diesmal würde er um schnellstmöglichen Rückruf bitten.

»Walter Stich«, meldete sich nur Sekunden nach dem ersten Freizeichen eine ältere, männliche Stimme.

»Kriminalhauptkommissar Robert Drosten. Guten Morgen, Herr Stich.«

»Morgen.« Der Mann klang reserviert.

»Herr Stich, ich benötige Informationen über Ihren Mitarbeiter Pascal Renker und würde ...«

»Sie meinen wohl meinen *ehemaligen* Mitarbeiter Renker«, korrigierte der Vorgesetzte säuerlich.

»Ehemalig?« Drosten war überrascht. »Laut unseren Informationen ist er bei Ihnen beschäftigt.«

»Ihre Informationen sind veraltet. Herr Renker hat vorgestern gekündigt. Trotz Kündigungsfrist ist er nicht mehr aufgetaucht. Bis zu Ihrem Anruf hätte ich vermutet, dass er im Lotto gewonnen hat. Aber deswegen ruft ein Kriminalhauptkommissar wohl nicht an.«

26

Die Firma *Groonlicht* hatte ihren Firmensitz in einem Krefelder Industriepark. Insgesamt fünf Gebäude waren hufeisenförmig um einen großen Parkplatz herum angeordnet. Renkers früherer Arbeitgeber hatte zwei Etagen im mittleren der fünf Häuser angemietet.

Am Empfang mussten sie einem Pförtner mitteilen, zu wem sie wollten. Der griff daraufhin zum Telefon, wählte eine Nummer und teilte Stich mit, dass sein Besuch eingetroffen war.

»Er erwartet Sie im zweiten Stock«, erklärte der Pförtner. »Zimmer zweihundertsiebzehn. Sie können mit dem Aufzug fahren oder das Treppenhaus dort drüben benutzen.« Mit der linken Hand wies er ihnen den Weg.

Die Bürotür stand offen, und Drosten sah einen Mittfünfziger am Schreibtisch sitzen.

»Herr Stich?«, vergewisserte er sich.

Der Angesprochene erhob sich und kam ihnen entgegen. »Hauptkommissar Drosten, nehme ich an.« Er schüttelte ihm die Hand.

Drosten nickte. »Und das ist mein Kollege Sommer.«

»Kommen Sie rein. Seit Ihrem Anruf kann ich an nichts anderes mehr denken. Was hat Herr Renker denn ausgefressen?« Er schloss die Tür und deutete auf seine Besucherstühle.

In knappen Worten skizzierten Drosten und Sommer, worum es ging.

»Die ersten beiden Morde wurden spätabends beziehungsweise nachts verübt. Der dritte Mord gestern jedoch zur Mittagszeit«, erklärte Drosten. »Herr Renker, den wir anfangs ausschließlich als ehemaligen Mitarbeiter der Telemarketing-Firma befragten, gab an, er habe zur Tatzeit gearbeitet. Als wir sagten, wir müssten sein Alibi überprüfen, nannte er uns widerwillig und nur auf mehrfache Nachfrage hin Ihre Telefonnummer.«

Stich nahm einen Brieföffner und drückte die Spitze gegen seinen linken Daumen. »Das ist ja verrückt.« Rasch legte er das goldverzierte Gerät wieder weg und rieb über die Druckstelle am Finger. »Vorgestern kam er bei Dienstbeginn überraschend in mein Büro und bat mich um ein Gespräch. Übrigens wirkte er übermüdet, als hätte er nicht geschlafen. Herr Renker ist, äh, war Leiter eines fünfköpfigen Teams, das alle Internetaktivitäten unserer Firma betreut. Also die Homepage plus Social-Media-Kanäle. Er setzte sich dahin, wo Sie jetzt sitzen, und kündigte fristlos. Ich war wie vor den

Kopf gestoßen. Das Team leistet hervorragende Arbeit, was nicht zuletzt auf Herrn Renker zurückzuführen war. Ich versuchte, ihn von der Kündigung abzubringen, aber er meinte, er wolle, ich zitiere: mit dem ganzen Kram nichts mehr zu tun haben.« Stich schüttelte den Kopf. »Als ich merkte, dass ich ihn nicht umstimmen konnte, erinnerte ich ihn an seine Kündigungsfrist. Er sagte, die sei ihm scheißegal und ich könne ihn ja verklagen. Selbst als ich ihm einen entsprechenden Vermerk im Zeugnis androhte, blieb er dabei. Für mich gab es nur zwei Erklärungen. Entweder hatte er einen lukrativen neuen Job, den er sofort antreten musste, oder er hatte im Lotto gewonnen. Nun kommen Sie und bringen noch eine Möglichkeit ins Spiel. Ein Mörder? Ehrlich gesagt kann ich mir das nicht vorstellen. Andererseits guckt man den Leuten immer nur *vor* den Kopf.«

»Er hat also nie Ärger verursacht?«, vergewisserte sich Sommer.

»Nein.«

»Sind Ihnen in den letzten Wochen Nachlässigkeiten oder vielleicht sogar Fehler aufgefallen, die darauf hindeuten könnten, dass er abgelenkt war?«, fragte Drosten.

Der Vorgesetzte schüttelte den Kopf. »Wobei ich natürlich das Team hauptsächlich anhand gewisser Leistungskennzahlen beurteile. Sie sollten die Teammitglieder befragen. Besonders zu Florian Gelhausen pflegte er ein freundschaftliches Verhältnis.«

»Ist Herr Gelhausen schon im Dienst?«

»Ich hole ihn eben her.«

Wenige Minuten später kehrte Stich mit einem Endzwanziger zurück. Der Mitarbeiter, der im Gegensatz zu seinem Abteilungsleiter legere Kleidung trug, wirkte völlig konfus. Er schüttelte den Kommissaren mit schwachem Druck die Hand.

»Herr Stich hat mir erzählt, was los ist. Das kann alles nicht sein. Pascal ist kein Mörder. Er hat bloß eine Sinnkrise.«

»Sinnkrise?«, fragte Drosten. »Was meinen Sie damit?«

»Ich hole schnell noch einen Stuhl«, unterbrach Stich, verließ erneut den Raum und kam zügig zurück, sodass sich der Neuankömmling setzen konnte.

»Es hat letzten Herbst begonnen«, erinnerte sich Gelhausen. »Er hatte einen dreiwöchigen Urlaub auf Fuerteventura verbracht, aus dem er völlig verändert am Arbeitsplatz erschien. Braun gebrannt, wahnsinnig gut gelaunt und überhaupt nicht mehr erpicht darauf, sein Team anzutreiben.«

»Ist mir gar nicht aufgefallen«, brummte Stich.

»Das Team funktioniert halt auch ohne Führung«, erwiderte Gelhausen in fast schon überheblichem Ton. »Pascal schwärmte pausenlos von dem Urlaub. Er hatte surfen gelernt und sich wohl mit einigen Auswanderern angefreundet, die auf der Insel leben. Plötzlich hatte er einen Traum. Er wollte ebenfalls auswandern, ihm fehlte bloß eine Idee, wie er sein kanarisches Leben finanzieren könnte. Ich hielt das für eine

Phase, so was wie eine frühe Midlife-Crisis. Irgendwann erzählte er auf der Arbeit nicht mehr davon. Doch bei unseren regelmäßigen privaten Treffen erwähnte er es immer wieder. Vorgestern komme ich zur Arbeit und muss erfahren, dass er fristlos gekündigt hat. Ich konnte das nicht glauben. In der Mittagspause habe ich sofort versucht, ihn zu erreichen. Er hat keinen meiner Anrufe entgegengenommen, auf keine Nachricht reagiert. Im Gegenteil. Irgendwann hat er mich bei WhatsApp sogar blockiert. Dabei waren wir Freunde. In den letzten Jahren sind wir oft zusammen ins Kino gegangen. Manchmal auch auf Konzerte. Ich verstehe diesen Kontaktabbruch nicht. Ehrlich gesagt dachte ich, er hätte im Lotto gewonnen und meinte, er müsste mir sonst einen kleinen Betrag schenken.« Gelhausen zuckte die Achseln. »Aber Sie müssen sich irren. Er ist ganz bestimmt kein Mörder. So sehr kann man sich nicht in einem Menschen täuschen.«

»Sie sagten gerade eben, Sie seien manchmal gemeinsam auf Konzerte gegangen«, hakte Sommer ein.

»Das letzte Mal ist noch gar nicht so lange her«, bestätigte Gelhausen. »Das war in Köln, vor ein paar Wochen.«

Renker hatte als Alibi für den ersten Mordabend einen Konzertbesuch angegeben hatte. Die Eintrittskarte hatte er vorweisen können, allerdings hatte er mit keiner Silbe eine Begleitung erwähnt, die den Ausflug hätte bestätigen können. Im Gegenteil. Er hatte sogar behauptet, allein dort gewesen zu sein.

Gelhausen nannte den Namen der Rockband. »Das war ein fantastisches Konzert«, schwärmte er. »Pascal und ich hatten einen Wahnsinnsspaß.«

»Ist das nicht das Konzert, von dem er uns die Karte gezeigt hat?«, fragte Drosten Sommer.

»Ich glaube schon«, brummte der.

»Wann genau waren Sie mit ihm in Köln?«, bohrte Drosten nach.

»Dazu müsste ich mein Handy aus dem Spind holen«, sagte Gelhausen.

Er schaute Stich an, der ihm stumm die Genehmigung erteilte.

»Jeder Mitarbeiter hat eine Telefondurchwahl, unter der er für Angehörige erreichbar ist. Die meisten Angestellten schließen deswegen ihre Handys ein, weil wir die Nutzung während der Arbeitszeit untersagen.«

Es dauerte nicht lange, bis Gelhausen zurückkehrte. Noch auf der Türschwelle nannte er ihnen das Datum des Konzerts.

Fassungslos wechselten Drosten und Sommer einen konsternierten Blick. Anscheinend besaß Renker ein lupenreines Alibi für den ersten Mord. Wieso hatte er das nicht erwähnt? Seitdem er ihr Hauptverdächtiger war, hatten sie vermutet, er hätte die Karte verfallen lassen und nur deshalb aufbewahrt, um ihnen ein vermeintliches Alibi zu präsentieren.

»Sie waren den ganzen Abend mit ihm zusammen?«, vergewisserte sich Drosten.

»Natürlich.«

»Bis wann ging das Konzert?«

»Ich schätze, bis elf. Vielleicht eine Viertelstunde länger. Pascal ist gefahren, er hat mich kurz nach Mitternacht zu Hause abgesetzt.«

»Haben Sie zufällig ein Foto geschossen oder einen Clip gedreht, auf dem Renker zu sehen ist?«, fragte Sommer.

»Könnte sein.« Gelhausen öffnete die Fotogalerie seines Handys und suchte darin herum. »Hier ist es. Ein Selfie von uns beiden an der Bar.« Er reichte Sommer das Telefon.

Der überzeugte sich in Sekundenschnelle, dass es noch über ein Dutzend weiterer Schnappschüsse gab, die Gelhausen am Abend des Konzerts aufgenommen hatte.

***

Zurück im Auto rätselten die Kommissare weiter über den Verlust ihres Hauptverdächtigen.

»Wieso hat er nicht erwähnt, dass er mit einem Freund bei dem Konzert war?«, fragte Drosten. »Er wäre komplett von unserem Radar verschwunden.«

»Keine Ahnung.«

»Gibt es vielleicht zwei Mörder?«, überlegte Drosten.

»Die sich gegenseitig Alibis für die Zeiten besorgen, in denen sie nicht aktiv sind?«, führte Sommer den Gedanken zu Ende. »Das würde nur Sinn machen, wenn Renker angegeben hätte, dass er mit Gelhausen auf dem Konzert war. Nur so funktioniert ein solches Vorgehen.«

»Also muss es einen anderen Grund geben.«

Sie grübelten weiter, während sie noch immer auf einem der Besucherparkplätze standen.

»Die ersten drei Morde müssten alle auf das Konto desselben Täters gehen«, fasste Drosten die wichtigste Erkenntnis zusammen.

»Erst der Überfall auf Yvonne Reitkamp und Heidfelds vermeintlicher Selbstmord fallen aus dem Rahmen«, bestätigte Sommer.

»Scheiße!«, fluchte Drosten plötzlich. »Der Trainer, dem ich gestern auf die Mailbox gequatscht habe, hat noch gar nicht zurückgerufen.« Er holte sein Handy heraus, scrollte durch die Anrufliste und wählte die Nummer des Mannes, der Renker angeblich zum Zeitpunkt des Parkhausüberfalls trainiert hatte.

»Kaller«, meldete sich der.

»Hallo, Herr Kaller. Hauptkommissar Drosten. Ich hatte Ihnen gestern auf die Mailbox gesprochen und um Rückruf gebeten.«

»Sorry, ich hab grad totalen Stress. Sie haben meine Nummer von Pascal, richtig? Ich hätte im Laufe des Tages angerufen. Worum geht es? Suchen Sie einen Personal Trainer? Zumindest hat Pascal das angedeutet.«

»Nein. Ich ermittle in einer Sache, in die auch Herr Renker verstrickt ist. Er hat angegeben, dass er gestern bei Ihnen eine Privatstunde absolviert hat.«

»Darf ich Ihnen das einfach so bestätigen? Oder verstoße ich damit gegen Datenschutzbestimmungen?«, wich Kaller aus.

»Ich belange Sie höchstens wegen Behinderung einer polizeilichen Ermittlung, wenn Sie *nicht* aussagen«, fuhr Drosten ihn an.

»Schon gut. Herrje. Ja. Pascal hatte mich für gestern gebucht. Ich hab ihm ein Rundum-Programm mit Körpergewichtsübungen gezeigt. Also alles ohne Geräte. Er meinte, er hätte möglicherweise bald keine Gelegenheit mehr, regelmäßig ins Studio zu kommen.«

»Zu welcher Uhrzeit haben Sie mit ihm trainiert?«

»Von achtzehn bis neunzehn Uhr.«

»Verdammt!«, fluchte Drosten.

Auch für den Überfall auf Yvonne Reitkamp schied Renker aus. Die Sache wurde immer undurchsichtiger.

»Hat er erwähnt, weshalb ihm vielleicht bald die Gelegenheit fehlt, im Studio zu trainieren?«, hakte Drosten nach.

»Er will auswandern. Raus aus dem ganzen Trott. Eine herrliche Aussicht, nicht wahr? Ich beneide ihn jedenfalls.«

27

Als Jasper gegen zehn Uhr endlich das Haus verließ, atmete Carola tief durch. Die ganze Zeit hatte sie befürchtet, er könnte ihr etwas anmerken und im schlimmsten Fall den Termin absagen, weil er sich Sorgen machte. Doch zum Glück schien ihn das bevorstehende Bankgespräch gedanklich abzulenken. Finanzielle Unabhängigkeit war Jasper extrem wichtig. Soweit sie wusste, streute er seit Jahren ihr gemeinsames Vermögen auf verschiedene Anlageformen. In ihrem Safe im Schlafzimmer lagen neben ein paar Tausend Euro Bargeld die gleiche Menge an Dollar sowie zwanzig wertvolle Goldmünzen. Sie hatten ein gut gefülltes Tagesgeldkonto, das zwar kaum Zinsen abwarf, aber dafür jederzeit verfügbar war. Mit einem Drittel ihres Kapitalvermögens hingegen ging Jasper kalkulierte Risiken ein. Manchmal, wie beim letzten Investment, klappte es. Manchmal nicht.

Der Termin würde bestimmt zwei Stunden dauern. Ob sich Pascal in der Zwischenzeit noch einmal meldete?

Was wollte er bloß von ihr?

Sie drückte den Einschaltknopf ihres Smartphones und gab den Entsperrcode ein. Nachdem das System hochgefahren war, erhielt sie die Information, dass sie vor über vor zwei Stunden einen Anruf verpasst hatte.

Hatte er es aufgegeben oder bloß gemerkt, dass sie das Handy ausgeschaltet hatte?

Der Eingang einer WhatsApp-Nachricht lenkte sie von ihrer Grübelei ab. Eine Freundin hatte ihr ein vermeintlich lustiges Video geschickt. Doch dafür fehlte ihr im Moment die nötige Gelassenheit.

***

WhatsApp informierte Pascal Renker über den Wechsel ihres Status'. Endlich war sie wieder online. Sofort wählte er ihre Nummer.

»Was willst du?«, meldete sie sich.

»Jetzt hast du aber wirklich Glück, dass ich es bin«, sagte er amüsiert. »Bei jedem anderen Anrufer wäre deine Begrüßung komisch rübergekommen.«

»Witzig! Wir hatten vier Jahre keinen Kontakt. Warum lässt du mich nicht einfach weiter in Ruhe?«

»Also, zunächst einmal dient es als lebenserhaltende Maßnahme. Ich möchte nicht, dass du plötzlich mit einem Messer in der Hand vor mir stehst und zustichst.«

»Spinnst du?«

»Außerdem will ich dir ein Angebot machen, das du nicht ausschlagen kannst. Ich nehme die Schuld für die Morde auf mich«, behauptete er, obwohl er nicht plante, sich an dieses Versprechen zu halten.

»Du bist ja total bescheuert«, fauchte sie.

»Oder ein bisschen intelligenter als alle anderen.« Trotz der Anspannung, unter der er gerade stand, fühlte Renker sich fantastisch. Fast wie Columbo. Falls die Bullen nicht mittlerweile zu Carola unterwegs waren, um sie zu verhaften, war er derjenige, der die Zusammenhänge als Erster verstanden hatte. »Als die Polizei vor meiner Tür stand, dachte ich natürlich erst, Heidfeld wäre der Mörder. Zinsberger und Islacker tot? Das konnte nur ein ausgeklügelter Rachefeldzug sein. Er wollte sich an den Menschen rächen, die ihn in den Ruin getrieben hatten. Da sah ich meine Chance, von der Situation zu profitieren. Ich hatte kein Alibi«, behauptete er auch in diesem Telefonat fälschlicherweise, »und machte gegenüber den Bullen keinen Hehl daraus. Als sie wieder weg waren, habe ich Heidfeld sofort angerufen. Ich wollte ihm einen Deal vorschlagen. Leider war ich nach dem Telefonat überzeugt, dass er unmöglich der Mörder sein konnte. Ich überlegte weiter, und dann erfuhr ich, dass Angelika Kirsch Todesopfer Nummer drei war. Zinsberger, Islacker, Kirsch. Wo war der Zusammenhang? Es dauerte nicht lange, bis ich das Ganze durchschaut habe.«

»Bei mir war die Polizei auch«, sagte Carola. »Ich habe Alibis.«

»Umso besser für dich. Dann können wir ja jetzt das Telefonat beenden, denn du läufst nicht Gefahr, dein schönes Leben zu verlieren. Was kann dir schon passieren, wenn du Alibis hast? Dann landest du nicht im Knast, sondern musst dich höchstens vor dem Mörder fürchten.«

Er wartete. Würde Carola auflegen? Hatte er sich womöglich doch getäuscht?

***

»Wieso Angelika Kirsch?«, fragte Sommer.

Er und Drosten waren unterwegs zu Carola Jung. Sie hatten die örtliche Polizei nicht informiert, da jedes Amtshilfegesuch ohnehin erst genehmigt worden wäre, wenn sie schon längst vor Ort wären.

»Die Frage ist, warum sind wir nicht früher darauf gekommen? Angelika Kirsch ist der Schlüssel. Das hätten wir durchschauen müssen«, brummte Drosten. »Sie unterschied sich zu stark von den anderen Opfern. Meistens findet man darin den entscheidenden Ansatz.«

»Ich bin noch nicht überzeugt«, meinte Sommer. »Mir fehlt ein klares Motiv. Okay, Jung hatte etwas mit den beiden stillen Teilhabern. Eventuell kommt sie sich ausgenutzt vor. Missbraucht. Vergewaltigt. Aber Kirsch? Was kann die ihr angetan haben?«

»Ich schätze, die Jung wird uns eine aus ihrer Sicht stimmige Erklärung präsentieren.«

Laut Navi waren sie noch siebenunddreißig Minuten von der Zieladresse entfernt.

***

In Carolas Ohren piepste es. Wie hatte er das herausgefunden? Der Drang, auch dieses Gespräch zu beenden, wurde übermächtig. Doch sie ahnte, dass er sich nicht abwimmeln lassen würde.

Außerdem bot er ihr möglicherweise einen Ausweg.

»Du nimmst die Schuld für die Morde auf dich? Wie meinst du das?«

***

Renker ballte triumphierend die Faust. Er hatte sie an der Angel.

»Genau so, wie es klingt«, antwortete er. »Ich habe keine Alibis für die Tatzeitpunkte. Also könnte ich der Mörder sein. Falls wir uns handelseinig werden, schreibe ich den Bullen eine Nachricht und bezichtige mich selbst.«

»Du willst freiwillig in den Knast?«

»Natürlich nicht! Ich haue ab. Verstecke mich. Tauche unter. Irgendwann wird der Fahndungsdruck nachlassen, und wir können beide unbehelligt weiterleben.«

»Was willst du dafür?«

»Geld.«

Carola lachte spöttisch. »Bin ich eine Bank?«

»Ich habe seit Dienstag viel gegoogelt. Dein Zukünftiger ist ein gefragter Gesprächspartner und gibt häufig Interviews, die im Internet nicht verloren gehen. Bei der einen oder anderen Gelegenheit hat er sich zum Thema Investitionsmöglichkeiten und Risikominimierungsstrategien geäußert. Seitdem ich das gelesen habe, bin ich überzeugt, ihr habt zu Hause einen Safe mit ziemlich viel Bargeld.«

»Schön wär's«, sagte Carola.

Doch das Zittern ihrer Stimme entging ihm nicht.

»Fünfzigtausend«, wagte er einen Versuch. »Du kennst die Bedeutung dieser Summe, oder?«

»Mach dich nicht lächerlich!«

»Du bist die Mörderin. Es wird nicht mehr lange dauern, bis auch die Bullen das erkennen. Du solltest dankbar sein, wenn jemand die Aufmerksamkeit von dir ablenkt. Willst du dein schönes Leben weiterführen oder im Knast verrotten?«

»Ich habe nicht so viel Geld hier«, jammerte sie.

Die Botschaft zwischen den Zeilen fand er interessant.

»Auf wie viel kannst du jetzt sofort zugreifen?«

»Keine Ahnung! Tu mir das nicht an!«

»Ich will dich retten«, widersprach er. »Indem ich die Schuld auf mich nehme. Und mich ins Ausland absetze. Aber dafür brauche ich Geld. Sonst schaffe ich es nicht einmal bis zur Grenze.«

»Es sind niemals fünfzigtausend. Jasper behält bloß eine eiserne Reserve im Haus. Ein paar Tausend Euro, die gleiche Summe in Dollar. Zwanzig Krügerrand-

Münzen, ich glaub, die kosten ungefähr tausend pro Stück. Um die Kurse kümmert sich Jasper.«

»Also dreißig Mille«, fasste er zusammen.

»So in etwa.«

»Plus das Bargeld, das du mit EC- und Kreditkarte abheben könntest.«

»Da gibt's Tageslimits«, erinnerte sie ihn.

»Ich finde, mein Schuldeingeständnis sollte dir jeden Euro wert sein.«

»Wir haben uns doch geliebt«, jammerte Carola.

»Deswegen biete ich dir das überhaupt an. Außerdem zweifle ich nicht eine Sekunde daran, dass ich auf deiner Todesliste stehe.«

»Nein!«, widersprach sie.

Renker entfuhr ein spöttischer Ton. »In einem Verhör würdest du keine zehn Minuten durchhalten«, sagte er spöttisch. » Sei froh, dass ich dir diesen Ausweg biete. Obwohl du mich eigentlich umbringen wolltest.« Er schaute auf die Uhr. »Genug gequatscht. Du packst jetzt das Bargeld und die Goldmünzen zusammen, fährst zum nächsten Geldautomaten und hebst die Tageshöchstsumme ab. Wir treffen uns in zwei Stunden.«

»Wo?«, fragte sie. »Du weißt, ich lebe in Jüchen.«

»Oh, das macht überhaupt nichts.«

»Wieso nicht?«

»Die Übergabe findet in Köln statt. Vor dem Dom.«

»Was? Warum dort?«

»Viele Menschen, die mir Schutz bieten. Dazu der nahe Bahnhof, und der nächste Flughafen ist auch nicht weit weg.«

»Ich brauche bestimmt eine Stunde.«

»Dann solltest du dich beeilen.«

»Wo wartest du auf mich?«

»Keine Sorge! Ich finde dich.«

Renker beendete das Gespräch.

***

»Scheiße!«, fluchte Carola.

Tränen liefen ihr über die Wangen. Was sollte sie jetzt tun? Ob es ihr im Gedränge auf dem Domvorplatz gelingen würde, ihm eine tödliche Stichverletzung zuzufügen und danach unerkannt zu verschwinden?

Unwahrscheinlich, trotzdem wollte sie gewappnet sein.

Sie zog die Unterwäscheschublade des Kleiderschranks auf und holte das in ein Handtuch gewickelte Messer heraus. Das trübe Wetter erlaubte es ihr, einen Mantel zu tragen, in deren Tasche sie die Tatwaffe unauffällig verstauen könnte.

Ihr kam eine Idee. Nach dem Mord an Angelika Kirsch hatte sie die Polizeiuniform nicht entsorgt, sondern ebenfalls in ihrem Kleiderschrank versteckt. Wenn sie sie jetzt noch einmal trüge, könnte sie die Passanten damit möglicherweise täuschen.

Carola lächelte. Er hatte ihr den Krieg erklärt. Pascal wollte zum zweiten Mal ihr schönes Leben zerstören.

Beim ersten Mal dadurch, dass er nicht zu seinen Versprechen gestanden, sondern sie aus seiner Wohnung geworfen hatte. Jetzt durch die Erpressung. Dafür würde er bezahlen. Egal, was er vorhatte, sie würde ihren eigenen Weg gehen.

Vor dem Spiegel zog sie sich bis auf die Unterwäsche aus und schlüpfte in die täuschend echte Karnevals-Polizeiuniform. Anschließend ging sie in Jaspers Arbeitszimmer. Der Safe war in die Wand eingelassen und mit einem Bild getarnt, das seine friesische Heimat zeigte.

Sie nahm das Gemälde ab und tippte einen vierstelligen Code ein. Ein Piepen signalisierte, dass sie die falsche Kombination eingegeben hatte.

»Oh Gott«, stöhnte sie.

Hatte er ohne ihr Wissen den Zugangscode geändert? Oder hatte sie sich bloß vertippt?

***

Im Gegensatz zu Carola hatte Pascal Renker noch reichlich Zeit. Seine Fahrt würde ohne Stau maximal dreißig Minuten dauern.

Ob sie sich an die Vereinbarung hielt? Oder würde sie versuchen, ihn in aller Öffentlichkeit zu töten? Er war auf beides gefasst. Das Risiko musste er eingehen, denn die Erpressung war die einzige Möglichkeit für ihn, endlich wieder ein lebenswertes Leben zu führen.

Für die erste Mordnacht hatte er ein belastbares Alibi. Blieb bloß das Risiko, dass sie ihm den Mord an

Heidfeld nachweisen konnten. Er hatte die Ratte, der er seine Misere verdankte, einfach töten *müssen*, als sich die Gelegenheit dazu ergab. Trotzdem war er optimistisch, keinen Fehler begangen zu haben. Heidfeld hatte bekommen, was er verdiente, und stand jetzt als feiger Selbstmörder da.

Carola würde der finanzielle Verlust nicht schmerzen, falls sie auf seine Forderung einging. Wie sie es schon immer geplant hatte, lebte sie von den Einkünften eines Mannes. Renker würde ihr eventuell sogar den Gefallen tun, die Morde auf seine Kappe zu nehmen – Heidfeld natürlich ausgenommen. Mit einem Brief, mit dem er falsche Spuren über seinen Aufenthaltsort legen würde. Woraufhin die Bullen wahrscheinlich intensiver ermitteln und sein wirkliches Alibi entdecken würden. Dann wäre er in den ersten drei Fällen aus dem Schneider.

Nach der Geldübergabe würde er in seinen Unterschlupf zurückkehren und irgendwann versuchen, über die Grenze nach Holland, Belgien oder Luxemburg zu gelangen. Dort wollte er die Goldmünzen verkaufen und sich dann weiter bis auf die Kanaren durchschlagen. Allerdings nicht nach Fuerteventura, dafür hatte zu vielen Leuten erzählt, wie gut es ihm dort gefallen hatte. Nein! Lanzarote war sein Ziel. Um in einem Surferparadies ein vernünftiges Leben aufzubauen, benötigte er jeden Cent.

28

An der Tür schaute sich Carola Jung ein letztes Mal um. Es war ihr gutes Recht, so zu handeln. Wie eine Löwenmutter musste sie ihr Revier verteidigen. Wüsste Jasper von ihrer Vergangenheit, würde seine Zuneigung und Liebe verschwinden – davon war sie überzeugt. Ihr stand es zu, so zu leben. Sie hatte sich mit eigener Kraft aus dem Sumpf befreit, in dem sie seit ihrer Kindheit festgesteckt hatte. Niemals würde sie kampflos aufgeben und riskieren, erneut unterzugehen. So wie damals, als Pascal sie weggeschickt hatte.

Unbewusst streichelte sie durch die Manteltasche den Griff des Messers. Wenn sie ein letztes Mal Glück hatte, wäre der Albtraum endgültig vorbei. Dann könnten Jasper und sie unbeschwert jeden weiteren Tag genießen, sie könnten heiraten und Kinder bekommen.

Carola öffnete die Tür.

***

Noch zwei Kilometer. Drosten schaute aus dem Beifahrerfenster und betrachtete die Felder, an denen sie vorbeirauschten. Sie hatten die letzte halbe Stunde genutzt, um Theorien zu wälzen. Erklärungen zu finden.

Ob Carola Jung ihnen zumindest einen Teil davon im Zeugengespräch bestätigen würde?

»Wie sollen wir vorgehen?«, fragte Drosten einen Kilometer von ihrem Ziel entfernt.

»Ich glaube, man kann sie unter Druck setzen.«

»Böser Bulle, böser Bulle?«, schlug Drosten vor.

Sommer lachte. »Ich könnte ja auch den unterdrückten Untergebenen spielen, der von seinem Chef gezwungen wird, sie erneut zu befragen. Vielleicht solidarisiert sie sich dann mit mir.«

Drosten fand die Idee gar nicht schlecht. »Lass uns das ruhig ausprobieren.«

Sie erreichten die Wohngegend, in der Carola Jung mit ihrem Partner lebte. Vor dem Haus stand kein Fahrzeug. Sommer parkte vor der Garagenzufahrt, um gegebenenfalls den Fluchtweg abzuschneiden. Sie stiegen aus und schauten sich um. Niemand zu sehen.

Drosten hatte das Gefühl, dass sie zu spät kamen. Wortlos liefen sie zur Haustür und klingelten. Tatsächlich passierte nichts.

»Soll ich sie anrufen?«, fragte Sommer nach einer Weile.

»Nein«, entschied Drosten. »Sie soll nicht vorgewarnt sein. Teilen wir uns lieber auf und befragen die Nachbarschaft.«

***

Nach einem Fehlschlag bei einer Familie, die wegen ihres kranken Kleinkindes von der Nachbarschaft nicht viel mitbekam, klingelte Sommer an der nächsten Haustür.

Rasch öffnete ihm eine Frau mittleren Alters, die einen Putzkittel und Gummihandschuhe trug.

»Hallo«, begrüßte er sie. »Hauptkommissar Lukas Sommer.«

Er zeigte ihr seinen Dienstausweis, den sie erschrocken musterte.

»Ich putze legal. Das ist auf Minijobbasis angemeldet«, erklärte die Frau in einwandfreiem Deutsch.

»Daran zweifle ich gar nicht.« Beruhigend lächelte er sie an. »Es geht um die Nachbarn da drüben.« Er drehte sich um und deutete auf das Haus, in dem Carola Jung lebte.

»Ah, Familie Berghold. Für die putze ich auch zweimal die Woche. Morgen wieder. Ein sehr nettes Paar.« Sie runzelte die Stirn. »Ist etwas passiert?«

»Wir müssen dringend mit Frau Jung sprechen, erreichen sie aber nicht.«

»Die haben Sie knapp verpasst«, bedauerte die Putzfrau. »Ich habe zufällig gesehen, wie sie vor zehn oder fünfzehn Minuten weggefahren ist. Bestimmt einkaufen.«

»Wo ist denn der nächste Supermarkt?«

Die Zeugin deutete nach links. »Die Straße runter. Bei der zweiten Möglichkeit rechts und dann immer geradeaus. Maximal einen Kilometer.«

»In was für einem Wagen saß Frau Jung?«

»In Ihrem gelben Touareg natürlich. Sehr auffälliges Fahrzeug. Können Sie gar nicht übersehen.«

Sommer winkte Drosten zu sich, der gerade erfolglos an einem der Nachbarhäuser geklingelt hatte, um ihn über die Zeugenbeobachtung ins Bild zu setzen.

»Ich fahre schnell zu dem Supermarkt«, erklärte er.

»Dann nehme ich in der Zwischenzeit Kontakt mit Wiesbaden auf. Wir müssen ihren Standort herausfinden, falls sie nicht bloß einkaufen ist.«

Sommer nickte. »Wenn ich ihren Wagen entdecke, schicke ich dir eine Nachricht und bleibe vor Ort, um sie nach Hause zu eskortieren.«

***

Drosten hatte Glück und erwischte Viola Leupel in Wiesbaden an ihrem Arbeitsplatz.

»Hi, Robert«, begrüßte sie ihn. »Was willst du?« Sie lachte.

»Einfach nur plaudern, während ich auf die Rückkehr einer Zeugin warte.«

»Alles klar. Lass mich raten. Ich soll ein Handy orten.«

Nun lachte Drosten. Seit ihrer Zusammenarbeit bei den Darknet-Ermittlungen schien er für sein damaliges Team wie ein offenes Buch zu sein. Er nannte ihr die Handynummer.

»Ich gebe die Daten direkt ins System ein. Aber du weißt, wenn die Person unterwegs ist, kann es auch eine Viertelstunde dauern. Sollte sie ihr Handy ausgeschaltet haben, wird es komplizierter.«

»Macht nichts«, sagte Drosten und hoffte, dass er sich diesbezüglich nicht irrte.

Kaum hatte er das Telefonat beendet, schickte ihm Sommer eine Nachricht.

Sie ist nicht hier. Mache mich auf den Rückweg.

Je mehr Minuten verstrichen, desto unangenehmer wurde das Gefühl, einen Fehler begangen zu haben. Äußerlich hätte man ihm wahrscheinlich nichts angesehen, doch innerlich brodelte es in ihm. Angelika Kirsch. Was verband sie mit den beiden anderen Toten, außer dem Job in der Telefonmarketingfirma? Das war der Schlüssel, um das Motiv der Mörderin zu erfassen. Er hatte sich zu wenig Gedanken gemacht, wieso Kirsch auf der Todesliste gelandet war. Die beiden Männer konnte er erklären, aber bei Kirsch verstand er es einfach nicht.

Bevor Drosten auch nur einen vernünftigen Gedanken zu Ende gedacht hatte, näherten sich zwei Autos. Von der einen Seite der Dienstwagen, den Sommer steuerte, von der anderen ein Oberklasseauto. Beide hielten vor dem Haus.

Der Mann in dem Mercedes schaute ihn einen Moment fragend an. Dann löste er den Gurt und stieg aus.

»Kann ich Ihnen helfen?«

»Sind Sie Jasper Berghold?«, fragte Drosten. Aus dem Augenwinkel bemerkte er, dass Sommer ebenfalls ausstieg.

Berghold trug einen perfekt geschnittenen, dunkelblauen Anzug, dazu passende braune Schuhe, ein weißes Hemd und eine braune Krawatte. Er war ungefähr einen Meter neunzig groß und Brillenträger. Das Halbgestell verlieh ihm einen intellektuellen Anstrich und passte farblich zu seinen Schuhen. Berghold kam Drosten bekannt vor. Ob er ihn schon mal im Fernsehen gesehen hatte?

»Wer sind Sie?«

»Hauptkommissar Drosten, und das ist mein Kollege Lukas Sommer.« Er zeigte seinen Ausweis und sah, dass auch Sommer den Dienstausweis zückte.

»Sie wollen zu mir?«, wunderte sich Berghold.

»Zu Ihrer Lebensgefährtin Carola Jung«, verbesserte Drosten.

»Haben Sie geklingelt?«

»Mehrfach. Einer Zeugin zufolge ist sie weggefahren.«

»Wohin?«

»Das wüssten wir gern von Ihnen.«

»Keine Ahnung. Ich stecke momentan in einem Banktermin, habe allerdings wichtige Unterlagen vergessen.« Plötzlich schlich sich Misstrauen in seinen

Blick. »Was wollen Sie überhaupt von meiner Verlobten?«

»Lassen Sie uns das drinnen besprechen«, schlug Sommer vor.

Unsicher nickte Berghold.

In diesem Moment erhielt Drosten eine Nachricht von Viola Leupel.

Du musst dich gedulden. Das Telefon ist ausgeschaltet. Aber ich hab die Seriennummer und versuche, sie darüber zu orten. Solange sie nicht den Akku entfernt oder das Handy zerstört hat, finde ich ihren Standort heraus.

***

»Sie irren sich«, sagte Berghold leise. »Das ist absurd. Carola ist ganz bestimmt keine Mörderin.«

»Hat sie je über die Zeit in der Firma gesprochen?«, fragte Sommer.

»Klar. Auch wenn es nur ein Studentenjob war. Viel interessanter fand ich aber die Anekdoten aus ihrer Zeit als Kellnerin.«

»Sie hat Ihnen nichts von meinem ersten Besuch vor einigen Tagen erzählt?«, hakte Sommer nach.

Ungläubig sah Berghold ihn an. »Sie waren schon mal hier? Das hat sie verschwiegen.« Betreten senkte er den Blick. »Haben Sie konkrete Verdachtsmomente gegen Carola? Braucht sie einen Anwalt?«

»Wir müssten sie zuallererst finden.«, meinte Drosten. »Aber ihr Handy ist ausgeschaltet.«

»Seltsam. Das Ding macht sie sonst nie aus.«

»Können Sie Frau Jungs persönliche Gegenstände überprüfen? Nachsehen, ob etwas fehlt?«

»Sie glauben, Carola ist auf der Flucht. Das ist ...«

Mitten im Satz brach er ab und sprang auf. Ohne ein Wort der Erklärung verließ er den Raum. Sommer und Drosten folgten ihm in sein Arbeitszimmer.

»Scheiße!«, fluchte er. »Wieso hängt das Bild schief? Fuck!«

Sommer wusste sofort, welches Bild er meinte. Berghold nahm es von der Wand und legte einen Safe frei. Er tippte einen Code ein, Sekunden später ertönte ein Piepen. Berghold zog an dem Griff.

»Oh mein Gott«, flüsterte er.

Der Safe war, von ein paar Urkunden und Dokumenten abgesehen, leer.

»Was war da drin?«, fragte Drosten.

»Goldmünzen. Krügerrand. Im Wert von über zwanzigtausend Euro. Außerdem fünftausend Euro in bar und fünftausend Dollar. Das sind zusammen über dreißigtausend Euro. Was will sie damit?«

»Prüfen Sie bitte Frau Jungs persönliche Gegenstände«, bat Drosten erneut.

»Sie würde niemals abhauen. Wir lieben uns.«

»Bitte!«

Niedergeschlagen ging Berghold ins Schlafzimmer hinüber. Er öffnete die Türen des Kleiderschranks und verschaffte sich einen Überblick.

»Da fehlt nichts. Glaube ich zumindest. Aber Sie sehen ja selbst, wie viele Sachen Carola besitzt. Sie ist eine Frau und shoppt gern.« Er lachte gequält. Dann wurde seine Miene schlagartig ernst. »Ich rufe sie an.«

»Ihr Handy ist ausgeschaltet«, erinnerte ihn Drosten.

»Woher wissen Sie das?«

»Wir haben Möglichkeiten, so etwas herauszufinden.«

»Vielleicht wurde Carola entführt. Gezwungen, den Safe zu öffnen.«

»Die Zeugin hat sie allein wegfahren sehen«, versuchte Drosten, ihn zu beruhigen.

»Na und? Das kennt man aus Krimis«, schrie Berghold aufgebracht. »Vielleicht lag der Entführer im Fußraum ihres Autos.«

Drostens Handy klingelte und unterbrach ihren Disput. Im Display stand Violas Nummer.

»Moment. Bestimmt sind wir in wenigen Sekunden schlauer.« Er nahm das Gespräch entgegen. »Hast du gute Nachrichten?«, fragte er ohne Umschweife.

»Du kennst mich doch. Ich habe ihr Telefon geortet. Es befindet sich in der Nähe des Kölner Doms.«

»Kölner Dom?«, wiederholte Drosten ungläubig. Er schaute auf seine Uhr. Seit Carola Jung von zu Hause aufgebrochen war, konnte sie die Strecke knapp geschafft haben.

»Zumindest befindet sich ihr Handy dort.«

Drosten bedankte sich.

»In Köln?«, fragte Berghold.

»Vielleicht will sie von dort einen Zug nehmen«, meinte Sommer. »Der Kölner Hauptbahnhof liegt unmittelbar neben dem Dom.«

»Wir brauchen Amtshilfe. Zum Glück kenne ich in der Domstadt eine sehr geschätzte Kollegin, die uns ohne bürokratischen Aufwand helfen wird. Herr Berghold, ich benötige ein aktuelles Foto Ihrer Verlobten.«

Drosten scrollte in seinen Kontakten, bis er Katharina Rosenbergs Nummer gefunden hatte.

29

So viele Menschen, dachte Carola. Wie konnte es um diese Uhrzeit dermaßen voll sein? Sie trat auf der Domseite aus dem Bahnhofsgebäude und blieb überfordert stehen.

Seit ihrem Klinikaufenthalt hasste sie Menschenansammlungen. Deswegen war sie auch sofort einverstanden gewesen, als Jasper vorgeschlagen hatte, von Krefeld ins ruhigere Jüchen zu ziehen.

Doch in diesem Augenblick gab es keine andere Möglichkeit. Sie musste sich in das Getümmel am Kölner Dom stürzen und hoffen, ein letztes Mal davonzukommen. So wie bei Angelika, wo es ihr gelungen war, unerkannt zu fliehen.

Sie hatte den dünnen Mantel zugeknöpft, damit ihre falsche Uniform nicht auf den ersten Blick zu sehen war. Sie würde ihn abstreifen, sobald sie Pascal niedergestochen und ihre Vergangenheit endgültig hinter sich gelassen hatte. Dann käme es darauf an, so schnell wie möglich den Tatort zu verlassen.

Carola wusste, dass ihr Vorhaben einem Tanz auf dem grummelnden Vulkan glich. Sie befand sich im Visier der Polizei, und ein weiterer Mord würde sie umso mehr in den Fokus rücken. Doch die Bullen müssten ihr jede einzelne Tat nachweisen, und sie hoffte, dass ihnen das am Ende nicht gelingen würde.

Schon früher hatte sie oft gelogen. Wenn es eine Möglichkeit gab, ihr Leben durch geschicktes Lügen zu retten, dann würde sie es schaffen.

Die kleine Tüte mit den Goldmünzen und dem Bargeld steckte in der linken Jackentasche. Rechts befand sich das Messer. Entgegen Pascals Forderung hatte sie an keinem Geldautomaten angehalten. Selbst wenn sie gezwungen wäre, auf seine Erpressung einzugehen, weil sie keinen anderen Ausweg sah, müsste das mitgebrachte Vermögen ausreichen.

Carola setzte sich in Bewegung und lief auf die Freitreppe zu, die zum Dom hinaufführte.

***

Pascal Renker beobachtete die Menschenmenge auf dem Domvorplatz aus sicherer Entfernung. Er stand am Rand und hielt Ausschau nach seiner Ex.

Ob sie sich in irgendeiner Weise verkleidet hatte, damit er sie nicht gleich erkannte? Er hoffte auf einen reibungslosen Ablauf. Sie sollte ihm die Kohle geben und ihn in Ruhe lassen. Genau das hatte er auch mit ihr vor.

Heidfeld war eine persönliche Sache gewesen. Ansonsten hegte Renker keinen Groll gegen Menschen aus seiner Vergangenheit. Er würde sich mit der Bestechungssumme ein paar Tage zurückziehen und dann versuchen, Deutschland unerkannt zu verlassen.

Für ihn gab es keinen Grund, Carola zu töten. Allerdings fürchtete er, dass sie die Situation anders einschätzte. Sie hatte drei Menschen kaltblütig umgebracht. Da käme es auf einen weiteren Mord auch nicht mehr an.

Sobald er sie entdeckt hatte, würde er genau auf ihre Körperhaltung achten. Eine Hand in der Tasche wäre ein eindeutiges Warnsignal.

Renkers Blick schweifte über den Platz.

***

Hauptkommissarin Katharina Rosenberg hatte innerhalb von fünfundzwanzig Minuten ein Team zusammengestellt. Mit ihren Partnern Daniel Schult und Frank Weimer raste sie in Richtung Dom, wo sie auf die Unterstützung von acht Schutzpolizisten zählen konnte. Doch trotz dieser Personalstärke sah sie die Schwierigkeit der Mission. Sie besaßen lediglich ein Foto von der Verdächtigen Carola Jung. Einen Menschen aufgrund dieser kargen Angaben inmitten der Touristen und Shoppingwütigen zu finden, wäre nicht einfach. Zumal sie eventuell etwas plante. Eine Flucht mit dem Geld? Oder steckte mehr dahinter?

»Ich habe den Eindruck, Robert Drosten bedeutet immer Ärger«, meinte Daniel Schult.

»Quatsch!«, widersprach ihm Rosenberg. »Seine Fälle sind besonders interessant. Manchmal beneide ich ihn.«

Sie hatten mehrfach in Serienmordermittlungen zusammengearbeitet, und er hatte sie vor einigen Monaten kontaktiert, um ihr von der Kriminalermittlungstaktischen Einsatzgruppe zu berichten. Er hatte es zwar nicht so deutlich ausgesprochen, aber seine Botschaft war unmissverständlich gewesen. Für Rosenberg war jederzeit ein Platz im festen Ermittlerteam der KEG frei.

»Wie gehen wir vor?«, fragte Weimer. »Beobachten wir Jung, wenn wir sie entdecken, oder verhaften wir sie sofort?«

Rosenberg überlegte. Ihr Ziel war es, Jung vorübergehend festzunehmen und dann Drosten zu übergeben. Doch was sollten sie tun, falls sie bemerkten, dass die Verdächtige etwas plante?

***

Sommer und Drosten fuhren auf schnellstem Wege in die Domstadt. Von der Krefelder Polizei hatten sie Verstärkung angefordert, die Jasper Berghold im Auge behalten sollte. Doch Drosten zweifelte nicht daran, dass er von den Taten seiner Partnerin nichts gewusst hatte, weshalb es für ihn eigentlich keinen Grund gab, zu fliehen.

»Ich hasse es, wenn man keine Chance hat, rechtzeitig am Ort des Geschehens einzutreffen«, maulte Sommer. »Absolut unbefriedigend. Jemand anders nimmt sie fest und wir applaudieren?«

Er wusste aus Erfahrung, wie sehr Sommer diesen Adrenalinkick genoss. In der Hinsicht ergänzten sie sich perfekt. Er selbst hatte keinerlei Verlangen, in eine Schießerei verwickelt zu werden oder einen Täter im Nahkampf auszuschalten. Da überließ er gern seinen Kollegen den Vortritt.

»Rosenberg und ihr Team sind perfekt dafür geeignet, Jung festzusetzen.«

»Wie hast du sie kennengelernt?«, fragte Sommer, während er den Blinker betätigte und auf die Autobahn fuhr.

Kaum war er auf der linken Spur, gab er Vollgas. Drosten erzählte ihm unterdessen, bei welchen Gelegenheiten er mit Katharina Rosenberg zusammengearbeitet hatte. Letztlich war immer alles gut gegangen. Und er hoffte, dabei würde es bleiben.

***

Wo war der Mistkerl? Ob sie ihn überhaupt wiedererkennen würde? Vielleicht hatte er mittlerweile eine ganz andere Frisur, hatte stark zu- oder abgenommen, sein Aussehen komplett verändert. Wäre es denkbar, dass sie an ihm vorbeiging, ohne ihn zu erkennen?

Möglichst unauffällig bahnte sie sich einen Weg zwischen den Menschen hindurch. Touristen standen in kleinen Grüppchen zusammen, studierten Reiseführer oder fotografierten das imposante Bauwerk. Andere betrachteten Straßenkünstler, die sich als Pflastermaler oder Pantomimen betätigten. In einer Ecke demonstrierten ein paar Palästinenser gegen das Vorgehen des israelischen Staates in ihrer Heimat.

Zinsberger hatte sie bei ihrer zufälligen Begegnung sofort wiedererkannt. Nach Islacker hatte sie anschließend im Internet bewusst gesucht, ihn aber auch sofort erkannt. An der Kirsch wäre sie auf der Straße niemals vorbeigelaufen. Warum sollte es bei Pascal also anders sein? Immerhin hatte sie mit ihm eine gemeinsame Vergangenheit, die nicht allzu lang her war.

Krampfhaft umklammerte sie den Messergriff. Wo steckte er nur?

***

Sie lief wie ein kopfloses Huhn in der Gegend herum. Musterte immer nur die Leute in ihrer Nähe, hatte keinen Blick für das große Ganze.

Renker fiel es nicht schwer, sich vor ihr zu verbergen. Er beobachtete sie. Ihre rechte Hand steckte die ganze Zeit in der Manteltasche.

Hatte sie da drin die Goldmünzen und das Geld? Oder eine Waffe?

Renker schaute sich um. Er entdeckte zwei Streifenbeamte, die offenbar auf der Suche nach Taschendieben das Domumfeld kontrollierten. Eine normale Präsenz. Nichts deutete darauf hin, dass von ihrer Seite

Ärger drohte. Doch er wollte sein Glück nicht überstrapazieren. Je eher er in seinem Unterschlupf wäre, desto besser.

Er näherte sich seiner Ex von hinten. Sie durfte ihn erst bemerken, wenn er die Gelegenheit hätte, ihren rechten Arm zu umklammern. Denn er glaubte nicht, dass es die Wertsachen waren, die sie so panisch festhielt.

Etwa zwanzig Meter trennten ihn noch von ihr. Renker umkurvte ein junges Paar, das händchenhaltend über den Domplatz schlenderte und Eis aß. Dann nutzte er eine Gruppe asiatischer Touristen als Deckung. Sie standen in einem großen Pulk zusammen, knapp die Hälfte von ihnen hantierte mit Selfiesticks. Er ging um sie herum und lächelte ihnen sogar zu, was eine ältere Dame freundlich erwiderte.

Inzwischen trennten ihn keine zehn Schritte mehr von Carola. Sollte sie sich ausgerechnet jetzt umdrehen, könnte sie seine Pläne noch durchkreuzen. Doch sie musterte einen etwa dreißigjährigen Mann in ihrer Nähe und ging dann weiter.

Er beschleunigte seine Schritte.

Da drehte sie sich um.

***

Es dauerte nur den Bruchteil einer Sekunde, bis Carola ihn erkannte. Er hatte sich tatsächlich fast gar nicht verändert. Trotzdem reagierte sie zu spät.

Bevor sie das Messer aus der Tasche ziehen konnte, hatte er sie am Handgelenk gepackt.

»Lass los!«, zischte er.

Sie versuchte, sich seinem Klammergriff zu entziehen, doch er war zu stark.

»Loslassen!«, flüsterte er ihr ins Ohr.

Tränen schossen ihr in die Augen. Sie hatte verloren. Nun konnte sie bloß hoffen, dass er Wort hielt, die Wertsachen nahm und anschließend für immer verschwand, damit ihn die Bullen für den Mörder hielten.

»Okay«, sagte sie kaum hörbar.

Sie ließ das Messer los und zog langsam die Hand aus der Manteltasche.

»Du trägst eine Polizeiuniform«, stellte er amüsiert fest. »Bis Karneval dauert es doch noch.«

»Witzig!«

»Freust du dich, mich wiederzusehen?«

»Lass es uns einfach hinter uns bringen. Ich will nach Hause«, jammerte sie.

»Ich hab nichts dagegen. Wo sind die Goldmünzen und das Geld?«

»In meiner Manteltasche.«

In diesem Moment sah sie etwas, das Pascal von seiner Position aus nicht sehen konnte. Eine Frau und zwei Männer näherten sich ihnen anscheinend zielstrebig. Die Frau hatte kurz zu ihnen herübergeschaut und dann den Blick vermeintlich desinteressiert abgewandt.

Aber das war kein Zufall.

»Hilfe!«, schrie Carola. »Er hat eine Bombe!«

Überrascht ließ Pascal ihr Handgelenk los. Carola drehte sich um und rannte los.

***

»Hilfe!«

Katharina Rosenberg fluchte innerlich. Ihr Plan, sich der Gesuchten und ihrer ihnen unbekannten Kontaktperson unbemerkt zu nähern, war hinfällig.

»Er hat eine Bombe!«

Plötzlich brach Panik aus. Menschen stoben auseinander – flohen verzweifelt vor einer angeblichen terroristischen Attacke.

»Ich schnappe mir den Mann!«, rief Daniel Schult.

Die Kontaktperson war zur Salzsäure erstarrt. Er reagierte nicht, als Schult gegen ihn stieß und seinen Arm packte.

Rosenberg rannte unterdessen der Flüchtigen hinterher.

***

Nach ihrem Klinikaufenthalt hatte Carola begonnen, regelmäßig zu joggen. Wenn sich Schatten über sie legten, gelang es ihr oft, solange zu laufen, bis das Dunkel sich wieder lichtete.

Konnte ihr das nun die Freiheit retten? Falls sie es irgendwie bis zu ihrem Auto schaffte, hätte sie neue Optionen. Doch dafür müsste sie das andere Ende des Bahnhofs erreichen.

Im Laufen zog sie das Messer aus der Tasche und streckte es angriffslustig nach vorn. Entgegenkommende, die das bemerkten, wichen entsetzt zur Seite aus.

»Polizei!«, erklang hinter ihr eine Stimme. »Bleiben Sie stehen!«

Aber das war das Letzte, was sie tun würde.

Sie passierte den Souvenirshop an der dem Bahnhof zugewandten Domseite und näherte sich der Freitreppe.

»Aus dem Weg!«, schrie sie.

Immer mehr Passanten wurden auf sie aufmerksam. Sie erreichte den oberen Treppenabsatz. Das war ihre Chance. Mit ein wenig Risiko könnte sie nun einen Vorsprung herausholen. Ohne langsamer zu werden, stürmte sie die Treppe hinunter.

»Verschwindet!«, brüllte sie.

Menschen, die auf den Stufen saßen, schauten zu ihr hoch, sprangen auf und versuchten, sich in Sicherheit zu bringen.

Plötzlich tauchten wie aus dem Nichts Bullen auf, die sich ihr vom Bahnhofsvorplatz näherten, um ihr den Weg abzuschneiden. Hektisch wollte sie die Richtung ändern. Dabei verfehlte sie eine Stufe und verlor das Gleichgewicht. Instinktiv streckte sie die Hand nach einem Mann aus, der in unmittelbarer Nähe stand. Der machte jedoch einen Schritt zur Seite. Sie konnte sich nicht mehr auf den Beinen halten und stürzte kopfüber nach unten.

30

Sommer und Drosten betrachteten Pascal Renker durch einen Einwegspiegel. Siegesgewiss lümmelte er auf dem Stuhl im Verhörzimmer. Scheinbar hatte er keine Angst, dass man ihm den Mord an Andreas Heidfeld nachweisen konnte. Wahrscheinlich war das der Grund, warum er noch nicht einmal einen Anwalt verlangt hatte. Oder wollte er sich bloß die Kosten sparen?

Die Frage war, ob seine Sorglosigkeit die nächste halbe Stunde überdauern würde.

Drosten steckte das Beweisstück, das sich in einer Plastiktüte befand, in die Innentasche seines Sakkos.

»Machen wir ihn fertig«, brummte er.

Sommer nickte entschlossen.

Sie verließen das Beobachtungszimmer, traten in den schmalen Flur des Krefelder Präsidiums und signalisierten einem Schutzpolizisten, er solle ihnen den Verhörraum öffnen. Als die Tür aufschwang, lächelte Renker ihnen entgegen.

»Darf ich jetzt endlich gehen?«, fragte er.

Die beiden Ermittler setzten sich ihm gegenüber.

»Mörder verlassen nicht einfach so das Präsidium«, entgegnete Drosten. »Ihr nächster Weg führt Sie in die Untersuchungshaft.«

»Sie wissen genau, dass ich ein Alibi habe. Bestimmt haben Sie inzwischen mit Florian gesprochen.«

»Warum haben Sie bei unserer ersten Begegnung mit keinem Wort erwähnt, dass Sie nicht alleine auf dem Konzert waren?«, fragte Sommer.

»Das war dumm von mir, entschuldigen Sie.«

»Wir glauben Ihnen, dass Sie nichts mit den Morden an Marko Zinsberger, Wolfgang Islacker und Angelika Kirsch zu tun haben«, sagte Drosten.

Renker klatschte in die Hände. »Wunderbar. Dann kann ich ja jetzt gehen.«

»Nein. Denn Sie haben Andreas Heidfeld getötet.«

Er riss die Augen auf. »Heidfeld ist tot? Wann ist das denn passiert?«

»Hören Sie mit dem Schauspiel auf. Andreas Heidfeld ist vom Balkon eines Hotelzimmers gesprungen. Siebter Stock.«

»Also Selbstmord? Wieso sprechen Sie dann von Mord?«

»Heidfeld hatte kurz vor dem *Sprung* Besuch, das haben wir zweifelsfrei ermittelt. Er hat sich Nachrichten mit jemandem geschrieben. Darf ich Ihnen die vorlesen?«

»Ich werde Sie nicht daran hindern können«, meinte Renker gelassen.

Langsam zog Drosten den Plastikbeutel aus der Jackentasche und nahm das Handy heraus. Er öffnete das Chatprogramm und räusperte sich. »Erste Nachricht: Ich brauche deine Zimmernummer. Die Antwort darauf lautet: 712. Dann schrieb die andere Person: Wenn es gleich bei dir klopft, bin ich es.«

»Was hat das mit mir zu tun?«, fragte Renker. »Haben Sie die entsprechenden Nachrichten auch auf meinem Telefon gefunden? Falls ja, müssten Sie es manipuliert haben.«

»Ich gebe Ihnen recht. Für so einen Fehler sind Sie zu schlau. Die Nachrichten wurden von einer ausländischen Prepaidkarte verschickt. Im Gegensatz zu deutschen Karten kann man die auch heutzutage noch ohne Identitätsfeststellung erwerben.«

»Ich habe in meinem ganzen Leben noch keine ausländische Karte besessen«, behauptete Renker. »Das ist eine schwachsinnige Unterstellung. Ich war seit Jahren nicht im Ausland.«

»Die kann man auch in Deutschland kaufen«, sagte Drosten. »Außerdem wissen wir von Ihrem Fuerteventura-Urlaub, der Sie verändert hat. «

»Ich habe mein Geld nicht für Prepaid-Karten ausgegeben.«

»Wie haben Sie Heidfeld erklärt, dass Sie eine ausländische SIM-Karte benutzen?«, fragte Drosten weiter.

»Sie sind auf dem Holzweg«, beharrte Renker.

»Letztlich ist es auch egal. Vielleicht verraten Sie uns das ja später«, meinte Sommer achselzuckend. »Wissen Sie, was seltsam war?«

»Sie werden es mir bestimmt erklären.«

»Als Hauptkommissar Drosten und ich in das Hotelzimmer kamen, um den vermeintlichen Selbstmord zu untersuchen, fanden wir kein Handy. Aber heutzutage hat doch jeder eins. Nur Heidfeld nicht? Unwahrscheinlich. Bei genauerer Betrachtung der Leiche stellte sich dann heraus, dass Heidfeld mit dem Handy in der Tasche in die Tiefe gesprungen war. Das hat dem Gerät übrigens nicht gutgetan.«

Renker runzelte die Stirn. »Es sieht doch ganz okay aus.«

»Ehrlich gesagt ist dies nicht Heidfelds Originaltelefon«, bekannte Drosten. »In der Hinsicht habe ich gerade wohl einen falschen Eindruck vermittelt.« Er lächelte entschuldigend. »Wie dem auch sei. Den Technikern ist es gelungen, die Inhalte auf Heidfelds Handy komplett wiederherzustellen. Wir vermuten, die ausländische Rufnummer hat sein Misstrauen geweckt. Anders können wir uns nicht erklären, warum er das Diktierprogramm aktiviert hat.«

Drosten spielte die aufgezeichnete Datei ab, die immer wieder durch kleine Pausen oder Geräusche unterbrochen wurde.

»Bist du sicher, dass du nichts trinken willst?«, fragte der ehemalige Geschäftsführer.

»Hast du Whiskey?« Das war eindeutig Renkers Stimme.

»Bestimmt.«

»Wohl bekomm's.«

»Was machen wir jetzt? Soll ich mich stellen?«

»Sie werden dich für den Mörder von Marko, Wolfgang und dieser Kirsch halten.«

»Damit habe ich nichts zu tun.«

»Hast du Alibis?« Ein undefinierbares Brummen. *»Dann kannst du deine Unschuld nicht beweisen. Den Bullen ist eine einfache falsche Lösung lieber als eine komplizierte, aber richtige Variante. Die verhaften dich und schmeißen den Schlüssel zu deiner Zelle weg.«*

»Scheiße!«

»Willst du Cola dazu?«

»Pur!«

»Ich gehe auf den Balkon. Rauchen hilft mir beim Nachdenken.«

»Alles klar.«

Es trat erneut eine Pause ein, bevor wieder Stimmen zu hören waren.

»Scheiße!«

»Was ist los?«

»Komm mal her! Schnell! Sind das Bullen?«

»Wo?«

»Siehst du den Wagen da unten? Sitzt da jemand drin und beobachtet uns?«

»Ich kann nix erkennen. Hast du wirklich ...«

Erneut eine kurze Pause, dann: *»Ey.«*

Es folgten ein langer Schrei und das Geräusch des Aufpralls.

»Das ist eine Fälschung!«, behauptete Renker. »Ich bin das nicht!«

»Wir werden Ihnen vor Gericht nachweisen, dass das Ihre Stimme ist«, sagte Drosten siegesgewiss.

Renker senkte den Blick und murmelte: »Ich will einen Anwalt.«

»Selbstverständlich«, erwiderte Drosten und erhob sich.

***

Carola Jung hatte sich bei dem Sturz am Kölner Dom lediglich Prellungen und eine Bänderdehnung zugezogen. Das Messer hatte sie rechtzeitig losgelassen, sodass sie sich damit nicht noch zusätzlich selbst verletzt hatte.

Nachdem Jasper Berghold von der Verhaftung seiner Lebensgefährtin erfahren hatte, hatte er einen Rechtsanwalt beauftragt, der ihr empfahl, zu schweigen.

Sommer und Drosten hatten die Rechtsmedizin deshalb gebeten, das Messer schnellstmöglich zu untersuchen. Die Ergebnisse waren aufschlussreich.

Carola Jung lag auf der Krankenstation der Kölner Justizvollzugsanstalt. Der Anwalt saß an ihrer Seite und blickte grimmig, als die Kommissare das Zimmer betraten.

»Ihre ständigen Belästigungen verzögern den Heilungsprozess meiner Mandantin«, erklärte er verärgert.

»Wir geben Frau Jung ein letztes Mal die Chance, mit einer Aussage das Strafmaß zu reduzieren.« Drosten hob einen Schnellhefter in die Höhe. »Schauen Sie sich die Ergebnisse der Rechtsmedizin an. Das Messer, das Frau Jung am Kölner Dom mit sich geführt hat, ist die Tatwaffe in drei Mordfällen. Außerdem haben wir Blutspuren auf der Polizeiuniform entdeckt. Angelika Kirschs Blut.«

Er reichte dem Anwalt die Akte. Der schlug sie auf und überflog die Berichte.

»Geben Sie uns ein paar Minuten allein. Ich möchte mich mit meiner Mandantin beraten.«

»Wieso nach vier Jahren? Was ist passiert?«, fragte Drosten eine Stunde später.

»Die Schatten meiner Vergangenheit haben mich eingeholt. Ich bin Zinsberger begegnet«, sagte sie leise. »In einem Jüchener Supermarkt, in dem ich ihn nie zuvor gesehen hatte. Keine Ahnung, was er da wollte. Wahrscheinlich ein dummer Zufall. Vielleicht wollte mich das Schicksal verhöhnen.«

Drosten bemerkte, dass eines ihrer Augenlider unkontrolliert flatterte.

»Er hat mich sofort erkannt und mich in ein Gespräch verwickelt. Wollte wissen, wie es mir geht«, fuhr sie fort. »Ob ich einen Freund habe. Solche Sachen. Er ließ nicht locker. Gab mir sogar seine Adresse und meinte, ich solle vorbeikommen, wenn ich unzufrieden sei. Ich hätte mich ja wundervoll entwickelt. Sei eine richtige Frau geworden, nicht mehr die kleine

Studentin. Da wusste ich, dass er mir über kurz oder lang alles kaputtmachen würde.«

»Hat er etwas gesagt, was darauf hindeutete?«, erkundigte sich Drosten.

»Ich hab's in seinen Augen gesehen«, antwortete Jung. »In seiner Stimme gehört. Sie hätten sehen sollen …«

Jung hielt zwar inne, doch Drosten bemerkte ihren Blick, der sich auf seinen Schritt gerichtet hatte.

»Er war schon immer ein Schwein!«

Der Anwalt berührte vorsichtig ihren Arm. »An dieser Stelle möchte ich auf das psychologische Gutachten hinweisen, das wir in Auftrag geben werden. Meiner Meinung nach leidet Frau Jung an paranoiden Wahnvorstellungen und ist deshalb vermindert schuldfähig. Das werde ich während des Prozesses beweisen.«

Drosten nickte nachdenklich. Die Frau vermittelte tatsächlich den Eindruck, möglicherweise nicht vollumfänglich für ihre Taten verantwortlich zu sein.

»Hat Islacker ebenfalls Kontakt zu Ihnen aufgenommen?«, bohrte er trotzdem nach.

»Nein«, wisperte sie.

»Sie haben also eigenständig herausgefunden, wo er wohnt, sind dorthin gefahren und haben ihn erstochen.«

Sie nickte.

»Weil er mit Ihnen Sex hatte?«

»Weil er mich zerstören wollte. Wie Zinsberger. Sie hätten Sex von mir gefordert. Aber das hätte ich Jasper niemals angetan. Niemals! Verstehen Sie das? Jasper ist mein Anker. Meine Rettung. Er durfte nicht wissen, dass es Zinsberger und Islacker gab. Ich konnte diesen Dreck in unserem reinen Leben nicht zulassen.«

»Und Frau Kirsch?«

»Die wusste Bescheid. Sie hat mich damals aufgefordert, mein Aussehen zu nutzen, um im Leben voranzukommen. Eigentlich war das alles damals ihre Schuld. Sie war fast so schlimm wie ein Zuhälter. Welche erwachsene, lebenserfahrene Frau rät einer Studentin dazu, so etwas zu tun?«

»Sie musste sterben, weil sie über Ihr damaliges Sexualleben Bescheid wusste?«, hakte Sommer nach.

Carola Jung nickte erneut.

»Wollten Sie auch Pascal Renker töten?«, fragte Drosten.

»Darauf verweigert meine Mandantin die Aussage«, erklärte der Anwalt schnell.

»Hatten Sie am Dom das Messer zu Ihrem eigenen Schutz dabei?«, versuchte Drosten einen anderen Ansatz.

»Wie schon gesagt: Darauf verweigert meine Mandantin die Aussage.«

»Andreas Heidfeld? Yvonne Reitkamp, ehemals Heidfeld? Was war mit den beiden?«

Jung schaute Drosten verwirrt an. »Was soll mit ihnen gewesen sein?«

Das war Drosten Antwort genug. Offenbar hätte sie nach Renkers Tod mit dem Morden aufgehört.

***

Auf der Rückfahrt nach Wiesbaden starrte Drosten fast die ganze Zeit schweigend aus dem Fenster.

»So still kenne ich dich gar nicht«, meinte Sommer, nachdem sie die Hälfte der Strecke zurückgelegt hatten. »Das ist ja noch schlimmer als auf der Hinfahrt. Was belastet dich?«

Drosten seufzte. »Wir sind fast schon wie ein altes Ehepaar, oder?« Er schmunzelte.

»Immerhin habe ich dich nicht gefragt, was du denkst«, erwiderte Sommer grinsend.

»Melanie hat mir heute Morgen eine Nachricht geschickt«, erklärte Drosten. »Übermorgen lerne ich Dana kennen. Unter Aufsicht der Heimleitung. Wenn wir gut miteinander klarkommen, werden die nächsten Schritte eingeleitet.«

»Hast du Angst davor?«

»Angst ist ein zu starkes Wort. Ich bezweifle bloß, dass ich ein guter Vater sein werde. Besser gesagt: Pflegevater.«

»Warum?«

»Mein Job. Mein Leben. Die ausgetretenen Pfade, auf denen wir uns seit Jahren bewegen. Passt da ein zehnjähriges Mädchen hinein?«

»Du solltest darüber nicht allzu viel grübeln«, empfahl Sommer. »Vater zu sein, ist keine Kopfsache. Zumindest meistens nicht. Es ist eine Herzenssache.«

»Was, wenn ich schlimme Fehler mache? Ruiniere ich dann nicht das Leben eines Kindes?«

»Glaub mir, ich habe jeden Scheiß verzapft, den man nur verzapfen kann«, erklärte er. »Ich habe Kokain geschnupft, Jeremias' Leben gefährdet, mich erschießen und beerdigen lassen. Bloß um Jahre später wieder vor seiner Tür zu stehen. Er ist trotzdem ein toller Junge geworden.«

»Okay, so schlimm werde ich hoffentlich nie sein«, meinte Drosten erleichtert.

»Garantiert nicht! Ihr packt das!« Sommer schlug ihm kameradschaftlich gegen die Außenseite des Oberschenkels.

Drosten lächelte dankbar. Hoffentlich behielt Sommer recht.

Nachwort

Liebe Leserinnen und Leser,

zunächst einmal möchte ich mich bei Ihnen wie immer dafür bedanken, dass Sie meinen neuen Thriller *Blut und Zorn* bis hierhin gelesen haben. Dank Ihrer Unterstützung durch das Kaufen oder Ausleihen meiner Bücher kann ich meinen Traum leben. Schon als 12-jähriger Junge habe ich die ersten Geschichten zu Papier (damals noch handschriftlich) gebracht. Die Begeisterung fürs Schreiben wuchs in der Oberstufe des Gymnasiums aufgrund eines Literatur-Kurses an. Trotzdem wählte ich als Studienfach nicht Germanistik oder eine andere, mit dem Schreiben verwandte Lösung, sondern entschied mich für die Wirtschaftswissenschaften. Ein Studium, das ich übrigens als Diplom-Ökonom abschloss, obwohl mich die Lerninhalte nie begeistert haben. Ahnen Sie etwas? Immerhin hat in dem Roman ein Hochschulabsolvent eine wichtige Rolle gespielt. Richtig! Mit *Blut und Zorn* habe ich Sie nämlich auf eine Reise in meine Vergangenheit genommen – zumindest ein bisschen. Denn auch ich landete dank einer persönlichen Empfehlung nach dem Studium bei einer kleinen, neu gegründeten Telemarketingagentur in führender Position. Und obwohl natürlich wie immer gilt, dass Ähnlichkeiten mit lebenden oder verstorbenen Personen rein zufällig wären, stimmt zumindest die Tatsache, dass die

Firma die schwierige Gründungsphase nicht überstanden hat. Der Rest ist weitestgehend meiner Fantasie entsprungen. Wie Sie das Wort weitestgehend interpretieren wollen, überlasse ich Ihrer Fantasie. Alles sollte ein Autor nicht preisgeben, denn ich wünsche mir ja, dass Sie niemals das Interesse an meinen Geschichten verlieren. In denen übrigens immer mal wieder wahre Begebenheiten aus meiner Vergangenheit stecken, die ich dann bloß ein bisschen weiterspinne.
Gestatten Sie mir auch ein Wort über Ereignisse, die noch in Robert Drostens Zukunft liegen. Ich bin mir bewusst, dass die Anbahnung einer Pflegevormundschaft nicht so einfach läuft, wie in diesem Roman beschrieben. Aber ich wollte Sie auch nicht mit bürokratischen Details langweilen, weswegen ich mich für die vereinfachte Darstellung entschieden habe. Ich hoffe, Sie sehen mir das nach.

Jede positive Rezension auf der Produktseite meine Bücher, jede E-Mail und jede freundliche Erwähnung auf Facebook ist wie wohlwollender Applaus, den man als Autor, der kaum die Gelegenheit hat, öffentliche Lesungen abzuhalten, nur selten bekommt.

Per E-Mail kontaktieren Sie mich unter:
marcushuennebeck@outlook.de

Auch per Facebook erreichen Sie mich: www.facebook.com/MarcusHuennebeck

Falls Sie alle Informationen zeitnah erhalten wollen, empfehle ich Ihnen, sich in meinen Newsletter einzutragen: www.huennebeck.eu/newsletter

Alle Leser, die sich neu eintragen erhalten die Kurzgeschichte *Die Namen des Todes – Die Jagd beginnt* als Dankeschön geschenkt.

Vielen Dank und herzliche Grüße

Marcus Hünnebeck

Lesetipps

Die Todestherapie

Gero Ruppert kennt sich aus mit Trauer und Verzweiflung. Der Psychologe betreut Eltern, die ihre Kinder auf schmerzliche Weise verloren haben. Als ein 17-jähriges Mädchen brutal missbraucht und ermordet wird, kontaktiert Ruppert die verwaiste Mutter und bietet ihr an, sie psychologisch zu behandeln.

Drei weitere junge Frauen sterben, und Ruppert kümmert sich um die trauernden Hinterbliebenen. Für die Soko rund um die Kommissare Drosten und Sommer steht trotz wasserdichter Alibis der Hauptverdächtige fest: Der Mörder kann nur Gero Ruppert selbst sein. Hat er einen Helfer? Spielt er ein falsches Spiel mit traumatisierten Eltern? Doch die Polizisten ahnen nicht, dass der Psychologe bedroht wird. Er muss den Anweisungen eines Erpressers folgen, um nicht seine eigene Tochter zu verlieren. Je näher die Soko den wahren Hintergründen kommt, desto stärker gefährdet sie das Leben des Mädchens – wogegen Ruppert mit allen Mitteln kämpft.

Der Wundennäher

(nominiert für den Kindle Storyteller Award 2018)

Anonyme Anrufe, Blumen auf der Fußmatte, spätabends ein Klopfen an der Tür. Svenja hat Angst vor einem unheimlichen Verehrer und verkriecht sich. Trotzdem geschieht das Unvorstellbare, als sie eines Tages einem Nachbarn die Tür öffnet. Sie wird zur Gefangenen in ihrer eigenen Wohnung und erleidet grausame Qualen. Svenjas einzige Chance ist ihre Freundin Irina, der sie von den unheimlichen Vorkommnissen erzählt hat. Als Irina endlich versteht, warum sie ihre Freundin nicht mehr erreicht, hängt auch ihr Leben am seidenen Faden.

Robert Drosten und Lukas Sommer jagen den besonders brutalen Serienmörder, doch der scheint ihnen immer einen Schritt voraus zu sein. Es gelingt ihm sogar, die Polizei in eine tödliche Falle zu locken. Aber dann wendet sich das Blatt und der Mörder gerät unter Zugzwang. Den Polizisten bleibt nicht viel Zeit, um das Schlimmste zu verhindern.

Der Schädelbrecher

Vanessa kennt sich aus mit Gewalt. Ihre Mutter ist Kriminalkommissarin, ihr Vater war Profiler beim LKA. Die Studentin berichtet in den sozialen Medien über Schwerverbrechen und hat unzählige Fans. Als eine ehemalige Schulfreundin niedergemetzelt wird, erweckt dies großes Interesse auf Vanessas Kanälen. Kurz darauf bekommt sie einen blutverschmierten Würfel zugespielt und beschließt, auf eigene Faust zu recherchieren.

Weitere Morde geschehen. Lukas Sommer und Robert Drosten übernehmen die Ermittlungen, ahnen jedoch nicht, dass die junge Frau wichtige Hinweise zurückhält. Denn sie will endlich aus dem Schatten ihrer Eltern treten und den Schuldigen eigenmächtig überführen. Doch genau darauf hat der Mörder spekuliert.

Die Namen des Todes (Robert Drosten 1)

Ein Hacker spielt dem BKA brisante Informationen zu: Internetpseudonyme, Bilder und Chatnachrichten. Das Material stammt angeblich von Serienmördern, die sich über ein Forum im Darknet austauschen. Als ein im Internet angekündigter Doppelmord tatsächlich verübt werden soll, gerät das BKA unter Zeitdruck.

Hauptkommissar Robert Drosten leitet die zuständige Sonderkommission, die den Killer rechtzeitig verhaftet. Doch als der Mann seinen Anwalt ins Vertrauen zieht, schreckt er damit die Nutzer des geheimen Darknet-Forums auf. Einer von ihnen verfolgt fortan ein ganz besonderes Ziel: Drosten ein für allemal zu brechen.

Schuld vergibt man nie (Robert Drosten 2)

»Schuld vergibt man nie.« Oberkommissarin Katharina Rosenberg kann sich keinen Reim auf diese Botschaft machen, die sie am Tatort eines Mordes entdeckt. Als sich Robert Drosten vom BKA einschaltet, gelingt es ihnen, die Hintergründe aufzudecken. Der Mörder will den grausamen Tod eines Kindes rächen. Die Polizisten kommen dem Täter auf die Spur, doch jemand warnt ihn. Wer ist der unbekannte Verräter, der alles daran setzt, Drosten zu schaden? Während der Hauptkommissar den Mörder jagt, holt sein Gegenspieler zum vernichtenden Schlag aus.

Rudelfänger (Robert Drosten 3)

Nach einem Streit mit ihrem Freund macht sich die neunzehnjährige Franka mitten in der Nacht allein auf den Heimweg durch einen schlecht beleuchteten Park. Nur Minuten später wird sie von einem Mann überwältigt und betäubt. Frankas Freund eilt zu ihrer Rettung herbei – und bezahlt diesen Einsatz mit seinem Leben. Das BKA um Hauptkommissar Robert Drosten schaltet sich in die Mordermittlungen ein. Vieles deutet darauf hin, dass Franka bereits das fünfte Opfer eines brutalen Serientäters ist, der junge Frauen in seine Gewalt bringt. Was Drosten nicht weiß: Je näher er dem Täter kommt, desto stärker gefährdet er das Leben der Gefangenen. Außerdem muss der BKA-Mann noch an einer anderen Front kämpfen: Sein Ex-Partner verstrickt ihn in ein perfides Spiel und schreckt vor blutigen Opfern nicht zurück.

Rudeljagd (Robert Drosten 4)

Zwei brutale Morde. Zweimal das gleiche, mit dem Blut der Opfer geschriebene Wort: "Rudel". Erst lockt ein Mann eine junge Frau aus ihrer Wohnung und sticht sie nieder. Achtundvierzig Stunden später schlägt der Mörder auf einem Rockfestival erneut zu. Robert Drosten übernimmt die Ermittlungen. Wurden die Toten Opfer eines diabolischen Rachefeldzugs? Drosten sieht sich einem Täter gegenüber, der vor nichts zurückschreckt. Viel zu spät erkennt er, dass er zwischen die Fronten einer erbarmungslosen Auseinandersetzung geraten ist, an deren Ende auch sein Tod stehen soll.

Sommers Tod (Lukas Sommer 1)

An einem sonnigen Frühlingstag verschleppt ein Unbekannter den achtjährigen Simon und seine neun Jahre ältere Schwester Carla. Es geschieht am helllichten Tag und es gibt Zeugen, sodass Kommissar Lukas Sommer rasch eine heiße Spur findet. Beim Rettungszugriff gerät er jedoch in eine heimtückische Falle und verliert fast sein Leben. Als sich ihm eine zweite Chance bietet, setzt er alles daran, das Verbrechen zu sühnen. Aber sein Gegner ist ihm immer einen Schritt voraus.

Sommers Schuld (Lukas Sommer 2)

Eine Krankenschwester wird bei strömendem Regen in dem geliehenen Auto ihrer Kollegin hingerichtet. Schnell kommt der Verdacht auf, dass die Besitzerin des Wagens, die Ex-Frau von Oberkommissar Lukas Sommer, das eigentliche Ziel des Anschlages war. Hängt der Mord mit früheren Ermittlungen Sommers zusammen? Als der Täter wenig später erneut gnadenlos zuschlägt, gilt plötzlich Lukas Sommer als Hauptverdächtiger. Auf der Flucht muss er seine Ex-Frau und seinen Sohn vor einem Mörder schützen, der eine offene Rechnung begleichen und am Ende die komplette Familie ausradieren will.

Weitere Bücher:

Rampensau
Kainsmal
Die Drahtzieherin
Tödlicher Komplize
Wenn jede Minute zählt
Stumme Vergeltung
Verräterisches Profil
Die Rache des Stalkers
In jedem Fall Moll
Im Auge des Mörders
Abschaum
Bruderlos
Opferraum

30565513R00195

Printed in Poland
by Amazon Fulfillment
Poland Sp. z o.o., Wrocław